最是那时光

——许大立散文随笔集

许大立　著

中国言实出版社

图书在版编目（CIP）数据

最是那时光：许大立散文随笔集/许大立著 . --
北京：中国言实出版社，2023.6
ISBN 978-7-5171-4521-9

Ⅰ . ①最… Ⅱ . ①许… Ⅲ . ①散文集 – 中国 – 当代
Ⅳ . ①I267

中国国家版本馆 CIP 数据核字（2023）第 115657 号

最是那时光 —— 许大立散文随笔集

责任编辑：李　岩
责任校对：薛　磊

出版发行：中国言实出版社
　　　地　址：北京市朝阳区北苑路180号加利大厦5号楼105室
　　　邮　编：100101
　　　编辑部：北京市海淀区花园路6号院B座6层
　　　邮　编：100088
　　　电　话：010-64924853（总编室）　010-64924716（发行部）
　　　网　址：www.zgyscbs.cn　电子邮箱：zgyscbs@263.net

经　　销：新华书店
印　　刷：北京中科印刷有限公司
版　　次：2023年6月第1版　　2023年6月第1次印刷
规　　格：710毫米×1000毫米　1/16　17.5印张
字　　数：265千字

定　　价：68.00元
书　　号：ISBN 978-7-5171-4521-9

目录
CONTENTS

第一部分　家国情怀

第二部分　心灵之声

第三部分　笔走天下

第一部分

家国情怀

翻天覆地的时空巨变

1978 年 12 月 18 日，成都，一个阴霾笼罩的冬日。然而，从北京传来的消息却充满暖意，让衣着单薄的我也不觉得寒冷，希望与憧憬像一头小鹿不时撞击着我年轻的心。党的十一届三中全会正在北京召开，刚刚从十年内乱中走出来的中国人，期盼着美好生活的开始。也就在三天前，多年来剑拔弩张、誓不两立的中美两国，签署了正式建交公报。所有的这些变化，让人有点不太适应，惊喜中夹杂着忐忑，甚至不知所措。

其时，我正在新南门外四川音乐学院一间办公室里阅读《人民日报》。这是我们班党支部彭力书记的办公室。副刊上一位著名作家文章中的几行字倏然跃入眼帘：

巨大的痛苦强烈地吞噬着我的心，我的力量已经消耗殆尽。

——舒伯特《向人民哀诉》

不知何故，这句话猛地戳中了我的心房，戳中了痛点，泪水止不住地潸然而下。彭书记惊讶地看着我，看着我的眼泪一滴滴跌落在报纸上，她似乎明白了什么，轻轻地抚着我的肩头说："孩子，你肯定有很多伤痛，一切都会好起来的。"从那一刻起，我就暗下决心，要做一个作家，要把我心中的话向人民倾诉。

一

其实变化早已开始。

我是被点招进入四川音乐学院的。

下乡后曾经有无数招工入学的机会，都因为我父亲的"历史问题"和长兄的右派帽子被拒之于各类工厂学校之外。后来上天给了我一个代课转正的机遇，好像他们没有政审或者没有认真政审就让我做了乡村中学教师。这一次，川音招生组听说江津县有一个男高音歌手、宣传队长，直接点名要我去参加艺考，应该也没有政审，稀里糊涂把我招进了堂堂高等学府。兴许，是我的音乐天赋打动了他们？

说实话我一直很惶恐。我这样的出身，我这样的另册子弟也能上大学？而且是上层建筑艺术院校？坐在音乐厅里聆听大师们的演奏演唱，在从未见过的钢琴前抚弄琴键引吭而歌，恍然若梦，却也幸福感满满，心底流淌着快乐和温暖。直到后来有一天，在我所任教的江津中学，校长把所有教职员工召集到一起宣读文件，宣布我的父亲和长兄平反昭雪，我才长长地舒了一口气，我才真正发现，过往的时代已经一去不复返。

也是在那一年，上级对我们这些艺术专业大学生网开一面，每周都会组织我们去盐市口附近的省电影公司看内部电影，诸如《流浪者》《悲惨世界》《静静的顿河》，等等，以及供批判的影片《桃花扇》《武训传》《早春二月》之类。这些世界一流或者中国一流的影片自然使我们眼界大开，而片中的大尺度爱情镜头也常常让我们目瞪口呆。多年的精神禁锢已经把我们几乎变成了乡野的愚氓，无知而且可怜。

学院音乐厅里常有名家大师演唱或演奏，中国外国、民族的西洋的都有，对我等久居乡村的冥顽学子不啻是天籁与启蒙。我们的声乐教材不仅仅只是革命歌曲，也有了世界名曲如《三套车》《重归苏莲托》《我的太阳》《桑塔·露琪亚》等以及中外爱情歌曲。就连我12岁升入初中时一直朗朗在口的苏联名曲《列宁山》《小路》《喀秋莎》等也重见了天日。最有意思的是，音乐厅门厅里，晚上居然办起了交谊舞会，一群男男女女在那里随着音乐翩翩起舞。这些当年被批判为封资修的东西，就这样悄无声息地死灰复燃了。而我，从来只会革命歌舞，每每登场，早被那些热情奔放的女舞伴们吓蒙了，大汗淋漓，节奏混乱，手足无措，往往溜之大吉，躲到琴房练琴去了。

二

几日前在江津区决策咨询委员会的一个群里看到这样一条消息：江津也许很快就会纳入重庆主城区了。惊讶之余，百感交集。

先说交通。我 1969 年夏天应邀到江津县出演歌舞剧《井冈山的道路》男一号"江代表"。那时候尽管你是主演，也没车接你，先必须自己坐火车，且只有慢车，摇摇晃晃几个小时到德感坝。下车后徒步几公里到河边，等过河船。运气好，没起雾，半个小时可以到城里。如果有雾，对不起，慢慢等，据说冬天有等上两天三天的。等不及，可以乘慢车返回重庆。哈哈，我就碰上一回，半夜三更折返菜园坝，爬上两路口，无轨电车早已停运，干脆扒开车门在车厢里睡了一宿。凌晨五点一女司机上班开车，忽地从车座上爬起个大男人来，把那小姐姐吓得半死，大呼大喊有坏人！

后来我留在江津县李市公社插队落户，年前带区宣传队一众年轻人去四面山慰问伐木工人。大卡车磕磕碰碰走走停停从早到晚整整七八个小时才到了头道河，那泥浆路烂得龇牙咧嘴，那山崖高耸在云里雾里，冰天雪地，险象环生。一干人被颠得东倒西歪，口吐白沫，好歹在白雪皑皑中找到一硕大的工棚，生起柴火热和身子，方才缓过气来。

至于今日江津区的交通状况，我想就不必赘述了。一句话，高速路区间道四通八达，重庆城咫尺之遥，四面山两小时可往。即便是当年的穷乡僻壤之地老四面村，如今也成了市级旅游度假小镇，建起了往返四车道的高规格公路。我当年弃江津而竭力返回主城的原因之一就是交通闭塞，如今把老四面村当成夏日乘凉之地，却是因为天堑变通途，何况由通远门去今日四屏镇之四面村，呵呵，只是出入主城而已！一乐。

三

20 世纪 80 年代中期，以一首怀乡诗《月之故乡》享誉全球的旅美台湾诗人彭邦桢，回江津中学探望他的儿子彭班比一家。我曾以他的经历写了报告文学《一曲深情的歌》，在上海《文学报》发表并获四川省文学奖，自然成了他家的座上宾。一日外出聚会归返江津中学，时不过八点左右，满城黑灯瞎火，道路莫辨。彭先生似有不悦，问我，大街小巷，怎不装几盏灯？我答曰，改革开放之初，百废待兴，这也是节约之措，节省能源为发展啦！彭先生似懂非懂，跟着我的手电筒微光回了家。

所谓节约能源加快发展之说，是我灵机一动想出来的托词。后来竟然得到领导表扬，称随机应变，维护了国家荣誉。其实江津当年乃边远县区，三线工厂众多，电力供应匮乏，停电乃家常便饭。记得某年世界杯期间，屡屡停电，球迷们不以为然，差点闹上街头。我亦铁杆球迷，这也成为我当年决心返回重庆的一大铁定理由。

那时我在名校江津中学任教，行政级别 21 级，月薪 59.5 元，相比同龄人已属高薪。但因家庭负担重，每月入不敷出，生活艰辛。其时最大的梦想是，我的工资什么时候能过百元，不再为生计发愁。说来可笑，我三十多岁方穿上平生第一件毛衣，还是 5 元一件、穿脱时便噼噼冒静电的腈纶化纤材质。江津中学 80 寿诞，我已近不惑之年，穿上了学校统一制发的西服，小城的裁缝手艺一般且多年没有做西服的经验，西服极不合身，但是我们都很得意，到处显摆，因为这是人生的第一件西服。后来写了部小说得了 240 元稿费，那可是一笔巨款啊！兴奋之余去买了一辆最漂亮的自行车，凤凰牌，都说相当于今日的宝马奔驰，没事骑着在校里校外兜风，引来无数追捧的目光。

20 世纪 80 年代中期，时代的脚步忽然加快，那些人生中的第一次逐渐多了起来。第一次买彩电，第一次买冰箱洗衣机，第一次用 BP 机大哥大，第一次出国，第一次有了属于自己的产权房，第一次开上了自己的汽车……世界几乎是一年一小变，十年一大变，以往想都不敢想的事，乃至"痴心妄想"，全都魔幻般地变成了现实。

永远忘不了生命中的这些节点：

1978 年 5 月，中国大地上开始了一场关于真理标准的大讨论；12 月，载入史册的党的十一届三中全会召开。1979 年 1 月，邓小平访美，顺访日本；2 月，中越边境自卫反击战开打。就在那个辞旧迎新、热血沸腾的年代，改革步伐陡然加速。其间，我进入以往做梦都不敢想的新闻单位工作，翻开了生命里的崭新一页。

  40 年岁月，白驹过隙，弹指之间，恍若昨天。40 年沧桑，伟人已逝，伟业巍然，历历在目。无论精神层面或者物质生活，我都是 40 年改革开放的受益者与奉献者。韶华已去，恩德永志。忽然想到当年读舒伯特名句的往事，顿觉我已尽力，此生无憾。因为，我曾把那句刻骨铭心的话，题在自己原创小说《孤帆》的首页上。

二叔的传奇

　　二叔是个有故事的人。二叔是救过我命的人。二叔是我自小就特别崇拜并引以为傲的人。二叔也是我多舛多难青少年时代生活中，唯一有亮色且能给我荣耀和力量的人。所以我要把这篇文章写给他，写给此刻躺卧在远离重庆1700公里外的东海之滨某医院加护病房里奄奄一息的二叔，写给这位在我最绝望的岁月黑洞里，给我希望给我阳光给我太多精神养分的至亲至爱的二叔。

　　二叔的革命故事始于1942年。那一年他17岁，在城里读高二，鬼使神差，放暑假的时候他一个人想回老家看看。那可是新四军和日伪军交战拉锯的区域啊！二叔坚持要去，爷爷奶奶也阻止不了，也许二叔早就有了自己的计划。于是他很"偶然地"在路上巧遇了一支新四军宣传队，并且很"偶然地"成为他们中间的一员。七十多年以后二叔说起此事轻描淡写，仿佛是去参加了一次夏令营或者远足，没有慷慨激昂，没有预谋设计，就是放学回家路上的偶遇，也就决定了他的传奇一生。

　　我和二叔的故事始于1950年夏天。那一年我的父亲遭遇不测，他在重庆李子坝原刘湘公馆的学校停办，于是辛亥老人我爷爷和奶奶，带着我和两个姐姐从朝天门起航远去河南郾城，投奔时任解放军第39军政治部宣传科长的二叔。江轮夜宿芜湖芦苇荡，我被蚊虫叮咬染上疟疾高烧七日不退，赶到部队驻地时我已奄奄一息。爷爷奶奶束手无策，以为我必死无疑，是39军医院的医生用仅有的两针奎宁让我起死回生。几个月后39军挥师鸭绿江，临行之前部队摄影师替我们拍了好多照片，成了长大以后我对二叔最初的记忆。我们在郾城留守处羁留半月后，拿到一大笔安家费返回江苏老家。奶奶常常在我耳边唠叨这些陈年旧事，所以我从省事起就晓得我的命是部队给的。至今我对39军对我二叔一往情深，这些天央视综合频道热播抗美援朝电视剧《跨过鸭绿江》，我更是夜夜守候集集不落。首批赴朝志愿军第13兵团中就有二叔所在的39军，因为首战云山告捷，深得彭大将军喜爱，其时声威一点也不逊于"梁大牙"的万岁军。

二叔在抗日战争和解放战争中的故事其实我知道得不多。1968年夏秋之间我在上海他家里整整待了三个月，他也没有给我吐露一个字。当时二叔刚刚获得解放重新工作，举家从北京西路上海警备区搬到天目中路番瓜弄。他家在三楼，很大很新的一套房子，每天下午，我都会在阳台上放声高歌，引来一大群院里的孩子在草地上击掌欢呼。二叔偶尔在家听见，会指点我说：别把自己当明星，嗓子不错，但你那"川普"要改改，好好学习普通话，咬字正音，视唱练耳，这门功课必须补上。记得那年国庆前夜外滩放烟火，年过不惑的大官二叔，居然和我们这帮大大小小的孩子一起爬上楼顶去看烟火，小区管理人员闻讯赶来察看，他又和我们一起从楼顶吊到别人家的阳台上逃之夭夭，实在惊险刺激。我穷极无聊常常把二叔藏在床下的皮箱拖出来一气乱翻，把他珍藏的军官礼服和皮带呢帽军大衣据为己有，以至于下乡后革命群众都以为我是高干子弟；也读到了他的许多文字和手稿。可以感受到一个有文化的学生兵在主体由贫苦农民组成的部队里多么金贵，多么受领导宠爱，没几天工夫二叔就从连队文书直接调到了师政治部，后来又给首长做了秘书。能说会道能写会唱的二叔没几年工夫，就升任军政治部宣传科长，天天和军部首长混在一起，那个年代，有文化就是那么牛逼那么吃香！

二叔的故事就是一本传奇小说，一部经典电影，可是他从来不跟我透露一星半点。每次去上海跟他讨教，要他讲历史讲故事，他就扯着嗓子喊，没啥说的啦，你们作家自己去编嘛，现在抗战题材小说影视满天飞，有几个编剧真正经历过抗日战争的？你看你，我从来没给你讲我的故事，你还不是写了小说《听歌人传奇》，把我写得威武高大英勇无敌，道听途说，会编就行！我回答说，二叔，那不全是你，那是小说哈哈！

不过，二叔也是我爷爷一生的骄傲，爷爷倒给我讲了二叔的好多轶事。比如二叔的屁股曾被日寇的炮弹削掉好大一块肉，留下了一个很恐怖的疤，平日坐板凳都是歪斜的；比如他热恋的女友是被美国鬼子的汽油弹烧死的，那可是文工团数一数二的大美人啊……更让我惊讶的是，爷爷说，二叔刚上高中，十五六岁时家里就给他定了门亲，那也是几十里地数一数二的漂亮妞儿，大户人家知书达礼温文尔雅。可二叔连正眼都没看过人家一眼，假借回乡一去不归，几个月后才带信说参加新四军了。爷爷原本还指望他上大学学财经，延续书香承继祖业。不过清朝新军洋枪队炮兵营出身的同盟会会员爷爷倒也没过分计较，说一声由他去吧，打鬼子重要！

　　这一去就是十来年。二叔先是在苏中苏北根据地跟随黄克诚、洪学智等首长苦战数年，1945年所在的新四军第三师又奉命远去东北组建民主联军，继而编入第四野战军，参加了闻名天下的四平保卫战。而后是辽沈战役和平津战役，直至大军一路南下横扫湖南广西直打到镇南关……之后奉命北归镇守河南，由纵队改编为39军。用他的话说他早就免费把中国逛了一大半，二十来岁就混上了正团级，高头大马，少年得志，威风八面啦！39军进入朝鲜接连打了三次战役，势如破竹，一路告捷，先后攻占云山、平壤、汉城。二叔说他是坐着缴获的美式吉普进的汉城。1952年，战争进入相持阶段，志愿军洪学智副司令员感慨几十万后勤部队分散在朝鲜各地，文化生活特别匮乏，急需宣传鼓动提高斗志，和彭老总商量后决定成立后勤部文工团。洪副司令直接点名二叔去任团长，那一年，他27岁。

　　二叔文工团里有很多四川兵。当年的川北军区文工团几乎整建制编入志愿军后勤部文工团。爷爷说二叔牺牲了的女朋友就是川北人，一位个子高挑能歌善舞尤其擅长唱四川民歌的十九岁大学生。女友死后二叔一直郁郁寡欢，年届而立也不谈婚娶，这可急坏了我的爷爷奶奶。朝鲜停战以后二叔率团回国慰问演出并返乡探亲，突然发生了一件他意想不到的事情，才让他回心转意。那就是早年爷爷给他寻下的那门亲事，女子找上门来了！

　　二叔那年回国，可谓衣锦还乡。志愿军文工团长，抗美援朝功臣，男女随员数人，个个英俊潇洒，惊动四里八乡，羡煞一众乡亲。殊不知，那位离散多年的"前女友"也找上门来了。这"前女友"也是有故事的人。

二叔参加新四军后，多年没有书信来往，她也参加了解放区地方工作。几年后，在一次反围剿战斗中和一位新四军连长相识，结婚生子。可惜的是这位连长却在战斗中英勇牺牲……她后来又跟了别人，带着孩子过得非常艰难。

这件事弄得非常无趣。"前女友"以曾订婚为由，坚持要离开现在的男人随二叔去部队完婚。为打破僵局，爷爷奶奶赶紧给二叔物色了一户熟人家正在上中学的女儿，见面，汇报，审核，成婚，速战速决，让二叔带去了朝鲜（部队当时有规定，六年军龄以上，正团级干部方可结婚，妻子可随军）。她就是我现在的二婶。为了了结"前女友"的那段陈年旧事，爷爷主动拿出了多年积蓄，帮她盖了房，资助她度过了最艰苦的日子……这是后话，按下不表。

说来也巧，1981年底，我在成都参加四川省蓉城之秋音乐会，偶遇二叔文工团的一位老部下。说起往事，说起许团长，他感慨万千滔滔不绝。其时适逢十年浩劫之后，文坛兴起创作热潮，经过一番思考，我拿起了笔，添油加醋，合理想象，以二叔为原型，写成了中篇小说《听歌人传奇》，投给了当年名噪一时、发行量逾百万的《丑小鸭》文学杂志。不久即有编辑专门从北京来我任教的江津第一中学造访，那是遥远的1984年初。此后尽管有些小插曲，我的这篇作品终于在五月号发表，也算正式登上了千军万马挤得一塌糊涂的文学独木桥。再后来，这篇小说被峨眉电影制片厂文学部看中，召我去峨眉电影制片厂改成了电影文学剧本。1986年，该小说在四川省首届业余文学创作评选中获二等奖。此后，我的人生发生了大的转折。

去年十月底，抗美援朝题材影片《金刚川》在渝首映，我遵重庆日报文旅副刊部之嘱参加首映式，登台讲述了我二叔的故事。事情就那么巧，那天在上海，退役军人事务局等一干人去病房给二叔颁发抗美援朝70周年纪念章，搞了个隆重的颁发仪式。当晚，我把重庆首映式图片发给堂弟许大跃转呈病榻上的二叔。可怜的二叔已经不能像从前那样谈笑风生幽默风趣、大声武气说话了。视频中他拼尽全力嘶哑着嗓子断断续续地说：你这小子，又拿我的经历去嚼舌头编故事了？你答应我写的书呢……你可不能放空炮啊！

彼时有一丝伤感涌上心头,眼前倏然掠过二叔昔日英气袭人春风得意的军旅生涯。他曾策马扬鞭驰骋大半个中国,也曾在吉普车上游走朝鲜三千里江山。九十五岁高龄、戎马一生的二叔已经没了当年的心力和精神,松弛的肌肤堆砌在沟壑密布的脸颊上,清癯而嶙峋,但是,那双灰蒙蒙的眼瞳里有灵光射出。我知道,二叔指盼的是我2017年春天采访他的事。那一年,我正准备做一次至关重要的腿部手术,我担心术后效果不可预测,故而专程前往上海采访他,要他给我讲他的一生以及我们这个家族的故事。那一次收获甚丰,不仅找到了我爷爷的两本日记,二叔还给我讲了我们这个缘起于苏州阊门许氏家族的历史沿革及来龙去脉。特别珍贵的是,他送给我一本他和志后文工团战友撰写的回忆录《难忘香枫山》。那简直就是一个《天方夜谭》里的"阿里巴巴宝窟"。

我信心满满地告诉二叔,正在写呢,写完就给您发过去,请您审核。你要好好的哈,绝不能提前去见马克思!其实我心里明白,即便我现在把文章给他,他也读不动了。我的二叔许兵,中国人民志愿军后勤文工团团长许兵,参加过抗日战争、解放战争、抗美援朝战争三次伟大历史性战争的中国共产党党员许兵,您尽管放心,我的余生只有一件要事,就是记录您和先辈们的百年奋斗,记录你们磅礴壮阔豪气冲天的一生。对于年逾古稀身无旁物心无旁骛的我,没有比这更重要更美好更具魅力更有意义的事情了!

三代报国心

祖父的情怀

祖父是革命党。

小时候，他给我讲过的故事就像电影里的情节：有一次，祖父和他的战友，也是他的三舅张大卓，去上海法租界联络革命党人商议武装起义之事。哪知有叛徒告密，军警突然包围了他们的住所，张大卓被擒获。其时我爷爷恰巧外出寄信，未被当场抓捕，士兵藏于住所之内等他回来。那天傍晚他刚刚踏入院门，门房大爷忽然抬脚踢翻门边的花盆，迅即给我爷爷一个眼神一个手势，他立马转身遁入幽深的弄堂，方才躲过此劫。后来张大卓被虐杀至死，据称暴尸城垣之上半月有余。这就是当年轰动江南江北的张烈士事件。我爷爷大难不死，方才有了我父亲，方才有了我，如果他当时也蒙难上海，就没有今日撰写这个故事的人咯！

祖父大名许竞业，字越先，生于 1885 年，清末秀才，私塾先生。1905 年科举废除，入清怀学堂，毕业后投笔从戎。他于弱冠之年先后加入反清团体兴中会、同盟会，并遵组织之命加入清新军南洋第九镇炮队第九标山炮二营，历任排、连、营长，在军队中宣传孙中山的三民主义，秘密联络战友准备推翻清朝统治，复兴中华。1911 年 10 月参加辛亥革命后，随黄兴大将军收复南京，并在旭园护佑孙中山临时大总统。直至 1913 年二次革命武装倒袁失败，袁世凯的军队包围了南京城，才匆匆随部队突围撤离，从此走上了一条颠沛流离的人生路。

因为长兄大都出生时父母生计艰难，在医院就抱给了邻水县一刘姓大户人家，我曾是家中唯一的男孩，所以特别受祖父母宠爱。从牙牙学语时起，祖父就教给我许多唐诗宋词和中华历史知识，讲给我五千年文明和无数仁人志士抛头颅洒热血、留取丹青照汗青的故事。这些故事至今还深藏于心。

抗战时期，我爷爷还拉起过一支队伍，在新四军黄克诚部支持下去连云港打日本鬼子。他是炮兵出身，辛亥革命用的是上海产的德国小钢炮，打起来得心应手，把清军打得落花流水，很快就火线提拔成了连长、营长、卫队长。抗战乍起，他已经是盐商兼明德学校校长，手上没有武器，更没有德国小钢炮，怎么办？好歹他是炮兵科班出身，中国第一代现代炮兵部队指挥官，干脆就地取材制了几门土炮，拉到连云港日军驻地外就是一阵猛轰，打得小鬼子丢盔弃甲死伤逾百而不知哪方神仙下凡，他们却乘暮色降临急速撤离，二十来个敢死队员一个也没少。哈哈，我爷爷是不是个英雄？后来还给了我爷爷一个头衔：抗日民主政府参议兼商救会长。

十年内乱中，他这个同盟会元老自然难逃厄运，八十六岁高龄还颤颤巍巍地被押解去学习班接受批判，要他写悔过书。我爷爷毕竟是前清秀才学馆塾师，挥笔写就一首上百行的五古长诗递上去，讴歌辛亥革命，讴歌毛泽东。这里给大家抄录几句：

光阴如电逝，倏忽八六秋。回忆当年事，尚觉一一新。童年读私塾，诗词歌赋吟。投笔去从戎，参加山炮营。湖北炮声响，睡狮已觉醒。九镇不落后，光复南京城。宣统退帝位，总统推孙文。数千年帝制，一朝乃廓清……

抗战告胜利，全国皆欢欣。无如独裁者，果实想独吞。自恃兵将广，逞强起内争。大军八百万，转眼化灰尘。一九四九年，人民大翻身。成立新中国，首都建北京。主席毛泽东，红旗耀五星。工农执政权，幸福无比伦……

呵呵，还长呢，不抄了，一句话，正能量。据说当时学习班领导大为感动，当即放人。学习班毕业五日后，我爷爷在家中溘然长逝。我在乡下插队，他在老家去世，相隔三千余里，不能亲往送别，搜尽自己及朋友身上口袋，方凑足十元钱寄去老家，以托哀思。

父亲的信念

父亲弥留之际，费力地睁开眼睛，用几乎听不见的微弱声音对我说：立儿，我的讣告上一定要写上我是中国共产党党员。

吾父许天乙，原名许一揆，江苏省立镇江高中学生，1937 年夏日本鬼子由上海西进，他和就读于省立女子师范的盐商之女张文英（后改名张帆，亦即我的母亲）、李继洪、薛宜等同学相约，由南京乘火车逃至西安，成为众多流亡学生中的一员。最后他们考入由北京迁入陕西城固县的北师大附中，暂时安顿下来。就在这一年，延安抗大来校招生，他和张文英被录取，可同往者却名落孙山。因为行前有"同进退"之约定，他俩放弃了入学抗大的机会，和同学们步行翻越秦岭，由剑门关入川，经历千难万险，终于抵达抗战大后方陪都重庆。几十年后，我们经常调侃他俩没远见，否则爷们姐们也是高干子弟咯！父亲莞然一笑曰："兴许早就牺牲了，哪还有你们！"

在重庆他们没过上好日子。上百万流亡者涌入战时首都，吃住行都成问题，幸有在教育部任职的五叔相助，他们总算有了栖息之地。以后父亲考入马寅初先生主持的重庆大学商学院，深得马先生看重，为其今后的发展打下了伏笔。

因为抗议政府腐败，"前方吃紧，后方紧吃"，教授学生饥肠辘辘，重大学潮不断，身为校学生会会长的父亲胆大包天，居然亲自向来校视察的教育部长孔祥熙递交抗议信，因此惹怒了当局，被开除学籍。父亲不得不在马老的安排下远去乐山，在内迁的武汉大学政治学系就读，毕业后方回到重庆。

重庆居，大不易。他当过小报记者，代人写过书信，做过中学教师，最后在马寅初先生的帮助下，在七星岗莲花池前街 4 号办了中华高级职业会计学校，这才算有了安身立命之地。过了几年，学校有了声誉，又在李子坝昔刘湘公馆内办了中华商业专科学校，为重庆民族工商企业、公司培养管理人才。这是父亲生命的顺遂时期，也是他常常引以为傲的一段经历。

他对我说，学校不仅注重培养经济管理专业人才，还营救过一大批进步人士，如唐弘仁、李雪松等共产党人。当时刘湘公馆内有专门的教师食堂，教师食堂里间有四张方桌，专供躲藏在学校的地下党员、进步人士及家属进餐聚会。再里间是带浴盆的卫生间，浴盆上铺木板成了简易卧床，可供临时躲藏的朋友居住，窗外就是郊野，有情况即可迅速逃离。

重庆解放后，他不计得失，踏踏实实做一名中学教师，哪怕在十年内乱期间被打击、被清查，天天打扫厕所，也是兢兢业业，毫无怨言。几十年后他的学生们回忆此事，都说先生打扫的厕所永远都是最干净的，没有一点屎尿臭味！

20世纪80年代是父亲又一个大放异彩的青春时期。平反，纠正，落实政策，他一直干到近70岁方才退休。而后又倡议成立沙区退休教师协会和市退休教师协会，编教材，搞辅导，支援老少边穷地区的教育事业，兴致勃勃，不亦乐乎！成了市关工委的委员，全国退休科教系统的先进个人……

尤其值得一提的是，1991年父亲以74岁高龄加入中国共产党，成为建党70周年时教育界的一段佳话。他曾经私下对我说过这么一席话：对于我个人和我们家庭来说，解放后的生活水平肯定下降了。但是共产党执政以后中国的确改变了昔日一盘散沙、一穷二白的面貌，老百姓的平均生活水平提高了。尤其是改革开放以来，国家进步神速，数亿群众脱贫，这可是前无古人的事情，我个人的委屈得失与民族利益、国家利益相比，那是一桩小事。他还对我说，中国共产党是世界上少见的知错即改的政党，自我批判意识强，自我修复能力也强，所以能在改革开放的道路上屡战屡胜，粉碎了诸多"中国崩溃"的论调，也一定会在人类历史上创造辉煌。

这个老先生如此坦诚，对我的世界观的形成也有很大的冲击力。看待这个世界不能只从个人利益考量，看大势，看潮流，看多数人的利益，这才是正确的人生观、世界观。2009年1月5日，我的父亲走完了他丰富而坎坷的人生，享年 92 岁。弥留之际，他千叮万嘱地对我说，讣告上一定要写上他是中国共产党党员。我照办了。

我的时代

从字义上推敲，一般人都以为我的名字是特殊年代的产物，因为那时候提倡"大破大立"。可实际上我生于 1947 年，那年深秋一个淫雨霏霏的傍晚，我生在重庆郊区李子坝从刘湘公馆去武汉疗养院附属医院的滑竿上。父亲当时图撇脱，说既然是大字辈，又生在路上，就叫大路吧。爷爷毕竟是前清秀才老学究，说不妥不妥，太随便了，不像诗书人家后代，冥思苦想半天开了尊口：叫大立，三十而立，你们两口子年龄一个三十，一个三十一，加起来六十一，正好为"立"。大功告成，吾乃大立。多少年后我一直在思忖，莫非祖父心有灵犀，知晓天意？两年之后，改天换地，大破大立，新中国在北京诞生。

以后的日子过得很蹉跎。两岁多随祖父母回江苏老家，太小记不得啥事情，隐隐约约感觉回家路上发过大水，我是被放在大木盆里漂过河去的。后来爷爷告诉我，长江那时不能夜航，客船夜泊湖北沙市芦苇荡里，蚊虫实在太多，我被咬了，发高烧七天七夜不退，满嘴胡话，绝望中幸好赶到了河南郾城二叔许兵所在的 39 军政治部，抽血化验之后确诊为恶性疟疾。侥幸卫生队还有两支留给特需者的特效药奎宁，给我打了，渐渐退烧。我活了过来。难怪我从小就热爱解放军，难怪我至今还在为青年时代不能参军入伍遗憾一生，原来我这条命是解放军给的。

我的日子和新中国的历程一样，满怀希望，充满坎坷。直到 1978 年底党的十一届三中全会召开，我的人生方才发生巨变，大放异彩。最令人开心的是，我居然在近而立之年上了大学，而且还令人不可思议地进入了四川音乐学院。回想第一次坐进川音音乐厅的那一刻，心中流淌着满满的幸福感，这可是曾经梦寐以求的音乐殿堂啊！不是梦中，仿若梦中，满腔热忱，心向未来。

生活顺风顺水，事业蒸蒸日上，我和所有人一样在改革之路上狂奔。教书育人之外，我写小说、写报告文学，也写电影剧本和散文，把几十年的经历和所见所闻，通过文学的形式表现出来，讴歌这个前所未有的崭新时代。1985年，我加入四川省作家协会；1995年，加入中国作家协会。在此期间，因为我的业余文学创作活动引起了新闻界的关注，在20世纪80年代调入重庆晚报社，其时年近不惑，成为一名半路出家的新闻工作者。

　　不必讳言，我在青年时代因为看不见前路何往，曾经灰心过迷茫过，一度只专注于个人前途和生活质量。后来被父亲的一番教导警醒。如今人到暮年，头脑愈加明晰清醒起来。我们走过的路艰辛而又辉煌，我们面前的路曲折但是亮堂。不管有多少困难与挑战，中国人一定会在这条胜利之路上走下去。因为，回眸几十年，这个饱经摧残的国家已由积贫积弱走上了强国富民之路。改革开放以来，更有近十亿老百姓脱贫解困，我当然也是其中一个。我永远记得，上高中时我还打着赤脚，饥肠辘辘的眼睛里满是对食物的渴望，一件衣服穿几个月只等太阳天洗了晒干再穿，还有那些靠双脚一步一步走过的漫漫路程……这一切已经不复存在。每一个有良心的人都不能漠视国家的巨大成就，都不可忽视我们当今享受到的巨大的物质与精神财富。我们要万般珍惜这个好时代！因为，这是中华文明史上前无古人的伟大时代。

当陈然遇见胡雁冰

世上很多事发生于偶然，但偶然中也有必然。

三年前，也就是 2019 年的 11 月 25 日，作家胡雁冰路经重庆南滨路《挺进报》旧址，猛然记起两天后就是重庆渣滓洞、白公馆"11·27"大屠杀 70 周年纪念日，该去看看陈然烈士了。

胡雁冰平日喜欢学习了解中共党史，因而早就在关注南滨路上的这一红色遗址。他对《挺进报》和陈然烈士也了解甚多，初始来自经典小说《红岩》，继而来自陆续发现的史料，26 岁的青春年华就为革命抛头颅洒热血，使得他对这位先烈钦佩不已，崇敬有加。

胡雁冰在《挺进报》旧址里久久徘徊，反复观看那些早已耳熟能详的图片和资料，忽然间他和墙上陈然的巨幅照片四目相对，一种使命感油然而生。一个声音在他的心底訇然响起：陈然同志，我要写您！我要把您的事迹诉诸笔端，我要把您的故事写成长篇小说，传之于世，流芳千古。

虽不算海誓山盟，却也铿锵决绝。胡雁冰这个外貌文弱的白面书生行动起来果断干脆，只用了一个多月，就沿着陈然的生命足迹，跑了许多他去过的地方，采访了他的同志亲友，搜集了一些历史资料。2019 年 12 月，他拟定小说方案，开始了《挺进者陈然》的创作。

陈然太为人熟知了。为人熟知的英雄好写吗？非也！陈然是罗广斌、杨益言、刘德彬等作家笔下的红岩英雄成岗的原型人物，早已为千百万人敬仰膜拜。他牺牲时仅仅 26 岁，从事的又是秘密工作，可以说除了纪实文学《在烈火中永生》和长篇小说《红岩》里的章节，人们对陈然知之甚少。一部二十多万字的长篇小说，需要多少人物场景故事桥段，需要多少精心设计情节语言心绪表达？

胡雁冰很有见地，他为小说设计了三条线，交叉陈述，次第呈现，不疾不徐，从容不迫。笔者简而略之为"斗争线、成长线、感情线"。斗争线无须赘言，说的是他作为一名共产党人的战斗经历。成长线写他的父母姐妹、家庭生活、求学过程。感情线用胡雁冰自己的话来说，是他为青年时代的陈然虚构了一个女友何杏灵，很自然，很油然，合乎逻辑也合乎人的天性。因为，谁也不能断定英俊潇洒热情向上的帅哥陈然没姑娘追求没有心上人！

前已说过，陈然太知名，不好写；陈然太隐蔽，也不好写。胡雁冰拉出三条线让故事交替进行，多多少少是受了现代电影艺术的影响，大跨度，蒙太奇，数线并进，思维挪移，隔空投送……无疑减少了阅读障碍，自然也增强了可看性。其实，从另一方面看，正因为陈然的成长故事鲜为人知，给小说提供了阔达的空间和叙事体量，可任由作者思绪喷涌恣意飞翔。

胡雁冰是快手，仅仅四个月，就拉出了《挺进者陈然》初稿，送市作协经专家评审，提出了诸多修改意见。2020 年 10 月，南岸区文联、重庆市作协出面主办改稿会，再提修改意见。后经数月打磨，书稿终获中国作协、市委宣传部和市作协重点扶持，并于 2021 年底正式出版发行。2022年 1 月，新书上架。

纵览全书，感觉作者在把握英烈陈然的人物形象和精神力量上，拿捏准确，恰到好处。英雄是人不是神，英雄的品质成长是渐进式而非生来即是。小说叙事贴近现实生活，没有刻意拔高，更没有极度高大上的描写。陈然幼时也有牛脾气，学习也有不自觉，成绩不是优等生，英雄也爱美人花……但是在大是大非上，在对党忠诚和革命立场上，从没有任何的动摇与背叛。

为了让这部小说好看耐读，胡雁冰为小说设计了好些桥段，比如姐弟间为参加抗日救亡运动与爹娘斗智斗勇，为上前线报考炮兵部队发生诸多冲突，地下党接头时以诗唱和，被敌抓捕后智斗叛徒、策反看守、办狱中

最是那时光——许大立散文随笔集

挺进报，等等，颇有独特性，写得盎然有趣、引人入胜。

此外，胡雁冰还无中生有别出心裁，设计了将锯琴作为演出道具，设计了陈然跳当时很流行的苏联哥萨克舞、苦练毛笔字等场景细节，起到伏笔有隐的作用。文中还引用了好几首至今仍在传唱的中外歌曲，以体现陈然生活中对音乐的喜爱。

书中塑造了三个女性的典型形象，让人印象深刻。特别是何杏灵，作为陈然的情感生活所系，知书达礼，落落大方，他们之间的爱情纯真朴实，恰恰反映出英雄是活生生的人，而非无欲无爱之神。小说语言清新，叙述畅达，从生活细节着笔，凸显陈然的机智勇敢和高尚气节、人格魅力与牺牲精神。故事性较强，通篇充满正能量，是一部特别适合青少年阅读的上乘作品。

众所周知，在小说《红岩》中，作家们替陈然（成岗）写了一首《我的自白书》——

　　　　任脚下响着沉重的铁镣，
　　　　任你把皮鞭举得高高，
　　　　我不需要什么"自白"，
　　　　哪怕胸口对着带血的刺刀！
　　　　人，
　　　　不能低下高贵的头，
　　　　只有怕死鬼才乞求"自由"。
　　　　毒刑拷打算得了什么？
　　　　死亡也无法叫我开口！
　　　　对着死亡我放声大笑，
　　　　魔鬼的宫殿在笑声中动摇！
　　　　这就是我——
　　　　一个共产党员的"自白"，
　　　　高唱凯歌埋葬蒋家王朝！

这首《我的自白书》成了英雄不朽的诗意生命。这里必须说，胡雁冰

根据情节需要，匠心独运，也在自己的小说里为陈然写了一首诗，这就是
《假如没有了我》——

> 假如没有了我，
> 就像江河，少了一朵浪花，
> 并不影响大海热情的歌唱；
> 就像天空，少了一颗星辰，
> 不会妨碍太阳把大地照亮。
>
> 假如没有了我，
> 就像云彩，少了一滴雨露，
> 它依然会仪态万方。
> 就像大地，少了一粒土壤，
> 不会阻碍万物的蓬勃生长。
>
> 人们不再"彷徨"，
> "气节"必须弘扬！
> 气节，是一种品格，
> 气节，是一种信仰，
> 挺进，是一种挺进，
> 是一种力量。
>
> 有没有我，
> 挺进，都是不悔的选择，
> 挺进，都是一面飘扬的旗帜，
> 永远挺立在前进的路上！

胡雁冰说，这是他的"得意之作"，愿先烈陈然九泉有知，也能和他
一样欢欣鼓舞。因为，我们正"永远挺立在前进的路上"！

当陈然遇见了胡雁冰，一部长篇小说《挺进者陈然》，写尽了他短暂

一生的奋进与理想，写尽了英雄鲜血浇灌的辉煌。

当胡雁冰遇见了陈然，一首《假如没有了我》，唱出了"一面飘扬的旗帜"，永远，永远，"挺立在前进的路上"！

（写于"11·27"大屠杀惨案73周年前夕）

从历史的硝烟里走过

——瞻访英雄城台儿庄

不必讳言，截至 2013 年 1 月，笔者对台儿庄这座抗战名城依然是孤陋寡闻一知半解。只知道 1938 年春，这里打了一场硬仗血仗，硬是挫去了刚刚占领南京不到一年的日本人的锐气，将不可一世的日军阻隔在战略要地徐州一带，为几乎一败涂地的抗战局势带来了希望和转机。可是，台儿庄具体位置在哪儿？为啥要打这场恶战？谁参战，谁领导，战局如何，意义何在，为何要选择台儿庄打这场硬仗死仗，等等等等，都是脑海里的一个谜一锅粥！于是早晚要去探访台儿庄的夙愿一直深藏心底。

感谢台儿庄人热情相邀，2013 年新年伊始，我们一群来自各地的博客写手，走进了这座带有神秘色彩的英雄城市，更让我们在庄严的瞻访英雄遗迹行程之余，看到了一个全新的古镇，一个将中华民族几千年的文化遗存完完整整重建保护起来的样板工程，倏然间心发喟叹，百感丛生。

台儿庄来自绵长的历史。"形成于汉，发展于元，繁荣于明清。"公元 7 世纪初隋炀帝谕令凿通大运河，打通了南北中国的内陆水上交通脉管，台儿庄注定要在中国历史上留下刻骨铭心的一页。据称，台儿庄地势低洼，海拔高度甚至低过了附近的微山湖水面，为防雨水侵袭，人民多筑台而居，故名台儿庄；恰恰又是这独特的地形，造就了台儿庄的兴旺与繁荣。原来南来北往的货运客船，到了台儿庄，因为水平面不一样，都得停下来过船闸，有如今天的三峡大坝。昔日的船闸没电没机械化，自然效率低下，客商们在此一等数日乃至数月，帆樯林立，货物堆积，商贾云集，"一船渔火，十里歌声，夜不罢市"，这台儿庄经年累月便成了繁华的港埠，进而衍生为发达的市镇。传曾被帝王赐给"天下第一庄"美称。据记载，明清时代的台儿庄可是交通之要津，繁盛一时，建筑、语言、文化、民俗、民风相互交融，尤其城市建设汲取了中原与江南的元素和营养，南北融合、中外合璧，依托运河，气势宏大却又别具江南之风韵，成为苏鲁交界处的一朵奇葩。

据台儿庄区委宣传部王忆青部长介绍，当年李宗仁指挥徐州会战，之所以选择台儿庄作为决战之地，是因为此城建筑坚固，多为青砖楼房，且城内街巷密布，沟渠纵横，便于阻敌，利于巷战。果然，当年的中国军队使用最简陋的武器抗击日本精锐之师，尽管浴血奋战，毙敌万余人，却有三万多人牺牲于此。街市坊垣也在炮火中化为齑粉。行走于重建的台儿庄古镇内，时不时会有一幅壁雕、几座碑碣或昔日壕垒映入眼帘，那都是英雄们用躯体筑起新的长城而拼死血战之长眠地，令人景仰，更令人敬畏。伫立良久，哀思绵绵，喟叹不已，75年前的血战早已幻化为今日的繁荣街市，可是还能记得他们的又有多少？

时光荏苒，沧海桑田，历史发展到了又一个历史阶段。所幸枣庄市领导班子眼光独到，看到了凋敝不堪的台儿庄后面蕴藏的历史影响和世界意义，那就是"徐州会战"之台儿庄血战在第二次世界大战东方战场的典型性质和示范作用。故而，台儿庄不仅仅是枣庄市的台儿庄，也是中国的台儿庄、世界的台儿庄，其中蕴含的文化遗藏和反战元素足可以做成一篇大文章，让神州瞩目，让世界景仰。

于是方案出台。枣庄地下已经临近枯竭的资源是煤，聪明的台儿庄人用五十万吨煤炭换来4亿元启动资金，而后又滚出40亿投入，最后形成了150亿元的净资产。于是就有了我们眼前的两平方公里的全新的台儿庄。当然，事情绝不像我说的这样简单，也不是我这篇千字文可以说透彻道明白的，诸君大可以去纸媒网媒搜寻海一样的文字。有了钱，还得认认真真地寻访历史，重塑台儿庄的昔日记忆，做出翔实的方案和设计，那得有多少专家呕心沥血殚精竭虑，为了细节无误，他们甚至还寻访了数十位耄耋之年的老人。王部长说，2009年的台儿庄，那可是一个大工地啊，全国的古建专家、古建公司云集此地，改造运河，重建水网，精心设计，高标准施工，你看今日的台儿庄古城，处处建筑都深谋远虑，经得起推敲，无论江南之小桥流水，还是北方的亭台楼阁，都是精工细作。如今我说的不算，最好的检验者是历史，各位几年几十年之后再来台儿庄，历经风雨冲刷后的古城，渐渐成熟起来的古镇，将会更具时代的风韵与美感。

笔者去过国内诸多废墟上重建的古镇，容我妄言，多数不入法眼，要不太小太凌乱，要不规划混乱不成方圆。可是台儿庄不是，傍依运河，水网交织，街道规整，建筑精致，南北流派交融又自成体系，大气非凡，工细于微而不杂乱。虽尚未形成熟体，诸多服务尚未完备，但冬日里虽冰凌满河树木凋零，却已游人如织如过江之鲫。我想，只要古镇执掌者坚持原有思路，紧攮运河古镇与抗战名城这两大历史文化主题，适当植入经济运作，此镇前景美好。一旦知名度抬升，中国人都会来台儿庄寻古探幽祭奠英灵，世界反法西斯战线关注者的目光也会聚焦于此，台儿庄定将大运大发火爆于世也。

台儿庄，历史造就了它又毁灭了它，时代却再度给它机会，让它重生，再度崛起，这是台儿庄的机遇，也是它不可推卸的宿命。

李钢请客：太阳从西边出来了

那天市作协主席团开会审定文学奖等事宜，会毕，诗人李钢忽然拉住我的手说，晚上我请你吃饭！我盯着他的眼睛仔细看，没错，很真诚。我说："行，但我有约，一起吧，你请客，我买单。""不行，"李钢执拗地说，"我买单！"太阳真的从西边出来了？我下意识抬抬头，天气很好，太阳倒是在西边，那是因为快落山了。我忽然间明白了，李大诗人是要了却十多年前的夙愿。哈哈，反正今天他领了点车马费，恭敬不如从命，让他请吧。

我说："行行，你请，你请，你买单！"

李钢是才子，是聪明人，他还有许许多多不好的名声，比如好吃呀，好色呀，开会喜欢闹场子呀，等等等等。这小子书没读几天就跑去当兵，还当的什么海军，其实也就像当年流行的重庆轮渡那么大的小炮艇上当个水手什么的，那么大的个子憋屈在小艇上就像虾米一样佝偻着身体，难受呵！于是想伸腰，想发泄，就写诗，敷衍成篇居然出了诗集叫作《蓝水兵》，后来估计为了照顾当兵的，给他评了个奖，还是全国的。这下子不得了啦，这小子忽然间就成了全国著名的青年诗人，如日中天！

不过著名归著名，这小子还是一副寒酸相。大概是革命后代的原因，老汉太革命化，没给他留下几个钱；加之老婆出奇的有姿色，他的耳朵就不那么硬，身上零用钱自然少；还有这小子懒，就只会写点诗（散文还是后来我鼓励他写的），这年头你不搞工程不弄批文不心狠手辣，就写点文章哪里会有钱嘛！那时候我在晚报编副刊，部门搞得很红火，油水足，活动多，团结了一大批作者，李钢是骨干之一。记得大凡有什么活动，他是必请之人，当时他年少气盛，与同样年少气盛的莫怀戚每每在会上或一唱一和，或斗嘴吵架，成了会议一景。李钢写好稿从不邮寄，他亲自送，一般在上午十一点半送到副刊部办公室，送到也不走，明摆着要蹭饭，大伙心里一百个不愿意，可又怕被说成是成都人，只得请他。可这家伙得陇望蜀，尝到了甜头，以后干脆就把副刊部当伙食团了。

20世纪90年代散文渐渐走红，李钢的诗好，但报纸副刊需要可读性强的散文类作品，我让他写散文，他说没写过，我说你出口成章，那就是散文嘛！他说我试试嘛。一周后文章拿来了，《雪人》，童年故事，好文章嘛，发了，好评如潮。紧接着建党70周年征文，他写了一篇《生命的歌》，写他当兵的父亲的，感人至极，尤其是写他父亲弥留之际仍在唱八路军军歌时，那可真是才情毕现，令人击节感慨良久……此文后来接连获得报社、重庆市、四川省乃至全国多次奖励，奖金丰厚，这也成了我们要他请客的借口。李钢一律说要得，可就是按兵不动，把钱攥在手心里都捏出水来了！于是文坛上多了一句言子：李钢请客——除非太阳从西边出来。呵呵，这是旧话。

那天我和李诗人沿大田湾体育馆一线寻找可供其请客的餐馆，但凡豪华的诸如希尔顿之流都被他否定了，说不事奢华不事奢华，勤俭为要勤俭为要，几经遴选终于在一名曰"善斋"的饭馆坐定，几番斟酌点了荤素小菜若干。本欲点鲍翅类的，可与李钢熟悉的美女老板连说没得没得，知道是帮李钢省钱，也就作罢。让我诧异的是，李钢居然还要了酒，不过他对茅台五粮液视而不见，却去打了二两小店自炮的枸杞酒，还连连说，这酒好，真，壮阳，茅台五粮液假的多。

于是我们喝着壮阳的真酒，品着素雅的佳肴，回首往事，不亦乐乎！我说你小子进步了，自从当了作协副主席，衣服也穿伸抖了，也晓得请客了，绯闻也少了，开会终于不迟到了。他说你编嘛，我本来就是好人一个，因为人长得帅，文章又写得好，所以你们就来坏我。我说你娃还骄傲起来了？社会发展了，你也进步了，谦虚一点嘛。你原来请不起客，那是因为收入低，现在你当主席了，你老婆也升上校了，娃儿也成人了，这些都是事实嘛。他说也是也是，再喝二两再喝二两。此时又来了资深美女一位，引得不再好色的李诗人酒兴大发，于是我们就这样二两二两地喝下去，在醺然醉意中了却了十多年前的夙愿，也洗刷了李钢十多年的冤屈，善哉，善哉！

在爱情与学术的滋润里颐养天年

去重庆文理学院演讲的另一大收获，是重逢了学养深厚、才高八斗的石天河先生。

石天河先生20世纪50年代就闻名国内文坛，被行内人称为四川的"两条河"之一（另一条是流沙河）。不幸这"两条河"后来都被政治运动堵塞，停止流动了整整20年。十一届三中全会后不久，石先生头上的右派帽子被摘掉平反，本来完全可以回到四川省文联工作的，但先生却婉拒了相关的邀请，毅然来到其时名不见经传的江津师专教书育人，用现今的话说让我们"大跌眼镜"，要知道，在20世纪80年代的中国，在文联、作协之类的文化单位工作可是多么了不得的事喔，哪怕就当一个小编辑，那也是让人尊重得五体投地啊！那时候经济不发达，就业渠道极少，年轻人最热衷的就是当作家，争走这座"独木桥"，梦想一夜成名天下闻，就如同今日年轻人想进入演艺圈，一举成名挣大钱一样。

天河先生为何不去文学刊物重搞老本行，而要去永川这个山旮旯当老师？我不知道。我不想拨动先生那根封存多年的神经，但是我想，这一定和先生此后整整20年经历的苦难生活有关！

世人如今津津乐道杨振宁博士与女研究生翁帆的婚姻，并以82—28指代这一不计年龄差距的旷世爱情。其实，在二十七八年前的永川，石先生就演绎了一出震动永川震动全川乃至全国文艺界的爱情喜剧。当时先生已经58岁了，依然孑然一身，教学之中，与中文系年仅二十来岁的学生小袁由亲近到相爱……此事在当时引起多大的波澜可想而知，那是刚刚开始改革开放的中国，石、袁之间年龄相差三十多岁，他们承受的压力远比今日杨、翁承受的压力大若干倍，何况又是社会所不提倡的师生恋。记得当时我在江津第一中学教书，江津师专的学生来校实习，小袁好像在另一学校实习，到一中看望同学，有老师悄悄指给我看，说她就是石老师的未婚妻，言语中透出遗憾……

后来他们结了婚，还有了一个可爱的儿子。就在这次去永川时，老友韩青告诉我，说他每次去重庆，都有人打听石先生的情况，每每最后，都要问到他的婚姻和家庭，大有唯恐天下不乱之感。我说很自然，因为多数人不了解事情的来龙去脉，更不知道二人的心路历程，自然会用传统的眼光去看这一类新鲜事啰！

我和刘国铭老部长韩青三人那日下午去看望石天河先生。先生一家还住在老校区卫星湖畔的宿舍楼里，背靠郁郁葱葱的黄瓜山，面朝碧波粼粼的卫星湖，吸的是富氧的空气，饮的是清冽的山泉水，更叫绝的是门前三株黄果兰，老远就闻到它们那扑鼻的悠然香气……先生家不大，仅80多平方米，陈设极为简陋，有一股潮湿的味道，书房狭小，书堆积至柜顶，室内两台电脑占去了大部分空间，我等进去后就没了回旋余地。先生正在电脑前专注工作，见我们来，自然高兴至极，端茶递烟，西瓜款待，合影留念。问及先生又有何著述问世，他说，回忆录已成稿，就等出版社审查出书了！我和先生谈及当年我在晚报副刊时他对我们的支持，谢谢他给我们写了很多杂文精品，他说我还得谢你们啰，是你们让"精品"问世的呢！

晚上由韩青做东，在湖畔一渔庄小聚。石夫人也从新校区赶了回来，二十多年过去，年轻的小袁自然也成了风度翩翩的学者，与仙风道骨的天河老已无多少昔日的差距。亦须一提的是他们的公子，长得方头大耳，一身时髦打扮，说话风趣幽默，年已25岁，大学毕业后留在文理学院学报工作，是韩青的直接部下。上午9时许，他就受韩青之命到高速路永川出口处接我，而那时我的车还在市区袁家岗。我说你要把你爸的五车学识继承下来哟！先生说，他不行，只知道玩！哪知儿子说，嗨，我是不行，可我名字行，你看，周独奇，周恩来、陈独秀、刘少奇，把中国现代史上响当当的三个人物都囊括了，还不行（注：先生本姓周，石天河是他的笔名）？说罢仰面大笑，完全秉承了诗人的气度。

吃鱼，忆旧，饮酒，畅怀，谈笑之间，不觉已月上柳梢。于是起身告辞，互道珍重，驱车返城。与石老一家欢聚已有周余，然欢声笑语仍时时在耳边响彻，我记得临别曾对他们说了这么一句话：真是幸福的一家！

84 岁的天河先生，50 出头的小袁老师，再加上 20 多岁风华正茂的周公子，真是一个融乐和美的家呵！天河先生在爱情和学术的滋养下越活越有劲，令人钦佩，令人景仰。

我和江津有缘

之所以写下这个标题，只是想陈述一个基本事实，因为我自弱冠之年始，便与江津密不可分，如果说和江津几十年的分分合合是天意或者缘分，自然也不为过。

八月下旬，在游历了国内诸多城市之后，我又一次开始了每年必不可少的四面山之旅。车上绕城高速，景色渐渐宜人，云天高远，满眼黛绿，屋舍零落，心境大开；车过李市，更有归乡之感，田园场坝，虽有现代气息，难掩当年风貌，老街依旧，石桥孑立，老黄葛树苍虬挺拔，忠诚地守候在通往我当年生产队的路口……

往事历历在目，有如风景，从我的后视镜中一闪而过。人生每一步都潜伏着缘分，这种缘分会随着你的生命路程时时闪现，直至你的呼吸终止。比如我，在1986年春使尽浑身解数几乎是挣扎着调回重庆以后，绝没想到几十年后会又一次回到江津，回到当年极度贫穷落后的山区，置下一间小屋，以躲避重庆暴虐的夏日酷暑，以准备在难得寻觅的世外桃源般的山村里安度晚年。而我和江津的合合分分，恰如同一对偶有歧见、失之交臂的友人，其情其谊，历久方醇。

车过龙吟、蔡家、中山……景色越发精致悦目，在葱茏滴翠的色调里，有着大自然原色的那种纯净与洗练，青山与阡陌比邻，村落和民居散落，阳光泻下来，抬眼望过去，犹如水墨画，有如桃源。而真正的惊叹乃从蜿蜒如蛇的四面山景区公路开始。记得1969年冬，我和一群满怀激情的知识青年组成的宣传队，曾坐着当年流行的解放牌大卡车，去头道河慰问伐木工人，那时的四面山原始森林已被砍得面目全非，而那条二十多公里的泥泞山路，我们摇摇晃晃踽踽而行竟然走了整整半天。如今走在这条景区公路上的人们已经难以想象当年山路的艰难与险恶，两边郁郁葱葱的山峦沟壑复生出挺拔的森林，路虽曲折，却有看不尽的风景，浴不够的清风，让你神思清爽，意念飞翔，如入仙境。

我与江津有缘，是因为那个动荡的时代。

1969年早春，组织上原本已安排我去大巴山区宣汉县最穷最苦的樊哈区插队，却因达县爆发武斗路断而搁浅，我在城里等待了整整半年。无聊至极时整日乘公交车"巡视"大重庆，最经典的路线是每天晚饭后由双碑乘车至牛角沱，再转车去朝天门，几乎日日如此，以打发那些无书读无娱乐无事干的日子。盛夏时节，我的一位高中同学突然来访，说江津县一宣传队正在排演歌舞剧《井冈山的道路》，苦于找不到男一号"江代表"的饰演者。因为我在重庆的一个大型宣传队干过，她觉得我很合适，就把我给推荐了。

没有任何犹豫，第二天我就随她去了江津，去了驻扎在县城里的一所民办中学大院里的宣传队，开始了我的江津生涯。对于我这个大城市来的男高音歌手，外形和嗓音都是没话说的，以至于这部戏在江津城里掀起了一股热潮，我自然也成了那个时代的小城明星。

我在江津县城的那些日子里曾经红极一时，不过紧接着来的仍然是上山下乡，好在我在江津已经有了人缘，历经百般周折之后终于落户到了李市公社。由于我的名气，我被安排到了很好的生产队，淳朴的农村干部们居然敢于大胆使用我这个资产阶级知识分子的后代，让我能接近公社领导的核心层面，从而度过了在农村最艰苦最无趣的年头。

尔后的经历不再赘述，我曾经在许多文章里描述那个激情而苦涩的年代，比如《真话》《在春天里回望冬天》。也曾在《江津报》创刊十周年时，应邀写下有如当今微博那样精短的文字，标题叫作《江津人民对我恩重如山》，足以概括我彼时彼刻的心情与感念。

天地玄黄，斗转星移，当我在人生路上走到这个接口，我方明白江津对我的影响已经化作我生命血脉中的一部分。重庆之大，有很多地方可以选择，比如石柱之黄水、万盛黑山谷、武隆仙女山，甚至还有重庆周边诸如贵州、湖北、四川，避暑胜地比比皆是，我依然把江津四面山上的老四面场作为颐养天年的精神归属之地，是因为江津的山山水水已经融入我的生命与血液之中。

可叹可喜四面山区历经四十年的改造与建设，已经摈弃了昔日的贫穷和苦寒，已经由矮矬穷变为高大上，如今正在拼力打造五星级的国家风景区，每每我驾车经过百看不厌的小洪海，驾车沿百丈悬崖蜿蜒而上，远眺192米高的望乡台瀑布，都会一次次停车驻留，用手机将美景拍摄上网，通过微博和微信传播出去，让无数人欣赏这些绝世美景，勾引他们发出纯真的赞美与惊叫。

而我的度假小屋所在的老四面场，更是一个绝妙的去处。沿大洪海右侧小路下去，穿过一片密密匝匝的红松林，顺着平缓的山脊徐徐下行几公里，再钻过一个奇形怪状、非专业人士凿造的歪七扭八的山洞，你的眼前豁然开朗，昔日的老四面场即刻就到。说实话，三年前我决定到此地避暑，这条五公里的林中小道起了决定性的作用，而大山坡下开阔的视野，以及扑面而来的贵州高原的习习凉风更是助推了一把，让我和夫人当即打开了钱袋，把余生托付给了这片陌生而清凉的土地。

老四面村有沁人肺腑的空气和宜人适居的环境，我最喜欢的却是它的社会结构形式。村民沿街而居，多数就是四周的农民，他们有土地耕种，有山林养殖，有小店经营，你从自个的小屋里出来，满眼是生机勃勃的原野，到处有劳作走动的村民，可以和他们谈天说地，可以去他们的土地里寻觅你需要的一切，这种纯朴的社会形态让你感到放松与亲切。不像好多度假地将村民和度假者隔离开来，形成了和大城市一样的小区或者社区，也就大大降低了城市居民走进农村亲近自然的玩兴与乐趣。

老四面村的乡亲是淳朴的，淳朴到还没有受到商品经济的教唆与污染。我曾经独自一人径直走入一家街上的小店寻找吃食，小店没有营业，几个服务员邀我与他们共进晚餐，汤足饭饱以后我掏出50元付账，竟被礼貌地拒绝，拒绝的理由很特别：营业时间已过，您是第一次来本店，免单。我丢下饭钱就走，可爱的服务员居然追出几十米开外将钱塞回我的口袋。

没有人介绍，因为买房我结识了村民曾庆才，因为装修我结识了居民周龙兵，想不到这两人成了我在村子里最好的朋友。每去必聚，每聚必欢。山里人的豪爽性格让他们各自的小店宾客如云，家中的厨房也是开的流水席，除了鲜肉、土鸡之类的荤食，食材大多采自自家或本村的土地，新鲜、绿色、无害，正合我的饮食习惯。夫人若不上山，我独自一人常在他们两家蹭吃蹭喝，脸皮一厚到底。

　　就在那个雨后初霁的上午，曾庆才带着我沿着竣工不久的水泥村道驱车"巡视"四面村的山山水水。这个和贵州高原紧紧依偎的四面环山的村寨，果然名不虚传，方圆几十里碧绿金黄若玉镶嵌，巍巍耸立的古玄武峰，绵绵不绝的原始森林，峭立如壁的笔架奇山……有八千山民在此辛勤耕耘，满山的富硒水稻、玉米待熟，满耳蝉鸣鸟叫秋虫啾啾，不见城市里的喧嚣和粉尘，只有阳光、山风、绿树与你为伴，与你偕乐。在路的尽头一个叫大石包的地方，我们竟和一位古稀老人吴怀书相遇，聊起来，方知他刚刚去给104岁的母亲李世文领了政府补贴，买了糖果零食。在老四面村里，耄耋老人比比皆是，百岁老人也不稀罕，除了他的母亲，还有文姓、吴姓两位101岁老人，据说至今耳聪目明，尚能操持家务，天天走路赶场。难怪人们都把江津称为长寿之乡，而四面村就是当之无愧的长寿之村了。

　　很对不住江津的朋友，今夏之初我曾随几位作家去了翻天覆地的双福新区和刁家、白沙、塘河一线，看见了工业江津、科技江津和现代农业江津的宏大场面，令人耳目一新感慨不已，此文原本也应该写写那边的大好形势。但犹豫再三，还是把笔触放在了僻远的四面山上，因为我看见了老四面村一带巨大的发展潜力。与诸多旅游经济的先行者相比，老四面村应该是发展得慢了一点，但正是这个慢，给了它最好的机遇，所谓后发制人也。这么清凉的世界，这么富饶且原生态的土地，这么多没有开发的自然景观和人文景观，这么多人迹罕至的森林和草原，如果保护好了，合理开发使用，它的未来或许会超过走在前面的兄弟区县，或许会走出一条自己的独特的开发之路。

　　此刻我坐在我的小屋窗前，有贵州高原的习习凉风扑面而来，在二十摄氏度的温柔气温里，一种快意由我的大脑向肢体自由地散发开去，散发向我的每一个穴位和神经元。雨后的雾霭和山峦扭结成一团，在大山与田畴之间组合成一组组变幻无穷奇异莫测的行走着的图案。我呆呆地看着眼前的景物，恍若入仙境，却是人间。

就在我撰写这篇短文的时候，好消息不断从山下传来，江津到习水的高速公路已经动工了，老四面村要升格为镇了，要建影视城和生态康复中心了等等，好多热衷旅游经济假日经济的公司和老板已经在摩拳擦掌跃跃欲试了。说心里话，真希望发展滞后的老四面村急速赶上前去，却也希望它的美景不被破坏，它的淳朴不被损害，它的环境一如现在。因为，我是四面山的子民，我和它此生有缘！

成都是我的贵人

　　编辑约稿，让我写写在成都的经历，说说对成都的印象。瞬间海量信息浮现大脑皮层，无数往事涌上心头，居然一时语塞，不知如何回答是好。因为，在我的青年时代，成都就是我的福地，成都就是我的贵人，我的希望和梦想都曾在那里发芽生长。

　　我的音乐梦是在成都实现的。尽管在那个特殊的年代，我曾在江津舞台上扮演过重要角色，曾是那个小城红极一时的"明星"。但是去了成都，进了新南门十二街的四川音乐学院，方知道天地之广阔，艺术之高深，才晓得我过往对音乐的认识只是会唱歌而已，实在浅薄无知。

　　在川音，我的声乐老师是程希逸，键盘老师是杨汉果，都是我国音乐教育界赫赫有名的资深前辈。他们是我的贵人，他们对我的教诲让我受用一生。我在近而立之年方才接受正规音乐教育，无须自谦，我的嗓音条件一流，音色很美，悟性不错，成绩优秀。但是我在川音明白了一个真理：天资虽好，命运不济，在这个行当我起步太晚，不会有太大的造化。我是调干生，还必须回江津工作。音乐教育不是我的喜好，也不会让我穷尽一生。所以，在回到江津继续我的教书生涯之际，我再度拿起了笔，开始了人生的另一次创业。

　　我的文学梦也是在成都发端的。20世纪80年代是中国文学枯木逢春的季节。我加入了那场千万人挤独木桥的战斗，冲上去，挤下来，再冲上去，不舍昼夜，废寝忘食，终于幸运地在江津县刊《几江》、永川地刊《海棠》发表了短中篇小说《乡愁》《生命之门》，还都是头条。这一来兴趣大增，又写了几篇足球题材小说投给《现代作家》（今《四川文学》）。想不到居然很快又发表了。成都果然是我的福地。

而后，我的小说和报告文学接二连三地在国内多家报刊上发表，引起中国作家协会四川分会关注，先后安排我参加了大邑笔会和自贡笔会，并在1985年吸收我为省作协会员。我终于在文学领域里站稳了脚跟。

1986年春，我已从江津中学调入重庆主城。有一位《重庆日报》青年记者叫李元胜的，某日忽然登门造访，说你在四川省首届业余文学创作评比中得了两个奖：一个是北京《丑小鸭》杂志上发表的中篇小说《听歌人传奇》，二等奖；一个是上海《文学报》发表的报告文学《一曲深情的歌》，写台湾旅美诗人彭邦桢的，三等奖。重庆作家一共才拿了四个奖，你一人就拿了两个，你给咱重庆争了光。过了几天，《重庆日报》居然登了个专访，还配了张我埋头写作的图片。这是我平生第一次被记者采，还上了党的机关报，自然大喜过望，兴奋了好一段日子。其实，这也得感谢成都。中篇小说《听歌人传奇》是在1979年首届"蓉城之秋"音乐会上得到的启发，里边的音乐素材撷取自我在川音的道听途说耳闻目睹。没有那些鲜活的人物和专业的培训，我是不可能把他们写得灵动感人的。后来峨影还请我去改成了电影剧本。报告文学《一曲深情的歌》也和音乐密切相关，那是写旅美台湾诗人彭邦桢名作《月之故乡》在祖国大陆广为传唱而引出来的人生悲欢故事。四川音协专业杂志《四川音乐》居然也转载了。

1993年，重庆出版社出版了我的小说集《琴痴》。《琴痴》中众多的人物原型和情节就是来自我在川音所接触的众多老师同学，来自他们的生活日常、茶余饭后、道听途说。没有成都那一段生活，没有音乐学习和对钢琴、钢琴家的了解，我绝对写不出那些人物那些故事。这部小说，获得了建国50周年重庆文学奖和中国报纸副刊连载作品一等奖。

再后来我进入《重庆日报》社下属的晚报工作，专司副刊编辑，和《四川日报》《成都晚报》同行联系更多。很巧，四川省作家协会和川报、成晚都在一条街上，于是红星中路二段就成了我去省城时最多的落脚点。文学界的名家流沙河、陈之光、吉狄马加、叶延滨、杨泥等，新闻界的大腕席文举、伍松桥等，也就成了我的友人或作者，同时我也是他们的投稿人。后来成立四川省报纸副刊协会，席文举力荐我为副会长，具体负责川东片工作，一直到 1997 年 6 月重庆直辖挂牌，才基本终止来往。记得在成都举行的分手会上，大家表情凝重，难舍难分。轮到我发言，我说，从此以后，峨眉锦绣，乐山大佛，再也不是我们的了。苏东坡、郭沫若、沙丁、艾芜也和我们分家了……但是分家不分心，分手不拗争，还是四川盆地里的人，千百年都是同根生，我们要常来常往，川渝一家亲，成渝一家亲……掌声响起来，经久不息。

我读书时成都不大，骑自行车个把小时就可以把城区遛一遍，我和同学们经常吃了晚饭骑了车去春熙路、盐市口、人民南路、人民公园乃至青羊宫。回来也不耽误熄灯睡觉。当时的城区也就现今的一环之内吧！我记得川音后门就是一片长势茂盛的菜地，我们经常骑着车在田埂上比赛车技。川大附近锦江河畔因薛涛闻名的望江公园，更是我们一帮同学喝茶聚餐流连忘返的福地。成都最难忘的就是公园里的坝坝茶，夜半街头的鬼饮食，还有胜似吴侬软语的嗲兮兮的成都方言，如果从一个小女子嘴里冒出来，真有让人脚趴身软的感觉。

今日成都已非昔比，每次去成都都会找不到方向，开始是礼貌地问警察叔叔，现在则全凭导航。当年的城中菜地早已变成寸土寸金的高楼大厦，自行车如一汪汪潮水的马路如今豪车挤爆，就连老川音院子那弹丸之地，大道小径也塞满了色彩斑斓的轿车。有一次没得法，我干脆把车子停在敖昌群院长的办公楼前，保安居然没来赶我，可能把我当成了来谈事的重庆老板？

成都变了，平面的曾经灰蒙蒙的成都变得立体了现代了质感了，更重要的是思想方法变了，不再满足饭馆茶楼小打小闹慢条斯理。成都人动作快了思想前卫了超越时代了，据说 GDP 总量也和大工业城市重庆有一比了！好啊，成都，我的福地成都，我的贵人成都，我们都是四川盆地里繁衍的子孙，没有利害，只有利益，我们只有携手并肩，才能繁荣共进。不是有句老话吗，兄弟同心，其利断金！

成都是我的贵人。不管你如今打扮得多么风情万种娇艳欲滴，我还是记得你当年的那副纯朴模样。我喜欢你公园里摆满的竹躺椅坝坝茶，我喜欢你夜半街头无处不在的鬼饮食，我喜欢你当年推到校园里卖的钟水饺夫妻肺片麻婆豆腐赖汤圆……我喜欢听成都女娃子叽叽呱呱，说"焦麻了"，说"母亲哇"，说"抵拢倒拐"，听到就有触电的感觉，那就是乡音和乡愁。

成都是我的福地。

永远的江北城

数十年前，我随着我那位参加过辛亥革命武昌起义的爷爷从中国东部乘着小火轮溯江而上，拼命从激流汹涌险象环生的大三峡里挣扎出来，回到我出生的这座城市时，我既感到惊奇，又有几分失望。惊奇的是没想到这遥远的西部还有如此规模的城市，竟赤裸裸地耸立于悬崖峭壁之上；失望的是城市尽为大江所隔，行路极为不便。那时的重庆不用说桥了，连公路也没几条，要去相邻的区县，必须乘轮渡过长江嘉陵江，小小年纪的我就生出困兽之感，渴望有朝一日回到老家那一望无际的大平原上去！

那时我只有9岁，正上小学，听爷爷说我生在李子坝的老刘湘公馆，不到3岁就回老家去了。我家当时住在新华路，远远地看得见两江的风景，邻居中有轮渡公司的船员，见我方头大耳，机敏可爱，又操一口唱歌似的下江话，便常常带我去坐过河船，一会儿海棠溪，一会儿玄坛庙，一会儿江北城。我最喜欢去的地方自然是江北城了，下了船，沿一溜宽敞的石阶上去，嗬，好热闹的街市，比朝天门好玩多了！这江北城说来话长，曾是老江北县的县城，还曾为旧巴县所辖，历为巴渝与川东北乃至鄂陕之通商及货物集散要地，亦大重庆之生命血脉其一也！

对于老江北城的去处，说起来如数家珍。上横街，下横街，乃世居此地的老百姓的祖传老屋，门脸相对，拥挤不堪，鸡鸣可闻，菜香可嗅，青石板小道纵横其间，总有盘根错节的老黄桷树立于路旁……吕祖阁，圆觉寺，文昌宫，聚贤岩，三洞桥，哪里都留下了我的足迹，即便是外人罕至的天主教堂基督教堂，我也因年幼无知故无畏去造访过！可惜此后随父母搬家去了几十公里外的双碑，也就告别了质朴好玩有情有义的江北城，之后数十年漫漫人生路，求学求职求生存一路苦斗，偶去朝天门，也只能隔江远远地眺望她的身影了！

在身历了无数磨难苦痛喜悦与奋斗之后，我在新世纪之初搬进了嘉陵江边的高楼。凑巧的是，我的书房之窗正对着江北城，日光所及处，昔日的老街旧宅已不复见，代之以一处处繁忙喧闹的工地，我幼年的记忆在高耸的塔吊和轰隆隆的推土机的交响声中渐渐消逝。我的心中倏忽间升起了淡淡的伤感，没有了，一切都没有了，那些传承了千百年的历史与文化都被湮没了……然而，我的视线末端出现了大桥，出现了无数的高楼，这些现代化的楼群也将会在江北城出现呵，中央商务区将与解放碑隔江相望，巍峨瑰丽的歌剧院与朝天门扬帆比翼大江之畔；两条轻轨贯通南北东西，三座跨江大桥连接渝中南岸江北，四处现代化立交疏解区内交通，更有三大公园搜罗秀色美景……作为中央商务区纵深地带的溉澜溪流域，也由鲁能重庆集团等先行一步加以开发，鲁能·星城和渝鲁大道有如为新江北城的闪亮登场奏响了盛大节日的序曲。

昔日凋敝破败的江北城终于可以一举成名一飞冲天了，这可是前无古人功德无量的大好事啊！据称未来的江北城可与上海陆家嘴媲美，成为中国西部最现代最时尚最发达最文化最美丽最休闲最快乐的地方，既然如此，我还有什么记忆不可忘却呢！

怀念你，江北城；祝福你，江北城！

眼前那些江北的风景

我这一生眼中几乎都是江北的风景。

我出生在远离当年主城区的李子坝靠北的刘湘公馆。不是我们家和大军阀刘湘有什么瓜葛，而是刘湘死后我父亲在那儿办了一所学校。我已不记得学校的景况，但是我断定，小时候我看得最多的便是江北的风景。因为几十年后我曾经去踏访故地，看见刘湘的那座木楼还在，木楼前我们兄弟姐妹嬉戏其间的葡萄架还在；站在葡萄架下往前看，就看见了郁郁清清的嘉陵江，而嘉陵江的那一边，不就是如今的新江北么？

我在散文《永远的江北城》里，曾经描述过我在九岁那年回到重庆之后，在老江北城四处走动游乐的情景。在那个短暂的夏天过去以后，我便跟着母亲乘着一辆扁脑壳的苏式公共汽车，气喘吁吁地沿着嘉陵江去了一个叫做石井坡的地方，一路上看够了江那边的田园风光。石井坡有一个很大的钢铁厂，还有如今被人称为千年古镇的磁器口，可都是留下我少年的青春的印迹的地方，你站在大江边往东望，那不是绿飘带般的江北吗？

而后我去了虎头岩下的市立二中读书，乃至颠沛流离多年之后回到重庆，直到住入如今市内的小区，我的眼中依然全是江北的风景。我的眼睛便是一台最真实的摄像机，把六十年的沧海桑田，把农耕社会的江北直至现代化的新江北一点不漏地记录在心底。

尽管只是一水之隔，几十年里，江北给我的印象与遥远的乡村无异。记得三年困难时期，父亲不幸染上了肺结核，那时可是一种要命的病啊，单位送他去位于江北的肺科医院住院治疗。我和姐姐去看父亲，没有桥，得在牛角沱坐轮渡过江；为省钱，我们沿着公路走了很久很久才找到那家医院，那是一家孤零零的医院，没有街道，没有多少人迹，周遭全是山地农田。而后便是"文革"初期，我们宣传队的一位队友张洪麟带我去了五里店，他家是菜农，砖房背后是一大片菜地，牛皮菜包包白正在茁壮地生长……即便是20世纪90年代，观音桥一带仍然显得杂乱与陈旧，笔者曾在那儿当过一家报社的头头，但只待了两年，便经不住渝中区繁华的诱惑，把报社搬到了解放碑附近。

虽然人到了解放碑，可我眼中却仍是江北的风景。我看见北滨路在不断地延伸，一直通向我熟悉的城市北方；我看见三钢灰蒙蒙的厂房消失了，倏忽之间变成了造型奇瑰的摩天高楼；我看见观音桥拥塞的街道魔术般地出现了天上的街市，尽可以与西部第一街解放碑商圈媲美。离我报社原址不远的那栋烂尾楼，竟然一夜之间化腐朽为神奇，摇身一变成了响当当品牌的五星级大酒店；而给我少年时代留下记忆的那家医院，以及那些菜地，我再也找不着他们的身影。再看看我书房窗外江那边的老江北城吧，江水交汇之处正在建造一个顶级的艺术殿堂，不日，一曲曲雄壮的时代交响乐将响彻两江之畔，而她的身后便是早已名震中国西部的重庆中央商务区。

还需要我花费更多的笔墨吗？我想不必了，我眼中江北的风景每天都在演变，每天都在生长，从最北边的佰富高尔夫球场，到东边唐家沱铜锣峡望江乃至五宝以远，无处不见改革开放所带来的生命的活力。有朋友说，江北狭长的土地就像一刀肥硕的保肋肉，令人垂涎欲滴；而我则说，这块伴长江嘉陵江而生的土地，是真正的金镶玉啊！不是吗？绿水乃玉，土地为金，天意所成，天作之合，我们的江北区能不发达起来吗！

金镶玉，我眼前最瑰丽的风景。

我与渝中不离不弃的 N 个理由

那一天文人相聚酒至酣处，我不经意间喊出的口号振聋发聩惊栗满座：这一辈子就待在渝中区了，我和渝中区生死相依荣辱与共（后来一想，其实何辱之有）！此乃一时的豪气，哪知竟引得在座的渝中名宿嘉宾贵客喝彩声不绝。立马有人问我何以如此眷恋渝中？是哪一种情愫让你对渝中不离不弃？须知这是一个逃离城市逃离钢筋水泥逃离纷繁嘈杂逃离汽车尾气等等的时代啊，这是一个向往山野向往绿色向往低碳向往安宁云云的时代啊！

我呵呵一笑，答曰：我有 N 个理由舍不得放不下渝中。

其一，渝中有三千年悠久历史八百年城市文明，有说不尽道不完的文化遗存，有无数志士豪杰寻常百姓在此浴血奋斗，累积起城市的辉煌与发达，累积起精神文明和物质文明的新高。这是一座文化和物质的富矿，在重庆独具一格，没有对手，作为一个作家，自然愿意生活在这样的富矿里，随意采撷文学的灵感和生活的真实，竭力书写这个激情飞扬、瞬息万变的时代。

很有趣，20 世纪 50 年代便已成名的诗人、风靡中国的军旅歌曲《小白杨》词作者梁上泉，竟和我持相同的观点，在搬往他地不久后再度返回渝中，如今和我住在一个小区里。用他的话说，我住了大半辈子的渝中区，舍不得啊！在人文景观俯拾皆是的渝中区里，从远古的巴蔓子墓，到佛图关上的隘口，到通远门、朝天门、较场口、解放碑……记录了数千年的沧桑和演变，给人无尽的回忆与遐想，弯街陋巷中更是遍藏文化典故与口传历史，这是那些现代化的别墅和公寓以及山峦田野置换替代不了的，你说我能离得开渝中区吗？

再者，今日渝中处处洋溢着现代化的气息，改革开放三十余年，重庆直辖十来年，渝中区可以说早已面目全新。据说在山水面积仅仅24平方公里的这个直辖市最小的区里，它所拥有的20层以上的高楼早已超过法国全境的同类建筑；它的经济总量和人均GDP也一直在全市名列前茅。解放碑商圈这个中国西部最大的商业街区如今依然是重庆商贸经济的领头羊，没有一个外地人来到重庆会不愿意去解放碑观瞻敬仰或者购物漫步……据称世界上绝大多数的知名品牌都在这里有了归宿。

每个人都可以举出许多实例展示这个城市的发展和进步，但是我最想说的是城市环境和人们精神生活的改变。昔日那些铺天盖地遮天蔽日的大小广告牌匾哪里去了？那些蛛网般挂满街头巷尾的电线电缆哪里去了？那些兀立在闹市路边又脏又破的书报杂货亭哪里去了？地面翻新了，临街的旧楼忽然间穿上了时尚的衣裳，中四路逼仄的街道边不经意就有了绿地和银杏树，你会不会有恍若隔世的感觉？在这样的环境里奔忙着劳累着也是一种幸福啊，何况还有那么多享受着幸福生活的歌着舞着的老年人中年人青年人，在人民广场，在枇杷山，在鹅岭公园，在人和街，在大田湾，在重庆天地……在一切渝中区的地坝里，快乐着他们的快乐，幸福着他们的幸福。

渝中区是一座山水园林城市，在全世界的城市中也是独一无二的。坐在家里可以望青山，观碧水，一切都近在咫尺，皆因这是一座立体的城市。我走过世界上的许多城镇，很少有渝中的这种立体感层次感。它因其小而精致，因山势险峻而雄奇，因山水交融而妖媚，因树木葱茏而俊秀，在这样的城市生活的感觉是与众不同的，你无须舍弃浮华奔往山林，无须逃避污染走向田野，在这种独特的环境中生活，你既可以去解放碑、得意世界之类的"发达地区"充分享受现代文明，又可以闹中取静，去佛图关、枇杷山寻找自己的那一份绿色和平静，这是一种多么自由放松的状态啊，你说我能离得开渝中区吗？

不仅仅诗人梁上泉果断地选择了回归，还有许多例子可以印证人们对于渝中区的那一份眷念和难舍之情。我的一位朋友已经入住了远郊的别墅，却几乎每天坐着公交车进城来喝茶，逛书店，坐在大街旁的木椅上打望衣着鲜亮的红男绿女，每天傍晚又摇着公交车返回他孤独的华丽的新家，他说，人走了，心还在渝中区，因为这儿有他的人生，有他忘不掉的记忆。

人都会老去，不会老的是他的记忆；人都会老去，热闹的解放碑，热闹的渝中区却不会老去，它只会包容着老去的人们，给他们关怀和快乐，这种快乐是难以用言语表述的，它甚至可能仅仅是一种心理的需求和暗示。

你说，我能离得开渝中区吗？

还有许许多多过硬的理由，比如：

渝中区具有都市一流的医疗机构和医疗队伍，在从朝天门到大坪、袁家岗的十多公里的主干道上，就有七八家像重医附一院、重医附二院、陆军医大大坪医院、人民医院、儿科医院、妇科医院等这样的三甲医院，其中的博士硕士更是如星光闪烁，再加上星罗棋布的区级医院、社区医院，渝中人的医疗保障水平可见一斑。

渝中区早已形成了完整有序的教育体系，每一位市民都能从学前开始受到最科学、最系统、最现代化的教育，在最具代表性的人和街实验小学，笔者就曾被孩子们的激情和智慧打动；而一箭之遥的巴蜀中学更是享誉国内外的名校，是这块土地上中等教育的领军者，和上百所各式各样的幼小中高院校一道，让渝中的人才培养与充电再造始终名列前茅。

渝中还有健全的基层社区组织，它像毛细血管一样遍布在高楼华宇、街肆曲巷之中，有如人和街红岩社区那样的典型，社区负责人就是"小巷总理"，掌管着成千上万人的柴米油盐、家长里短、生老病死；渝中区到处都有 24 小时通宵值班的交巡警平台，它让市民有了前所未有的生命和财产的安全感；渝中还有我们城市中最先进的环保设施，最先进的粪便处理净化设备，如若不信，你尽可以去位于大溪沟嘉陵江畔的环卫三所，和那位强势自重且绝顶聪明的所长一起体验世上最神奇的事情，喝上一杯化粪便为饮品的无菌之水……

还需要我寻找更多的理由吗，不必了，和诗人梁上泉以及千千万万普通人一样，当一块土地解决了他的最基本的生活需求——包括吃喝玩乐交通医疗等等——之后，他会选择精神的归宿，比如我，生于斯长于斯、成就于斯也老于斯的我，自然会选择在渝中区生活。何况渝中不是纽约或者上海，无须动车或动步，你可以遥望南山，俯视两江，尽享城市的繁华与山野的雄浑；你可以漫步于洪崖洞或老城墙或蜿蜒山崖的人行步道上，咀嚼韵味悠长的巴渝历史。

渝中的山水越来越清幽，渝中的街道越来越清爽，渝中的阳光越来越和煦，渝中的人情越来越淳厚……我没有选择，我已经公开了自己的承诺，此生此世，与渝中携手，荣辱与共，不离不弃。这是一生的誓言。

黄水的前世与今生

很多年前我曾去过黄水，那是在重庆直辖以后不久。其时我刚刚奉命从重庆晚报调往重庆日报，刚刚从看不完改不尽的报纸大样中解脱出来，有了调查研究和采风写作的时间，也有了周游新重庆8万多平方公里广袤大地"驴行"远足的机会。

恰恰第一次远足便去了黄水。

那时石柱县还在黔江州管辖之下，作为过渡，黔江成立了开发区；为了宣传黔州五县，开发区请了一些作家和记者前往采风。笔者作家、记者身份兼具，也在被邀请之列。我们跋山涉水两日几近20个小时方才千辛万苦地到了黔江，而后又翻越崇山峻岭去了黄水，到了这个我孤陋寡闻从不知晓的地方。

那时的黄水是一个区，坐落在湖北到四川的公路线上，小镇沿马路而建，灰蒙蒙的大街上几乎看不见有时代感的建筑。我们就住在公路边的一个简陋的招待所里，谈不上什么档次和服务，仅仅是住下来就可以了。其时正值春夏之交，位于海拔1200米以上的黄水早晚还有一点寒意。晚上，昏暗的路灯眨巴着眼睛，很早就没有了行人的身影，公路上偶尔会有汽车驶过的声音，让你觉得这个小镇离我们的生活相距太远太远，如果没有了引以为傲的黄连和莼菜，那简直就是处在另一个世界。

开发区和石柱县的用意非常明显，请这些作家和记者到黄水来，就是要把黄水宣传出去，就是要利用作家记者的笔和镜头，宣传黄水的自然风貌和凉爽气候，把黄水打造成"中国的黄连之乡"，打造成重庆的清凉"夏都"。在黄水区政府那个老旧古朴的院子里，我听着黔江和石柱相关领导的豪言壮语，禁不得疑虑丛生，"中国的黄连之乡"倒有依据可行；但重庆的"夏都"一说，心里却在自问，可能吗？如此偏僻寂寥的山区小镇！

然而他们非常执着，不厌其烦地带我们去看茂密的森林，看千年之龄可供数人合抱之古树，看水田里的莼菜和木棚下的黄连，翻山越岭去大山半腰看土家的院子，如数家珍地翻出自家荷包里的那些稀罕之物；更喜欢拿火炉重庆的高温与这里平和湿润的气候作比较，让你从心底为主人的这份热情感慨，从而义不容辞地成为黄水的宣传员和吹鼓手。

记得从黄水归来后，我曾在自家和别人的报刊上发了好些游记和散文，把石柱各地尤其黄水的自然风光风俗民情写得活灵活现，勾引了不少先富起来的读者前往旅游。此事的结果是，爱自然风光者赞不绝口，贪图安逸者则骂不绝口，个中原因，皆因黄水作为旅游区还没有做好准备，尚无最基本最必需的基础设施和旅游环境……

两年之后的夏天吧，笔者已在重庆经济报社担任总编辑，忽接石柱县府邀请，要我再赴黄水参加一个旅游节，我欣然前往，并带去了几位得力的记者和编辑。去黄水的路依然遥远而艰险，但我欣喜地发现，在黄水镇一旁的坝子里有了星星点点的新屋，有了样式新颖的度假村，我们的住宿条件也有了极大的改观，居然住进了正规旅馆式的标准间；黄水街上有了许多亮色，老百姓的衣着打扮也有了时代的气息。黄水的旅游有了较大拓展，我们一行就去了被他们称为小九寨沟的油草河新景区。

然而就在此行结束前的一次简朴的聚餐会上，某位镇领导的一番私房话却让我唏嘘不已，对黄水的发展前景产生了疑虑。他说，难啊，资金缺乏，人才难觅，旅游开发进展有限，离我们的目标相距甚远。从他紧锁的眉头里，我感觉到他的焦虑和不安。我为他的直率和实事求是感到欣慰，毕竟他是一个说真话的有事业心的人。

之后一别数载，竟再无缘与黄水亲近，忙则忙也，可机会也未再来。及至这次作家采风，与二赴黄水已有九年之隔。

这一次去黄水再也没有往日的艰难险阻。高速公路将我们从主城一路顺风送到石柱县府所在地南宾镇，好客的主人让我们尽情领略石柱的山水名胜，观风望景一路流连，直至第三日方才进入黄水国家森林公园。

黄水的变化让我心灵震撼。

这还是我所知的昔日黄水吗？这还是那个记忆中的边陲农业小镇吗？真是一别九载，黄水千年！

昔日灰蒙蒙的古朴街市哪儿去了？到处是簇新的房屋和鳞次栉比的楼群，宽阔的大街上满是旅店、超市和各式铺面，人头攒动，车旅匆匆，从这儿出发，从那里归返，多少人来到此处躲避伏天的日头，享受夏日的清凉。黄水真正成了我们的"夏都"了。

那个被称为"毕兹卡绿宫"的公园，十多年前只是小镇边上的一片树林，曾是土家人举行欢迎我们的仪式、载歌载舞的地方。如今林子被围了起来，树更浓密了，更高峻了，林间还增添了许多游乐的玩意儿，成了游客必去之地。可我不知为啥仍然怀念它的过去，怀念它曾经有过的自由、开放和随意。

让我眼前一亮的是镇外几公里处的黄水药用植物园。在依山势而建的阔大园圃里，500余种名贵药材蓬勃生长，走入园区，异香扑鼻，奇花入眼，实乃百草园之大观也。这园这药，恐怕在国内也是罕见之物，值得一去，值得一窥。

其实黄水最著名最令人神往的是那片名曰大风堡的原始森林。笔者前两次去黄水，都是在它的边缘来而复往，顶礼瞻仰，不能进入，也不敢进入。石柱的朋友说，大风堡乃一秘境，狼豺蛇虫，奇花异卉，遍布山中，多年前曾有一位领导带了几个人进去探险，走了多日也未能穿越其境，后来迷了路，粮草耗尽，差点丢了性命，历尽千辛万苦方才钻出山来。此后便再没有人敢深入其中。可这愈发引得我等神往与憧憬。

石柱县作家协会主席谭长军是我多年的好友，他告诉我，这一次我们要进大风堡。真的吗？我仍然不敢相信。可他说，真的，下午就去。

原来已经有一条水泥路直通大风堡之腹地，不过尚未完工，我们作为县里的客人特许获准通过。这条路的终点是一幢在建的楼宇。县委宣传部的甘副部长说，那是重庆一家公司投资修建的四星级酒店，不久后，就可以在大森林里享受星级酒店的服务了。

我们从这栋大楼的侧后方开始攀登。一条松木铺就的便道蜿蜒而上，时而沿山脊前行，时而越山涧迂回，头上是遮天蔽日的大树，耳边是风声涛声鸟唱蝉鸣的天籁，让人一洗身心郁积的烦恼与疲累；面对莽莽山峦无边林海辽阔天宇，禁不得放开喉咙痛快淋漓高唱大喊，换得一个无限畅快无比愉悦之心境。偶尔，又可在一处处木制的观景平台上休憩小坐，说几句言子，拍几张照片，让山风吹拂汗湿的衣衫，那又是多么惬意和快乐啊！

在大风堡海拔 1934 米的极顶，我们极目远眺。可惜雾霭迷蒙，视野受限，只见得山峰绵连，林木葱翠，浩瀚森林不着边际。甘副部长说，山下不久将筑起一座大坝，蓄水为库；环水将建少许别墅，修高尔夫球场，你几年过去再来此地，健身洗肺，避暑游乐，其时山水一色，天地一色，人在山中，也在画中，是为人间仙境也。我说，唯愿不要破坏了生态，毁了这片森林。他说，不会的，你看，山上这些观景台都是用水泥柱凌空搭建的呢，为的是不破坏植被，大风堡是黄水最可宝贵的自然资源，我们一定会珍惜它，保护好它，就像保护自己的眼珠子一样。

一场豪雨过后，是日晚，林业宾馆的广场上点起了熊熊篝火，美丽的土家妹子、俊朗的土家小伙放声而歌尽兴而舞，演技较十多年前大有长进。记得第一次来黄水也有这样的欢迎晚会，可那时乐队和演员大都是从县城请来的。可见，黄水人的文化生活水平随着经济提升和旅游事业的发展有了多么快速的提高。

受不了篝火的灼烤，我悄悄溜出会场，独自漫步在灯火阑珊游人熙攘的街头，想寻找一些多年以前的记忆和时下的新鲜事情，想不到竟然在街头广场那尊金色的雕塑旁，碰上了几位重庆的朋友。原来，他们抵挡不住三伏之后主城的暴热，相约开车到黄水避暑来了。可转了一大圈，还没找到酒店住下。我说，别急别急，实在不行，就到我房间去，大不了咱们斗一晚地主，呵呵。正高谈阔论时，一位土家族大哥凑上来了，说，各位客人朋友，黄水的酒店早已预订到九月份了，天天有人为争房间吵架动火呢。如不嫌弃，去我的农家乐苟且一晚如何？行啊行啊，一伙人迅即上了宝马奔驰随他的摩托绝尘而去，只留下了我一个人呆呆地站在原来的地方。

我问一位在路边摆摊的老板，镇里的房子好卖吗？她浅浅一笑说，好卖啊，好多都是你们城里人买的。几年前五六百元一平方米的房子，如今炒到一千五了。要买赶快买，否则价钱又要长咯！嘀嘀嘀嘀……她指着远处那些在建的高楼说，修多少卖多少，我们黄水人如今也买得起了呢。

　　我还以一笑说，全世界都在闹经济危机，唯独黄水没有经济危机啊，佩服，佩服啊。

　　我听县里的干部说，黄水已经是仅次于县府所在地南宾镇的第二大镇了。直辖十余年，无论是黄连莼菜这些驰名国内外的固有药材食品产业的现代化管理经营，无论是总体经济规模或者旅游、地产等新兴产业的开发，都走在了发展创新的最前列。黄水前进的势头不可阻挡。

　　行文至此，我想说，各位朋友，鄙人还有必要耗费笔墨描绘黄水的明天吗？就此搁笔吧。

梁山的高度

重庆的众多区县我已经悉数走遍，没留下一处空白。去得少的是东部几个县，三两次吧。如果以渝中为圆心，除却呼朋唤友吃饭喝茶都常去的几个主城区，常来常往的，以江津为最。因为我在那儿下乡插队做了教师，结婚成家，还因为各种境遇、各种故事在那儿待了整整十七年，那是我青春勃发的彩绘年华。

梁山只去过四次。这个梁山就是梁平，其实它从西周以来一直叫梁山，也没人在意它和谁谁重名。直至 20 世纪 50 年代初审核区划规制，才发现山东有个水泊梁山，那可是四大名著《水浒传》一百零八条英雄好汉反抗朝廷聚义起事的原发地，于是就把那么好的名字让给了他们。于是有乡绅说我们这儿是高山上的平坝，那就屈尊改成梁平吧！其实这种事岂止梁平，比如今日蜚声海内外的三亚，以前不叫三亚，叫榆林，因为陕北有个城市也叫榆林，于是三亚便礼让了。

身处重庆主城以东近 200 公里的梁平，平均海拔 400 多米，居然是朝天门码头标准海拔的两倍以上，乍一想怎么都不是个道理！再细思也对，梁平不在长江之滨，而是主城东方隆起的一大块台地，恰恰是大自然的鬼斧神工，给了梁平人这么一块丰腴肥沃之地。

梁平的高度当然不仅仅在于海拔，不仅仅在于水土丰茂物产丰饶，老百姓无忧无虑地在这里休养生息自由繁衍，梁平的高度还在于它悠久的文化、累积的文明。众多的历史文化遗产引领着梁山的文明，竹帘画、木板年画、梁山灯戏等国家级非遗闻名于世……破山祖师创立的佛教禅寺"西南第一丛林"双桂堂，更代表着中国佛教文化的一个历史高度，也成了如今每一位到访梁平的朋友必去的打卡点。哪怕你去过许多次，仍然会对这座300多年前的丛林充满敬意与虔诚，仍然会对那两株破山老祖手植的金桂银桂生死轶闻充满好奇与不解。活着的银桂每年秋天都会代死去的金桂开出半树金花，从科学的角度看怎么讲都百思难解。谁说草木不谙人思不通人性？银桂的半树金花兴许正是它对金桂不了的情怀。身边的徐先生对我说，这可不是文人笔下演绎江湖传说，而是千百人亲历目睹的事实。怪就怪在多少植物学家研究土壤分析元素就是栽不活补栽的金桂，僧人们只做了一场法事居然把它的生命唤回。经历了生命轮回的青春的金桂和苍老的银桂，如今就携手站立在那里，就像一对忘年侣伴，聆听着自己的故事，无意奉和，不动声色。

在穿越感十足、令人眼花缭乱的梁平区博物馆里，众多国宝非遗惊煞一众看客，我却在啧啧的赞叹声中发现了一些并不太引人注意的照片。就在梁山这块1892平方公里土地上，居然有着200多个碉楼古寨。诸如大名鼎鼎的七斗寨、金城寨、猫儿寨、牛头寨、滑石寨……这些寨子散布在山峦田畴之中，形形色色，风格迥异。史载，清朝中叶，梁平是白莲教起义军活动的根据地之一，数万义军曾数度攻占梁平大部。当时，知县方积招丁建团，建造军械，修寨筑堡，坚壁清野，共在县内修建了217座寨堡，强令全县2万户人口迁居山寨。各寨烽火传号，鼓角相鸣，互为掎角之势，给起义军以重创。我估摸即便没有白莲教起义，在农耕文明时代，太过富饶的梁山自然会引得草莽英雄们觊觎，于是乡民们也会筑寨以防，族聚而居，这样的古堡碉楼和福建好些县至今保存完好的众多家族性圆形土楼有几分相似。比如前述迄今已有1800年历史的梁平七斗寨，既是聚居点，又具防匪防盗功能。我顺口对身边的一位梁平美女网红说，这是多么好的题材啊，可以遍访，可以摄录，有多少故事可以搜寻，有多少人物可以追忆，200多个宝贝啊，可以弄一本厚重的大书，这是乡愁，也是历史。江津一个会龙庄就已惊艳了世界，你们有200多个，即便鱼龙混杂，也是一个无穷无尽挖掘不完的宝库。

<h1 style="text-align:center">二</h1>

时下说到梁平，提到最多的是它的物产它的美食，它的竹子稻子鸭子柚子……许多人却不知昔日梁山在中国现代历史上也曾有过血色浪漫，有过壮怀激烈。你们知晓当年多由锦衣玉食的富家子弟组成的中国飞行大队吗？了解林徽因和她全部血染长空的九个"飞行员弟弟"吗？看过轰炸敌城东京的大片吗？对国产影片《无问西东》里的青年飞行员还有印象吗？中国第一批青春勃发的飞行员，就曾在梁山机场展开战斗的翅膀，以热血与意志毅然起飞迎敌。日寇轰炸机集群肆无忌惮地袭击我几无还手之力的重庆，陈纳德飞行队和我们中国的飞行员就是在梁山机场率先驾机升空阻敌，可以说这里是重庆的第一道空中屏障。敌我力量实在悬殊，故而牺牲巨大，我数百天之骄子血洒蓝天，血洒巴蜀大地。

在梁平区博物馆追寻历史，图片上的英雄栩栩如生。梁山机场乃二战时期东方战场的著名机场，也是中美苏联合空军部队和陈纳德飞虎队主战基地，图片上的英雄们不仅拱卫着反法西斯东方大本营重庆，更以驾机远程轰炸日本东京轰动世界。1937年全面抗战爆发后，中美苏三国联合空军部队战机集中入驻梁山机场，与频频来犯的敌机展开了长达五年的殊死搏斗，立下赫赫战功。1943年6月，周志开只身驾驶一架美制P40战斗机迎敌，以一敌八，最终击落日机3架，成为反法西斯阵营首屈一指的中国空军英雄。

1944年初夏，反法西斯战争欧洲战场捷报频传，已经迎来胜利曙光。为能让美军的新型B29远程轰炸机起降，中方紧急征召四万余民工对机场进行扩建，梁山机场遂成为当时在亚洲范围内最适合新型B29起落的机场之一。解放后，梁平军用机场赓即成为我空军飞行员培训基地，培养出我国首批全天候歼击机飞行员和我国首飞太空的宇航员杨利伟。

往事如歌。三十年前我曾来梁平采风，开阔的梁平机场还在城外一隅，平和而静谧，早已没有昔日马达的喧嚣和一飞冲天的神奇。十三年前我来梁平抗震救灾，机场宽阔的跑道成为同行作家们的临时宿营地。我们和几万老百姓露宿在初夏的星空里，倾听着大地的脉动，牵挂着汶川北川的同胞，牵挂着梁平文化镇小学垮塌的学校。惴惴不安中有长者讲述当年修建机场的辛苦与不易，一幅幅历史的画卷就在我们眼前匆匆闪过，也成了我对梁山机场永恒的记忆，至今不逝。今时机场周遭依然阡陌纵横，但是城市的扩张显而易见，已经被动纳入了新城的范畴，是否已经完成它的历史使命？有消息说，几年前它已改为小型机通用航空机场，承接短途航空客货业务。

无论如何，我想，历史已经记住了你，梁山机场！记住了你过往的一切，英雄们洒下的滴滴鲜血已化为灿烂星河漫天彩霞……

所以，在梁山人用瘦弱的脊梁支撑家国命运的历史时空里，梁山的精神也达到了前所未有的高度！

三

我是第二次来猎神村了。

上一次是两年多前的金秋时节，谷穗低垂，漫山碧透。一群来自主城的顶级舞者，把无垠的稻田当作舞台，飞翔跳跃，托举腾挪，尽兴而舞。纯美的青春芭蕾和丰腴的田野融为一体，浑为一色，霎时亮彻了山峦竹海，引发游人山呼海啸的喝彩。

另一边，几个长腿超模裙裾飘逸，快步行走在逼仄的田坎上，水如镜，影若仙，那般娇艳撩人那般古灵精怪，和山野田畴反差巨大，看傻了我等一众城市来客。心想，这个山野小村是要干啥呢？别出心裁弄这么一招。设计者说，这是丰收节的仪式，是把城市艺术和乡村文化勾连起来，嫁接起来，制造出变异和交流，也是一种另类的尝试。哈哈，有道理，就像生物学大家孟德尔、摩尔根的遗传学说，远缘杂交，方得良种。果然，丰收节的盛典引发轰动，新老媒体纷纷抢先报道，猎神村从此声名大噪，投资者络绎不绝慕名前来，让百里竹海里的小山村成为文旅新宠区市楷模。

这一次再去猎神村，果然有了基因突变。有了新修的街肆，有了时尚的妆容，文化味道浓郁了，咖啡馆奶茶店大小旅舍居然学了丽江大理的韵格、色彩、挂饰、短句、谚语……色彩缤纷。因为是冬天，冷雨霏霏，游客寥寥，我们就成了村民眼中的大熊猫。

两年不聚，一见尤亲。巧遇一位老村民旧相识，聊起来，不拘谨了，很放松，看来见过了世面。天冷，接过他手上的火笾，摆龙门阵。老先生和我同年，读过书，有见地，不岔生。他说你们走后变化大，村里人不挖矿了，做起了旅游生意，没有贫困户了。山上的石膏矿关门了，如伤疤一样的矿坑请高人整治了，填了改了重做了，恢复了山林绿地，矿山变成了"矿咖"公园和时尚民宿，成了另类的聚宝盆。

这是村民的实在话。

一斑窥豹。我们一行人后来徒步去了矿山，哪里还有满目疮痍？只有满目苍翠。现代风格的"矿咖"设计，旅社茶室会议厅以及泳池居舍，星罗棋布于山梁上下，我们呷着咖啡，眺望村景，恍若隔世，竟然生出依依不舍之感。

猎神村的展览室里，"绿水青山就是金山银山"，十个大字撞击心扉。这是村民们实践获益后的心灵之声。我恭恭敬敬地读了他们的村赋，感慨良多，引几句作为此文结语：

> 猎神新居，鳞次栉比。组路纵横，村道通衢。入区亦往市，往来仅须臾。竹海美宿，产业兴旺。全域旅游，富甲一方。康寿福地，倚青峦之环绕；世外桃源，拥青溪之妩媚。留绿水青山，延亘古兴盛旧途；变金山银山，走绿色发展新路。

善哉猎神，美哉梁山，你站在了悠悠岁月漫漫历史的新高度！

春风化雨，我们去万盛丛林

一

我与万盛的友情始于翁杰明主政万盛的时代：我的一位曾经的朋友开发了当年万盛城区的一栋单体楼，力邀我报社加入。时任重庆经济报总编辑的我，自然想融入其中，既为万盛城市建设出力，也能让报社获得效益和发展。我和翁书记以及各方面多有接触。那时万盛煤经济发达，老百姓过得也不赖，但城区还是灰蒙蒙一片，街道房屋多是 20 世纪 60、70 年代的风格，色彩单调凝重，少有现代气息。一个以煤炭生产贸易为主要经济模式的都市重镇已经远远落后于时代的脚步。

此后多年，虽来过黑山谷等风景区，却再也没踏足万盛主城。今次再到万盛城区，已是万家灯火户户笙歌时分。暮春豪雨，仍挡不住我和一众作家的热情，举伞淌水，兴致盎然。我们从所住酒店出发，穿过宽阔的区中心广场，一路往前，径直走到孝子河畔，只见新楼处处，霓光斑斓，灯红酒绿中，欢声笑语如汩汩流淌的春水，飘飞在光怪陆离的街头，昭示着快意和幸福。不禁感慨，十多年间，昔南桐矿区的地域还在，可是它的精神与风貌早已发生了质的蜕变。

万盛文联主席胡明竭尽地主之谊，为我们撑伞引路，为我们导游解说，激情满怀地讲南桐矿区更名万盛经济开发区的沿革由来，讲它作为老工业城市重庆能源基地的不可忽视的历史性贡献，讲它近年关煤转型的划时代决策；带我们去看万盛人引以为傲的国家级羽毛球训练基地，还有国内最大规模的庞大的群众性羽毛球场地……

雨大地滑，脚力羸弱，然眼前的一切却让我陡生感慨。短短十几年，万盛已从一个黑黢黢的煤经济小城蜕变为现代化的绿色数字城市，幻化成一个绿水青山经济发达的现代工业文旅大观园，令人侧目。晨起见广场上音乐缭绕，歌舞升平，就知万盛人幸福感爆棚，这一切，源于自上而下的给力政策，源于自下而上的奋发勤力。

二

去万盛首日我们参观了华绿生物。这公司位于丛林镇绿水村，居然是生产金针菇的现代农业企业。观其名，再环顾四周，名副其实，的确被绿水青山怀抱，实乃一洞天福地是也！

对于蘑菇的最原始记忆是在 1966 年。那一年 18 岁的我高中刚毕业，被组织安排去大巴山深处的通江老区"劳动锻炼"。我所去的知青林场离通江县城有 200 多里路，没有公路，在莽莽原始森林之中。那里遍地松杉柏树，野果丛生，林下各种菌类药植采摘不尽。最多的是黑白木耳，还有天麻杜仲百合，等等。那时食物匮乏，各种蘑菇便是最好的蔬菜，也是回城极佳的馈赠之礼。

及至 20 世纪 80 年代，人生辗转，浮沉多年后我到江津第一中学任教，有个北方籍的生物老师热衷创新，居然在实验室里培育出了新鲜蘑菇。我们常常花几毛钱买两斤回家凉拌煮汤，那种鲜味居然有深山老林的味道，至今难忘。

在缺吃少穿的年代，蘑菇曾是稀罕之物，直到改革开放以后，方成了家家户户桌上的寻常菜肴。比如金针菇初上市时，食客趋之若鹜，直呼世上仙草，即便今天，也位列火锅店必备蔬菜的前几名。尽管它早已不是珍稀之物，但当我走进华绿公司生产车间，看见那种气派那等规模那些设备和运作程序时，我还是在目瞪口呆之后长叹了一声：老天爷，中国人吃金针菇就像喝白开水一般吗？

高阔的生产车间里培养瓶叠层累架，一层层一排排塞满密封的隔间，瓶皿里是黄褐色的培养基和养分，下了菌种之后在18度左右的条件下生长，由细微的芽孢渐渐长成修长的植株，最后被机器收割，再被几十个大活人紧张地包入袋装进盒发往各地。作家们好奇，很多是吃货，都问可否生吃，敦厚和善的解说员大哥果真扯下一根根植株，送到一个个"好吃狗"的嘴中。哈哈，我也吃了，好吃，回甜，怎么感觉比火锅店里的脆嫩？解说员大哥笑答，我们的金针菇质好誉佳，每天几十上百吨发往西南各省诸市，基本满足需要，应该没有假冒伪劣，口感不同，是和你其时的心情或者味蕾感觉有关吧？大叔太专业，我等无言以对。哈哈！

华绿生物作为国内知名的蘑菇生产龙头企业，他们和品品鲜等公司通力合作，带动了丛林镇域内的18家食用菌种植大户和专业生产合作社，开发了金针菇、鹿茸菇、双孢菇等10余种食用菌，年产量超6万吨，产值5亿元，形成了西南地区规模最大、智能化程度最高的食用菌生产基地。

我一直以来认为是小打小闹的蘑菇产业，居然在丛林镇绿水村做出了如此亮丽大气的文章，为万盛经济开发做出了莫大贡献，真是让人感慨万端，心绪难平，崇敬之情溢于言表。

三

人生几十年，又在新闻单位工作，见过许多村干部村支书，形形色色，气象万千，及至今时，大多数几无印象，可这位万盛经济开发区丛林镇绿水村的党总支书记蔡志华，一出场就让我等刮目相看。

此人五十不到，长得年轻，看起来也就而立之年。衣着简朴，说话带笑，给人以很踏实的亲和感。正是满坡柑子花飘香时节，招蜂引蝶，美不胜收，绿水村的确是绿水青山，名副其实。但引我注意的还不是他的果园，而是他一路上流畅的解说。他讲他的创业之路，讲他和老婆二十年一路走来含辛茹苦，有细节有故事有心路历程有分析，口若悬河，丝丝缕缕，张弛有度，有哲理有点评信息量巨大……我立马跟同往的青年作家朋友糜建国说，此人有内涵，有写头，你精力旺盛，文思泉涌，可以详加采访，写成一部有分量的报告文学。

本以为蔡志华是某农业大学毕业，同行的丛林镇副镇长陈星告诉我，他初中肄业，但是善于学习，所有的果树栽培技术都是自学成才。这让我大跌眼镜！他种果树原来是被逼上梁山，当时所有人都不看好，都不相信果树能改变贫困。讲到自己结婚时居然欠账 2000 多元，我看到他眼中噙泪；说到为了承包山地种植果树，他和老婆遭遇的艰难与不堪，我看到他的执拗与勇敢。一切都源于贫穷，他要带领乡亲们向贫穷宣战。

没有钱，他低三下四地向亲人求助，用至诚感动友人乡亲入股。不懂技术，他四处拜师学艺亲自学嫁接学施肥学疏果等等果树栽培真经，终于用赤诚和心血浇开了满山果花，结出了满树硕果。如今的绿水村，有四季花果，有南瓜蘑菇，有柑橘园樱桃园桑葚园，还有味美价廉的农家乐可吃可住……

他说如今绿水村的果蔬已经不需要车马劳顿到处寻找市场，往往在树上或网上就被南来北往的游客摘光订购，当年一贫如洗的村民如今年均收入在 15 万元左右！这个数字再次让我惊讶，但是我相信。这个 2020 年被市里列为 20 个乡村振兴示范村之一的村庄，还被授予国家级宜居村庄等一系列荣誉称号，真是实至名归，不负众望。

采风路上，丛林镇党委书记李霞、镇长高立军介绍说，他们最近几年关掉了所有煤矿煤窑，认真贯彻了习近平总书记"绿水青山就是金山银山"的指示精神，令行禁止，全面实行产业转型，成绩巨大，前程似锦。丛林镇户籍人口 1 万余人，如今在住的仅有 4000 多人，镇里就是要用乡村振兴的诸多措施吸引居民回流，让家乡变成康养之地文旅新宠幸福乐园。我说，途中所见，的确如此，丛林镇满目青山，生态一流，不仅仅丛林镇，整个万盛经济开发区都一派欣欣向荣。记得几年前我曾经在主城某次座谈会上说过一句话：万盛有万圣，一定会万胜！万盛生机勃勃是因为有万千圣贤汇聚，群英荟萃，献计献策，故战必胜，直至万胜。虽是笑谈，其情也真！

万盛，万圣，万胜。欣逢盛世，众圣合力，胜利在握。祝福丛林，祝福绿水，你们的未来会更美！

我已老去，你正年轻

十七岁那年我去北碚，是为了追逐风景。正是风华正茂的青葱岁月，那时的我的确很年轻，年轻得目空一切，年轻得忘乎所以。那时的北碚很老，从夏朝古濮人居住生息起算，也有好几千年了。几千岁的北碚当然很老，就像所有的老人一样瘦骨嶙峋沟壑满脸。可是北碚老得有韵趣，有情味。小城老街，弯坡曲巷，民居散落，风流尽掩；亭台楼阁，郁郁老树，名人遗迹，济济一城。经历了千年风雨，往来了多少故事。美景无与伦比，英雄缱绻流芳，温泉洗净沧桑。这小城精致得让人心疼。

那时候去北碚是一件很长脸很有份儿的事。提起北碚，小三峡、北温泉、缙云山、金刀峡，立马弥漫了你的思绪，憧憬和向往塞满大脑，幸福与快乐无穷无尽。那时候去北碚也是一件很刺激的事。因为只有一条泥巴石子公路通往北碚，只有牛角沱或者沙坪坝才有长途车和北碚来往，还要经过几个在小三峡之观音峡崖壁上凿出来的山洞，右手就是美丽如画的嘉陵江，就是百丈峭岩下的汹涌澎湃的嘉陵江！那条峭壁上的公路，好多年都是重庆明信片上的招牌风景。

那时候我生活在曾经很有名气的特钢、双碑地界，比牛角沱离北碚近多了。可是我对北碚也只有景仰和向往。因为去北碚要乘车，来回要几元路费，加上吃饭门票之类的花销，对于中学生可是个天文数字啊。所以当听说有人带我去北碚，那种兴奋那种快乐真是不可言说，一晚上惊醒了四五次。记得那次逛遍了北碚城的大街小巷，去了北泉，登了缙云，还去了一个有瀑布的地方，不知道是不是歇马。

带我去北碚的是西农的几个大学生，我们是走着去的北碚，所有的目的地都靠两条腿。那时候年轻，走起来居然不费劲。可是我钟情于北碚的山山水水，此行让我对北碚的印象终于从画片上走了下来，有了感性的认知和视觉的触碰。

于是西师的园子便成了我的园子。那时候我已经在江津一所中学任教，已经不在乎几块钱的路费。每有假日，我便往北碚跑。因为，我把西师比西施。这所嘉陵江畔、缙云山下的"211"工程重点大学早已改名西南大学，还与附近的西农合并在一起了。

如今，我已年届古稀。多年忙于生计，忙于工作，和青年时代的西师久违了。忽然间发现，当年的西师仍然是西施，可我已经垂垂老矣；而北碚，已然不是几千岁的北碚，它返老还童，焕然一新。那天我驱车寻找会场，居然在一块几十平方公里的浩大工地上绕了半个小时，处处新楼耸立，大道直通江畔。有人告诉我说这是蔡家岗，我摇头不信！蔡家岗不就是渝碚路上的一个乡场么？能有这么大的阵势这么大的气魄这么大的蜕变？殊不知鄙人孤陋寡闻，原来前些年此地已经纳入国家级开发区两江新区的范畴，完全按照国际标准在打造完美的新区建设项目，商品楼和现代化厂房比比皆是，它的大名叫蔡家国际新城，早已把当年的小土俗变成今日之高大上了！

北碚真的年轻了！年轻得如同五十年前的我们。

那一天他们带我去水土，实在让我脑洞大开吃了一惊。水土原本是江北县的老县城，自从县城搬去两路，就被遗忘在遥远的嘉陵江边，有水有土，唯独少了现代化的气息。这次再去，水土已经划入北碚，成了两江新区的腹心区域。更令人惊讶的是它的产业，全是现代科学的顶尖门类，汇集人工智能、生物工程、现代医学、超大荧屏等等所有当今国内外最先进的科学技术，联系世界各国最领先的科学院所，形成了中国西部最有价值最有魅力的高新科技园区，人称西部硅谷。听毕专家解说，我脱口接道："水土不水，水土不土，全是高精尖高大上啊！"哈哈，只有真正的重庆人才知道此话的含义。

为了推动产业发展和转型升级，北碚区近年引进了中国浪潮、斐讯数据、首钢武中汽车零部件等 18 个重点项目，开工德国佐治、日本住友、韩国东进、横河川仪等 27 个重点项目，投产法国液化空气、华能燃机、干细胞、川仪仪器仪表（一期）等 30 个重点项目。川仪股份、三圣特种建材成功上市，两江科创中心建成投用。

我要替古老的北碚年轻的生命由衷地点赞！我眼前不断掠过那些人那些景那些事，感慨物换星移，沧海桑田。人生易老天难老。我已由年轻的生命走向衰老，而数千年岁月锤炼的碚石，却在这个时代凤凰涅槃，幻化为一个崭新的年轻的城市！

带我去马鞍山看日落

必须自省，生在渝中区李子坝的我多少有点"母城沙文主义"。每每说到南岸江北，一开口就是"几十年前你们那边还是荒野农田……""我小时候住在新华路看你们南坪就是不毛之地"，云云。像赵瑜这样极有修养的美女作家兼南岸区原住民，念在几十年间文坛交往甚密我又日渐衰老的分上，心中虽然不快也不便愠怒发作，只是轻漾黛眉，嘴角上翘，付之一笑。

其实我哪里敢怠慢南岸，只是想把历史拿来做纵向对比，有比较才有鉴别，以此夸赞南岸区这些年的伟大进步。你再想想百年前重庆开埠，西洋鬼子东洋鬼子的商铺银行军队炮舰，都选择在南岸一线经营驻扎，使得贫穷落后的南岸首先被西方殖民者染指，同时也最早接触了西方文明。

对于南岸，我的确孤陋寡闻。一江之隔，有若天堑。在不发达的农耕社会，此生几十年里和南岸基本无涉。虽也曾有一年左右的短暂交集，但囿于事务涉之不深。了解南岸简史，必须感谢居住在南滨路的作家王雨，他写了一部长篇小说《开埠》，嘱我认真阅读并写感想，我才通过这部小说了解到南岸的过往以及峥嵘的初始。

今次再赴南岸，那是龙门浩街道成立作协。区文联赵瑜主席坐镇，民建作家郑维山荣任大名鼎鼎的龙门浩作协主席，麻雀虽小，也是县团级单位下属的作协，我等自然必须前往朝贺。龙门浩街道辖地文化历史悠久，文存丰厚，俯拾皆文化皆故事，马书记赵副主任慧眼识金，要借用文学的力量助力文旅融合产业发展，要做一番惊天动地的事。有这样的领导欲展这样的鸿鹄之志，我等文学人文化人且能不趋之若鹜以助之？

天气很热，阳光灿烂，阳春四月居然有了炎夏六月的温度。殷勤周到的龙门浩人带我们去爬马鞍山，说那里有你们此生没见过的风景。这句话打动了我的心。人生已到暮年，咫尺之遥居然还有我没有见过的风景？此生我所去过的叫马鞍山的地方没有十处也有八处，无非就是长得像马鞍子一样的山，南岸有，渝中有，沙坪坝有，甚至我下乡插队的生产队也有。大同小异，以物型山，如此而已。见赵瑜一帮南岸原居民把马鞍山吹得天花乱坠，我也就没有了不去的理由，只能拖着一条伤腿追随他们踏上了希望的旅程。

开初很失望。就是一条石阶错落的逼仄山道，扭扭曲曲七折八拐，两旁狭窄的平台上参差着花样百出的民居。说不上风格和层次，四十、五十、六十、七十年代各种风格杂陈，没有品味和特色。应该是来不及拆迁或者没有拆迁价值的老旧小破房子。倒是那些花花绿绿类似大理丽江风格的招牌和涂鸦，透出了些许时代的气息。引路人教导我说，你别小看这些死眉烂眼的破房子烂巷子，一到晚上就活过来了，成群结队的青年男女蜂子朝王般往山上赶，塞满路边的小屋，复活了自然的生机，来晚了一座难求。我半信半疑，不置可否。

直到汗流浃背爬上马鞍山顶，我才看到了震撼我心的一幕。这里居然可以俯视长江，四月的长江出奇的羸弱，露出了礁石露出了肋骨；主城的华彩部分毕现眼底，没有了仰视的伟岸与夜的迷幻。野花绿树下，有简陋的篱笆围成的院落，门楣上两个蹩脚的字凝固了目光：如故。哈哈，这是啥艺术感觉弄出来的作品？小道上不时有时尚美女飘过，抢拍一图，无意间把作家程或也收入镜头，美女轻松自如，程或稍显紧张，正好形成颇有年代感的反差。

南岸区作协副秘书长李秀玲文字清新淡雅，想不到还能把弄长枪短炮，乘我小憩时注意力分散抢拍下多张照片，灵动有趣，我很喜欢。这是我此生在南岸马鞍山留下的第一批照片。是不是最后一批，那得看机缘与体力。

程或似乎很熟悉这里的夜生活，坚持把我带到一座工棚跟前去看稀奇。这哪里还是工棚，是工棚改成的"落日咖啡"屋。这个咖啡屋实在是太另类了，悬崖之上，面向大江，粗粝的砖壁上凿出了一个个参差不齐的洞孔，也不做任何雕饰，摆上座椅桌子，就这样透过原始的墙洞去打望现代的城市，消磨当下的时光。管理员小姐姐很自豪地说，你们喝咖啡吗？那几个位子早就被人预定了，呵呵，我们是网红咖啡屋哟，那是网红咖啡座，坐在那儿看日落，全城绝佳，独一无二……

可惜我们去得太早，太阳还在头顶上傲视着它的城市和臣民，完全没有下山的打算。我等垂暮之人也没有观日落的雅兴，于是追随引路人匆匆循路而下。回望山上的旧房陋舍，正被时尚的气象引领，走向前所未有的涅槃重生。

没有看见马鞍山的日落，却看见了马鞍山在文旅融合大发展时代的旧貌新颜。也是一得。

第二部分

心灵之声

与理查德·克莱德曼的心灵对话

二十年前，因为在四川音乐学院读书的缘故，我认识了许多国内外的音乐大师，刚刚从封闭而蒙昧的乡村走进音乐圣地，那种感觉，那种新奇，那种充盈于心的幸福，非我自己不能领受，亦非笔墨所能尽述！

我以二十大几的"高龄"去触摸钢琴，用每天六个小时的"青春余光"与那些来自纽约、来自新泽西的19世纪的高贵典雅的钢琴们耳鬓厮磨，用挖过板田的粗指去轰击琴键，被那温润如玉的琴音滋养而渐渐变得宁静、文明。钢琴，真是奇妙而包孕万物的天之杰作。几百年来，多少大师为之创造了无数华丽的篇章，又有多少人因此而成为蜚声历史的大师。我曾一次次在四川音乐学院那古朴且规范的演奏厅里，聆听来自中国、来自世界的钢琴家的弹奏，尽睹他们各具风采的神韵，任由音乐之泉濯洗我伤痕累累的心灵，抚摸我历尽沧桑的心扉。我也曾与许多令常人仰视的大师面对面地交谈，发现他们其实也是普通人，只是用音符、用音乐包裹起他们的肉体，用音乐之河载起他们的生命之舟！然而，正是这些钢琴大师平凡而莫测的人生震撼了我，于是就有了我那部描写钢琴家的中篇小说《琴痴》，也有了不久前落笔的散文《钢琴人生》。

在离开音乐学院十多年后，我才知道世界上还有一位英俊少年被誉为"钢琴王子"，他就是风靡全球的"通俗"钢琴演奏大师理查德·克莱德曼。第一次目睹他的风采是在中央电视台某频道的一次晚会上，见其笑靥若霞，翕动双唇，前俯后仰，手势夸张，将一曲曲古典的现代的严肃的浪漫的钢琴曲按自己的诠释自己的风格张扬地弹奏开去，顿有别开生面之感。啊，钢琴也能这样弹？这世界也真太奇妙了！遂买了各式各样的CD，细细品味他的风格他的韵味，与素不相识的还在浪迹天涯的克先生"对话"。说实话，克莱德曼的钢琴技巧实在是一流的，弄琴的技艺是杰出的，你几乎找不出任何破绽，他那纤长手指抚弄出来的琴音是那么圆润、剔透、连贯，那么具有浸透力感染力。尤其令人击节叫绝的是，他将你从皇族般高贵的传统演奏中引领出来，进入一种狂放不羁的自由驰骋的表演状态，让众多并不了解钢琴、理解钢琴的人从此认识了钢琴，领略了它那无穷无尽的魅力！

克莱德曼的高妙之处还在于，他彻底地放下了钢琴大师的架子，与所有的民族与所有的人群走到了一起，以其高超的琴技和翩翩风度攫取了人类的心，引发了他们的共鸣。你可以设想，当他弹奏起中国人耳熟能详的《太阳最红》《梁祝》乃至《新鸳鸯蝴蝶梦》《花心》的时候，那种不同习俗、不同生活方式、不同审美情趣的民族之间的心灵对话会达到什么程度，不啻是感情撞击下的一次核裂变！这便是克莱德曼的得人心之处，也是克莱德曼受到万千懂音乐与不懂音乐的人们爱戴之故！在拥有十万台钢琴的大都市重庆，和我一样钟情音乐钟情克莱德曼的人翘首相望十月十一日，翘首相望大田湾体育场，那将是一个多么皎洁多么浪漫的仲秋之夜，那将会成为我们一生中拂之不去的音乐之痕。

那个美丽激情的夜晚

那是一个雨雪纷飞的夜晚，那是一个激情四射的夜晚。纷纷扬扬的冰雨在料峭的寒风中尽情地肆虐，却挡不住重庆人对生活、对未来、对人世间所有美丽与美好的向往与追求。2008 年 1 月 30 日，这个令人亢奋叫人炫目的冬夜，他们来到嘉陵江畔的盛世金源国际商贸城，将这座城市的美景美食美女尽数揽入眼底。

曾经无数次在轻轨列车上欣赏对江的这座伟岸的高楼，但只有走近它方知其规模的宏大以及格局的奇瑰，此次"三美"总决赛晚会在商城的中庭大厅里举办，实在是一个创举。现代建筑设计的美学构想所凝成的杰作把这个商城中庭作为一个展示美的舞台，数十米高的空间与两旁的自动扶梯以及正面的三部观光电梯浑然成为一体，使得会场和舞台显得格外明亮大气。我作为此次大赛的评委会主任，心中油然有一种幸福与自豪联袂而至的情愫，既是为了这座"城"，更是为了这个城市的"三美"！

劲爆的音乐打乱了我的思绪，我眼前只有青春的躯体和青春的舞动，次第登台的三十位佳丽身着五彩缤纷的衣裳，展现着个性，张扬着美丽。一组组装扮或性感火辣、或珠光宝气、或清纯秀美、或优雅文静、或健康向上的女孩，在七色灯光下精灵般地飞扬。这些可爱的女孩，尽情地享受着三十年大建设大发展的成果，尽情地吸纳着这个美好时代的天地灵气，长成了一副好身材，塑就了一张好面孔，她们真是遇上了好年头好光景！

然而更让我百感交集的是那五位入选的"成熟美女"，还有为晚会助

那个美丽激情的夜晚

兴演出的市群艺馆舞蹈队和星海艺术团的淑女们。她们大多年已不惑，甚至年过半百，但仍以一颗不老的心，用虔诚的追求和儿女辈的选手们同台献技，我明白她们的心思，那就是她们已经错过了青春，却不能再错过这个千载难逢的张扬个性的五彩斑斓的好时代。

也需一提的是我们的美景美食评选，我们不但请来了市内一流专家组成了强大的评审阵容，还别具匠心地推出了以往没有的评选项目，如"年度美景""十大名厨"，等等，为今后的这类评奖蹚出了新路。

晚会节目的编排时尚而流畅，佳丽中的佼佼者在激动人心的较量中脱颖而出。获胜的女孩多有姣好的面容、骄人的身材以及良好的修养。而进入三甲者更须具备超人的才艺和聪慧的头脑。有许多可爱的女孩落选了，不是她们不美丽，而是因为她们还稚嫩，缺乏经验，尚需学习与历练。我们大可不必为她们担忧，她们会很快地成长，成为下一届或下下届的折桂者。

晚会的高潮出现在最后，当冠、亚、季军乘三部观光电梯凌空而下时，人们惊叹的已经不仅仅是她们的美丽，现代生活的手段与奇思妙想的融合也给了他们许多喜悦与激动。

有贤者说，美女是我们城市的面孔，美景是我们城市的光影，美食是我们城市的味觉。我深有同感。"三美"浓缩并囊括了我们城市的精华，是我们这座飞速发展的城市的美丽所在，但我也希望，物质的美丽也须引领带动精神境界的美丽，那才是完整充实和谐并令人向往的极致呵！

在醺然醉意中回忆并遐想

迎新辞旧时节，应酬渐多，这不，老班长一个电话，责令我必须在六点半以前赶到大渡口，参加新年同学聚会！老班长其实不老，年未及不惑，家财却已上亿，是我在某大学混 MBA 结识的大款。这小子年少时不读书，有钱后方知学问重要，对我等相对贫寒的"高级知识分子"颇为敬重，每有饭局，都会以命令的口吻说，你老人家必须来，这是班委会的决定！呵呵，俨然一位顺我昌逆我亡的领导。

吃饭喝酒谁怕谁？更何况吃的是民营企业家，不吃白不吃！放下电话二话不说开上车就走，直奔菜园坝转菜袁路，心想半个小时准到，哪知过了菜园坝立交方知犯了路线错误，菜袁路在改造，仅半幅通行，那车速啊如乌龟似蜗牛，加之正值下班高峰，不要命的大巴和羚羊还在车流里横冲直撞，我怎能与挣钱吃饭的那帮司机兄弟争道？慢慢走吧！等抵达目的地，早已酒过三巡，人皆醺醺然。老班长见我赶到，举着酒杯摇摇晃晃走过来说，哈哈，又迟到，老规矩，罚三个满杯……

这一喝就是没完没了，到把兄弟情谊、学友衷肠、革命家史倾诉干净，几大瓶弄不清楚真假的茅台已经底朝天了！我此时热血沸腾，脚步蹒跚，挣扎着要开车回家，老班长说不行不行，我开车送你吧！我说你灌得比我还多，你不怕我还怕呢……正争执得起劲，忽见不远处一列轻轨悄然驶过，我忽生妙想，说，不争了，车扔在你这儿，明天找人给我开过来，我去乘轻轨，我还没有体验过夜晚的轻轨呢！

夜幕里的轻轨果然诗意无比,夜行的客人寥寥无几,一位豆蔻年华的少女手捧一束盛开的蜡梅坐在我的对面,馥郁的香气一缕缕飘来,与我微醺的酒意融为一体,脑海里的天眼就在这一刻轰然开启,对座的少女幻化成了30多年前的那位女孩,那位捧着一枝山梅回家送给爱花的妈妈的女知青,我们因逃票在火车上相遇,尔后又一起徒步从大渡口站走到她家所在地新山村。我曾在二十世纪九十年代写过一篇散文《暖冬》,记述了那个有点伤感的故事。我万万没想到,就在新山村,又遇上了一位捧着梅花的少女,如花的笑靥和30多年前的她一样牵人魂魄……

轻轨在灯海中驶入杨家坪,俯视中的杨家坪街市被摇曳的灯火涂抹得光怪陆离,不尽的车流人流沿着环道融入四方的繁华,醉意中,我蓦然想起了当年朴实无华的大转盘,以及直通大坪的林荫大道,还有畅通无阻清洁环保的三路四路电车,呵呵,最关键的是这里有我的初恋,我曾经无数次地徘徊在这条宽敞的大道上,等待着一位我心仪的女孩出现。那场刻骨铭心的爱情后来被狂暴的政治运动摧毁,但却成了我生命中永恒的记忆。几十年后,我们都已华发丛生,岁月早已抹平了心中的伤痕,却磨灭不了历史的碑刻。

手捧梅花的少女在大坪下了车,于是我眼前的风景便只剩下流淌着的灯火,列车从隧洞里钻出来,在佛图雄关逶迤而下,北滨路上璀璨的灯火与几座大桥绘成了夜色中的华丽风景,而我,眼睛却紧紧盯着嘉华大桥西端的立交桥下,那是我诞生的地方啊!恍然中,我仿佛看见儿时的自己在那栋有花园的大房子下奔跑,可惜那一切如今都不见了,不免有丝丝伤感涌上心房,瞬间,又觉得自己可笑,伤感什么呢,人和时代总不能老停留在拉黄包车、穿长袍大褂的岁月里啊!

列车在灯海画廊中驶向解放碑,驶向我的家,我被美酒浸透的思绪也无限发散,心情好爽。谢谢了轻轨,让我在酩酊醉意中平平安安地回家;谢谢了轻轨,让我在忙忙碌碌的现代生活中偷闲似的拐进了岁月深处,心中获得了一种少见的满足……

这难道不是爱情

　　写作之隙或情之所至，我常开着车在嘉陵江滨江路、牛滴路上闲逛，李子坝、华村、化龙桥乃至新近开发的"重庆天地"都是我常来常往流连忘返的地方。每每看见江畔那幢青砖灰瓦古朴老旧的楼房，那幢母亲工作过生活过孕育我生养我的楼房，看见楼房前的葡萄架和那些翁郁茂密的紫藤，都会让我油然想起我的童年，以及那些朦胧隐绰的岁月。

　　20世纪40年代末一个秋雨潇潇的夜晚，母亲将我生在城郊李子坝一条通往医院的石板路上，于是我便成了正宗的重庆人，也注定了我和李子坝一生剪不断的情分。

　　那时候，我的父母在民主人士、著名学者、重庆大学商学院院长马寅初先生的帮助下，在病逝在抗日沙场的四川军阀刘湘的李子坝公馆里办了一所学校，为重庆工商界培养了许多专业管理人才。刘湘公馆是一个大大的院子，树木繁茂，花草萋萋，面对着清流款款的嘉陵江。它地处李子坝和化龙桥的连接段，与抗战时期颇具名气的公私寓所诸如国民军事参议院、交通银行、农业银行、高公馆、李根固旧居等连成一线，构成了抗战时期很著名的政经文化区域。只不过我那时还在牙牙学语的幼年，已经记不得多少公馆里外的逸事了，隐隐约约印象中，只有公馆主楼前的葡萄架和草地，是我和姐姐们嬉戏游玩的乐园。

　　重庆解放后，我随参加过辛亥革命武昌起义的爷爷远赴河南漯河，去寻找抗战时期投笔从戎投奔新四军的二叔，在部队和江苏老家度过了一段难忘的时光。数年后，当我再度跟随爷爷从中国东部乘着小火轮溯江而上，拼命从激流汹涌险象环生的大三峡里挣扎出来，回到我出生的这座城市时，我既感到惊奇，又有几分失望。惊奇的是没想到这遥远的西部还有如此规模的城市，竟赤裸裸地耸立于高崖峭壁之上；失望的是城市尽为大江所隔，行路极为不便，就连我出生之地的李子坝，也显得凌乱而破旧，工厂和民居挤满了嘉陵江边狭仄的坡地，那些显赫一时的官邸旧居也变成了灰暗的厂房、仓库抑或市民的宿舍。而父亲的学校几经变迁，成了一家研究所的所在，嘉陵江畔建起了车间和宿舍楼，原有的花园和绿地都已不复存在。

我无意怪罪那些蹉跎岁月，也不愿评说过往的历史，在回到这片生我的土地之后，这里，乃至中国，经历了多少磨难和变革，又有多少痛苦和快乐曾经塞满我们的心房。数十年间，李子坝、化龙桥这片主城区的僻地，越来越破旧落后，工厂破产，街道凋敝，房屋破旧，下岗职工和低保人员日见增多，渐渐落在了迅猛发展的城市建设、经济发展之后，成了渝中区最滞后最令人焦虑的地区之一。

然而改革的潮头发展的脚步谁能阻挡？重庆直辖大大加快了事物的进程，拖宕多年的嘉陵江滨江路终于全线接通，嘉华大桥及其附属工程顺利竣工，蓦然之间，有若大梦方醒，李子坝、化龙桥一线成了渝中区最后一块风水宝地。荡涤了背负多年的历史尘垢，这块土地真是有若神助，招商引资，引水浇园，来自香港的某著名集团一举中标，仅仅数年间，那一片片抗战时留下的棚屋陋房变成了空旷的工地，变成了独具一格的重庆版"新天地"。在保留着历史记忆的青砖楼宇之间，小桥流水，长廊窄巷，花木缠绕，悦目养神，坡坎楼层店面之间又以现代化的自动扶梯相勾连；茶楼酒肆、名饮佳馔隐匿其间，好看好吃好休闲，不瞒各位，我早已把它当成迎宾待客、读书作文、消磨时间的极好去处。

昔日的化龙桥街道直至华村、李子坝一带，公路两侧高低错落斑驳破败的工厂、店铺、民房呢，消失了，变成了平直宽敞的通衢大道和绿树丛阴的园林。那个杂乱无章的大菜市场，已被一个优美清澈的湖泊所替代，一种现代的气息覆盖着弥漫着浸润着这块古老的土地，如果不是虎头岩依然伫立着，你会满腹狐疑地问，这是化龙桥吗，这是李子坝吗？然而这是，这里将会一年一变，一月一变，一日一变，直到变出一片最现代化的街区，变出中国西部最具代表性的商贸生活集群，变出一幢鹤立鸡群名列重庆前茅的综合型商贸金融摩天楼……几年之后的这个组团，将会在伟岸的虎头岩形成的巨大的臂弯里茁壮成长，背靠辽阔的中国西部，面对嘉陵江，面朝东方，继不老的解放碑商圈之后，成为推动渝中区经济发展的另一强大的引擎，成为渝中区高飞云天的又一只金凤凰！

还有我时时牵挂的李子坝呢，对了，当年被网络炒得沸沸扬扬的刘湘公馆拆迁一事也已经圆满处置了。嘉华大桥立交占去了刘湘公馆大半土地，而今它已迁到大桥以南一公里处新建的李子坝公园重庆抗战遗址建筑群中，与众多名流故居为伴。虽然地面不大，却是以原貌复建，我去现场看过，工程质量过硬，修旧如旧，刘湘在天之灵可以欣慰了，众多关心此事的网友可以息怒了。不仅如此，抗战遗址建筑群第二期也将开工，届时会将鹅岭脚下靠山一侧的觉庐、史迪威旧居等一并纳入公园园区，公园在给市民提供休憩娱乐放松的同时，这些被挽救回来的建筑也会成为渝中区展现历史、引领未来的文化瑰宝，成为渝中区、重庆市乃至国内外探究抗战文化的记忆之碑。

很久以前我读到过一篇文章，称 60% 以上的美国人居住在他们出生的州，因为他们眷恋着生养他们的土地，中国人何尝不是如此？每当我路过李子坝、化龙桥，或者乘着轻轨从佛图关逶迤而下，都要用眼睛去寻找山下那条悠长的小路，都要去寻觅那座青灰色的小楼，都要探寻我幼时居住过的虎头岩下的老宅，都要远眺我就读过的那所中学，它们兴许已不复存在杳无踪迹，兴许已面目全非旧貌新颜，可是，它们是我生命的印记，它们会追随我一生一世。

这难道不是爱情？

我与红岩英烈的缘分

可以毫不客气地说，在与我同年的这代人中，我是和红岩英烈最有缘分的了。

上小学的时候，学校与渣滓洞仅一山之隔，课余，便沿着那条长长的厂区铁路，穿过一个个隧道到那里去，瞻仰我们心中了不起的大英雄的遗迹。及至后来《红岩》出版，更成了那里的常客，常带了些天南海北来的亲戚朋友去"我们的"渣滓洞，在他们面前非常自豪地缅怀"我们的"江姐、"我们的"许云峰，讲述那些永恒的往事。

说来也巧，我小学毕业之后，竟考入了与红岩村只一箭之遥的市立第二中学。天天沐浴着万众瞩目的红岩村的光辉，对于一个 12 岁的孩子来说，实在是一种幸福。那时，经济拮据，离家太远，星期日常不回去，于是，红岩村便成了我的好去处，寻英雄遗事，抄革命诗文，写热情文章；有时也去林中嬉戏，甚至还在红岩村前清冽的小溪里为生病的老师摸鱼捉蟹，掀开了当年学习雷锋的第一章……

校园里，有一大片至今仍翁郁苍翠的芭蕉林，据说是当年周总理率八路军办事处的同志亲手植下的。我们常常躲避在它的阴凉里温习功课，享受那绿色的香甜，当时正值三年困难时期，这片芭蕉甜蜜的果、肥硕的根，都成了我们的珍肴美味。栽种这些尤物的革命前辈们，大概没想到我们会在精神和物质上都在吮吸着他们的营养吧！在虎头岩的飞瀑下，还有当年《新华日报》的印刷厂呢！对未来满怀憧憬的我们，常去寻找前辈们的踪迹，沉浸在一种虽然贫困却矢志不移并满怀希冀的氛围之中。

记得 20 世纪 60 年代最后一年的那个早春，我即将去农村插队落户。我先去渣滓洞向它告别，只见它已被山洪冲得七零八落，而后，我去了红岩村，站在那幢神圣的楼房前，心底不知为啥涌起了一种悲凉。我请摄影师给我拍照，画面上，我举手向红岩村告别，欲题曰："别了，红岩村！"摄影师说："还是题'再见，红岩村！'吧！"我点头默许。这张照片，至今还珍藏在我的相册里。

一别 18 年，当我带着妻儿重返山城母亲的怀抱时，居然又住在红岩村旁。日日清晨从红岩出发，日日傍晚回到红岩身边，我常想，难道人生中真有一种难以理喻、难以说清楚的缘分？如果不是缘分，那么又是冥冥中的什么力量的作为呢？

春节家人团聚，年逾古稀，历尽人生坎坷、现今夕阳如火的老父很庄重地告诉我一件事：当年从渣滓洞脱险的共产党员唐弘仁来信了。唐弘仁是贵州省政协副主席。父亲说，1949 年 3 月，是他与我母亲租了两辆有帘的黄包车，从上清寺将刚刚脱离虎口的这位爱国志士拉到李子坝的刘湘公馆。那时候，父母亲在刘湘公馆里面办了一所学校。唐先生（还有何雪松烈士的家属）一直在我们家住到 1949 年 11 月解放大军进城。唐弘仁几十年风雨生涯经历劫难之后，仍不忘老父老母的救命之恩，开口便喊："救命恩人！"

我这时才明白了，我与红岩英烈的缘分，不止于渣滓洞，不止于五六十年代，共产党与人民之间的血肉联系早已超越我的年龄，我们经历的时代，我也终于明白了老父亲为何要在 20 世纪 90 年代的那个早春向中国共产党递上一份虔诚的入党申请书。

春天来了，父亲走了

春天来了，我们的父亲走了。

新的一年在焦灼和期待中来了，我们慈爱的父亲却走了。

父亲祖籍江苏苏州，原名许一㧑，后改名许天乙，1917 年农历 8 月 29 日生于江苏涟水。1937 年"七七事变"后，日本侵略军逼近父亲当时就读的江苏省省会镇江市省立高中，他遂与母亲乘火车至西安，考入流亡中的北师大附中暂读。后从西安玄风桥出发，坐闷罐车到宝鸡，一路风餐露宿过秦岭至古路坝，辗转到达四川重庆，开始了他们的流亡生涯。父亲以优异成绩考入重庆大学商学院会统系，后因闹学潮被迫转入当时在乐山的武汉大学完成学业。

毕业后父亲在重庆打工求生，历任报社记者、国文教师等职，直至担任私立民建中学校长。后来得其恩师、重大商学院院长马寅初先生和江浙各界流亡内地人士的鼎力相助，在李子坝原刘湘公馆创办中华高级职业会计学校，马寅初为校董，父亲任校长，时年仅 27 岁。随后父亲又创办了中华商业专科学校并任校长。尤值一提的是，父亲在此期间，曾与中共及反蒋民主人士密切接触，掩护、救助了许多革命志士及其家属，知名的就有渣滓洞逃生者、贵州省政协原副主席唐弘仁和烈士何雪松的妻女等等，父亲和母亲冒着杀头的风险将他们接到学校，一直躲到解放大军进城。

解放后，父亲把自己辛辛苦苦创办的学校交给了政府，但由于偏见和诬告，父亲曾身陷囹圄半年之久。父亲遭难，生活无着，我和大千、大申两姐遂随参加过辛亥革命、武昌起义的祖父许越先回到江苏老家，靠抗日战争时参加新四军、其时在解放军第39军任职的二叔许兵（许一午）接济度日。

父亲出狱后自然不受重视，只能担任普通教师，最高官阶为教研组长。在随后的日子里，父亲以其羸弱之身，经受了众多的考验，并最终坚持到十一届三中全会的召开。

十一届三中全会召开后的三十年父亲过得很是舒坦，平反改正，尊师重教，让花甲之年的父亲恢复了青春。他是教育专家，方方面面尊他为师，他将毕生的教学经验与心得编撰成书，供青年教师和学子们学习体会。他65岁退休后，发起成立了沙坪坝区退休教师协会和重庆市退休教师协会，并担任两会理事长多年，组织离退休教育工作者发挥余热，扶贫支教；创办多所业余学校和职业学校，积极推动社会教育事业，并为改善教师和退休教师待遇做了持续不断的努力。就在去年，他还拖着带病之身和老教师们一起就改善广大教师的待遇问题，向党和政府提出了中肯翔实的意见。

父亲的努力和贡献得到了政府和社会各界的赞赏与肯定，曾任沙坪坝区政协常委兼文教体委副主任、市区科协一大代表、全国及市教育工会四大特邀代表、重庆市"关工委"委员，等等，并多次受到表彰奖励，恕不一一罗列。最令父亲骄傲的是，他在74岁那年加入了中国共产党，这既是他的一种追求，也了却了他多年洗却不白之冤的心愿。

父亲去年数度入院急救。入冬以来，更是频频进出西南医院，虽每次都是有惊无险，但明显可见身体一日不如一日，岁末终于传来坏消息：他的肝部发生病变，已无康复可能，且因体质太弱，不可能再做手术。我们遂将其转到沙坪坝的爱德华医院，以便就近照料。

父亲已是92岁高龄，尽管脏器出了大毛病，头脑却还非常清楚。那天前往探视，他把我叫到枕边，拼尽全力对我说："今天是几号啊？"我说："12月30号。"他说："医生怎么说？我能不能活到明年？"忽然间我的眼里溢满了泪水，我说："能啊！爸爸，你肯定能活到2009年，政府还要给你们教师加工资呢，这里面也有你的一份努力呢，你要挺住啊！"他的脸上终于露出了一丝宽慰之色。

父亲一辈子都在从事教育工作，解放前就是知名的教育家，解放后虽然受到不公正待遇，却从没有埋怨过党和政府，堂堂大专校长，再去做普通中学教师，仍然兢兢业业、一丝不苟，深得师生敬重。我知道他想活到 2009 年，是因为温总理已经宣布从该年 1 月起全面提高教师待遇，要按《教师法》去做，让他们的收入"不低于公务员平均水平"。

父亲是明白人，他知道自己已经病入膏肓，他知道人生的谢幕早晚都会到来，看得出来他在坚持，他要活到教师们喜悦开怀的日子。他还一再叮咛，要把他办退休教师协会和入党的事写进讣告。

父亲学富五车，尤其对中华文化造诣很深，他这几十年写了几百首诗，几乎是有求必应，出口成章。就在此次大病前，他还给自己写了一首诗，题名《自挽》：

自挽

乐道安贫了一身，心如止水了无痕。

何时化作飞灰去，一缕清风入鬼门。

春天来了，父亲却远离我们而去了。父亲灵堂上的那副对联是我拟的，亲友们都说很真实很贴切。上联是"两袖清风教书匠"，说的是父亲教书一生，清贫一生，常常自诩"两袖清风的教书匠一个"，没有给我们留下像样的财产；下联是"德高望重好先生"，说的是父亲在教育界有口碑有威望，是位教书育人的好老师，也是一个与人为善的好好先生。这个评价可谓恰如其分。

父亲啊，你放心地走吧，儿女们知道，妈妈在天国等着你呢，你去了，妈妈才不孤单，你们在人世的金婚才可以延续；每年清明，我们兄弟姐妹都会去龙台山看望你们。生老病死乃自然规律，无论达官显贵还是一介草民，谁也回避不了。父亲，望你在九泉之下安息。

当美丽成为家常便饭

　　美或美丽其实是一个很虚幻的词，需要提出者加以诠释和引申，譬如你所说的美在哪里？能不能具体一点？中国人善于把简单问题复杂化，用很多高深莫测的成语或典故来解释原本很简单的美丽二字，啥沉鱼落雁啊、闭月羞花啊、环肥燕瘦啊、丰乳肥臀啊、长颈削肩啊、明眸皓齿啊、顾盼生辉啊、肤如凝脂啊、艳压群芳啊，等等，每个人对美丽都有不同的理解，你只要有心思去寻找，词典字典里这样的词组语句多的是，我想，如果大学里开一门名曰"美丽学"的课程，那位主讲的教师才是幸福之至，因为他会有讲不完的题材，仅仅对"美丽"二字的诠释，就可以花上三五年的功夫，可以把这门学问做成世界顶尖级的社会学课题。你想想，就是解释那些流传久远、秉承丰厚的典故，你就得花费好多好多钻故纸堆的时间啊！

　　何况，以上仅仅是对美丽的一个单项目标的追寻。还有自然的美、人文的美、精神世界抑或心灵的美，美的外延与内涵实在是太多了。在美丽成为家常便饭的当今世界，要评说谁最美，哪个地方最美，什么事物最美，真是一件难上加难的话题，因为美和不美，与任何其他事物一样，都要受时代、环境、运势、心态、思绪、际遇、受众乃至心理、生理的制约，不同的境况会生发出大相径庭的感喟。比如对长江，心境如好酒诗人作家李钢、莫怀戚者，发出的感慨肯定是"大江东去，浪淘尽，千古风流人物"、"山重水复疑无路，柳暗花明又一村"、"更立西江石壁，截断巫山云雨，高峡出平湖"，可如果是失魂落魄者，面对浩荡奔流千万里、一去不复还的长江大河，他还有这种喟叹和兴致吗？

同样，在物资匮乏、忍饥挨饿的年代，如果你整天想的都是如何果腹蔽体，你对美丽的追求可能就是一块肉、一袋米，那时你的审美情趣可能就集中在食物那儿，在粮店或者肉案那儿。讲个故事为证：我当年下乡的某公社有个卖肉的，他的几个儿子全都找到了当时最好的工作，也娶到了街上最漂亮的女孩，为啥？他们的父亲掌握着所有街民的口福，肥肉瘦肉骨头下水多多少少全凭他手上的屠刀说了算，所以，他和他手上的那把刀，那些肉，在那个特定的时代，就成了最美丽的东西，他的那些儿子，也就成了乡上最俊俏的男人。

时代变了，社会进步了，当年你不以为美的东西今日忽然就成了天下绝景，这也并不奇怪。年轻时我曾多次经过三峡，可是我很少领略到它的魅力与美丽，无边无际的荒山野岭，无休无止的滚滚浊流，漫长无趣的乏味旅途，粗糙简陋的杂粮咸菜……让我多半在船舱里浑浑噩噩地睡过穷山恶水。我奇怪李、杜、白三人面对如此少盐寡味的旅途，怎么会写出那些脍炙人口的精美诗篇，写出那些至今还让人吟诵不歇的千古绝唱。可如今你乘着游轮，品着美酒，呷着咖啡，透过落地玻璃窗，拿起相机，对着当年你不屑一顾的那些石头（如今是神女或者其他英雄、美女），对着那些漫山遍野疯狂生长的野树（当下叫红叶或者枫叶），对着早已一池明镜的湖水（可惜失去了原有的颜色和狂野），甚或还有一顶冉冉升起的红日，你难道不会游兴大发、生出美轮美奂的艳羡？

还有一个生动的例子：1969 年，我下乡去江津县李市公社落户。记得1971 年新年之初曾随江津县革委会毛泽东思想宣传队去过四面山头道河，慰问那里的伐木工人。那时的头道河完全就是一个大伐木场，漫山遍野都是砍下来的木头，雪很大，风似刀，积雪融化，一片泥泞狼藉，我们这些知青蜷缩在一个大工棚里靠着熊熊柴火熬过了一晚，一早在漫天风雪中匆匆下山，自然啥风景都没看见。其时国难家贫，前途未卜，谁还有心思去寻觅四面山的风景？可如今呢，四面山早已成了城里人享受美丽和清凉的环保绿色世界，处境决定心境，生活质量决定审美情趣，此例可见一斑。

终于回到此文主题。那么如今重庆最美的东西是什么？

这些年人们最津津乐道的是"三美",所谓"美女美景美食"是也。还说,美女是我们城市的面孔,美景是我们城市的光影,美食是我们城市的味觉。我自己也曾这样夸奖过我们城市的"三美"——

重庆女人美,美在她的长颈削肩,美在她的雪肤秀眸,美在她的细腰紧臀……然而最让人怜爱的,是重庆女人的风风火火、大大咧咧的脾气,刚烈如侠却又柔情似水。

重庆景色美,不在那小桥流水、亭台楼阁,不在那人工堆砌的园林赘石,而是那些危乎高哉、峻拔入云的奇山巨峰和奔流万里不复还的大江大河,这是一种气势、一种征服、一种震撼心灵的大美!

重庆饮食美,与天下美食更是大大拉开了距离,在包容天下美食之方略、融汇各派名厨大师的精湛技艺之外,又将大红大绿大青大紫大油大辣大麻大烫大气大手笔大做派尽情泼洒发挥,创造出今日重庆自成一体别具一格的吃文化,实在是饮食文化史上前无古人的浓墨重彩的一笔。

实际上,所谓"三美",互动而不可分离。没有重庆的高山大川,没有重庆独特的地理地域环境,就养育不出这么一群既继承了中华民族优良基因,又具有巴蜀情韵的多彩女子,也生产不出那么多让人齿颊留香、精神亢奋的食物。美女、美食、美景是历史与自然千百年交融磨砺而成,并且一代代传承下来,成为一种象征、一种口碑。

改革开放,经济提速,尤其是重庆直辖以来的惊人变化,更给"三美"以更大的发展空间,无论是理念、内涵、外延,还是层次级别、美学取向,今日之美女、美食、美景已与往昔大大不同。然而,爱美佳话,千古流传;爱美之心,与时俱增。只是我们早已超越"楚王爱细腰,宫中多饿死"的时代,我们不但爱美人,还爱社会、爱国家、爱重庆、爱养育我们的山山水水,这就让我们多了些责任,更多了一份大爱之心。

诸如"三美"之类，都是自然和祖先的精美杰作。然而，在这个美丽已经被滥用得无以复加的时代，最能让我心动的，还是大江大河大山大壑那些能给你震撼给你的感官以强烈刺激的地方。比如巫溪，那层层叠叠的山峦带着千百万年前的原始的本真，我是这样描写我第一次见到的美丽景象的——

　　给我至尊至美第一深刻印象的是巫溪层层叠叠的群山，那些巫溪人见惯不惊的山脉勾勒出了阔大的变化无穷的曲线，实在是太壮观了。这些山，和我翻越过的郁郁葱葱傲然耸立的秦岭不一样，和千奇百怪妩媚多姿的武陵山脉不一样，和浑圆壮阔的青藏高原不一样，它是那样高峻雄奇，有缥缈的雾霭缭绕，有太阳的辉晕抚爱，一个个乳房般圆润的山峦静静地排列在苍穹之下，让你顷刻间便有了崇敬之感。

　　公路像玉带一般缠绕在大山身上，美丽而又无奈。汽车刚刚爬上一座陡峭大山的台阶，在人类劳作生活的高原上行走不过数公里或者十数公里，又一座大山就会突兀地伫立在你的面前，于是你得毫不犹豫地攀缘上去，去寻找另一个人类的归宿。我们就是这样爬上了一个又一个生命的台阶，来到了我钦慕已久的天堂。

给我印象深刻的还有江津四面山上老四面村的那个开阔的坡地，面对莽莽苍苍的贵州高原，在八月火一般的阳光照射下，数十里外的山峦、森林、村落尽收眼底，一片葱绿、一派生机，没有一点人工斧凿的痕迹；右侧那堵带着铁锈色的伟岸石壁，与满山的绿色遥相呼应，融为一体，铁石心肠的我刹那间有一种感动涌流心田，忽然觉得那就是你的来世你的归宿。

可以看出我是那么地喜欢自然，喜欢与自然俱来的东西。我的确不喜欢人工的过分雕琢，尤其是那些不伦不类模仿滥造的人文景观；我喜欢坐在河畔的石头上，坐在老城墙粗粝的台阶上，观望这个世界最初始的风景；喜欢不造假的自酿高粱咂酒，喜欢农家门前树上摘下来的新鲜苦丁茶，喜欢山野里采摘来的清明菜、折耳根……这就是我耳顺之年还整日东奔西跑的最基本的理由。几十年间，我已走过了这个城市所有 40 个区县，尽管是走马观花，留下最深刻印象的却仍然是大自然的鬼斧神工与天造地设。当然，对于人类改造世界、创造世界的诸多壮举，我也常常为之目瞪口呆，比如高速公路，比如轻轨高铁，比如万丈高楼，也曾经为之鼓与呼，可真正能让我流连忘返的却依然是那些山那些树那些草木那些灵动的生命，看来我是无可救药了。

　　说了这么多，我想读者诸君应该知道我最喜欢的是什么了，那就是自然，那就是返璞归真。在这个美丽已成为家常便饭的时代，洗净你脸上的铅华，卸下你满身的辎重，拂开你心灵的帷幔，放下你精神的枷锁，让一切真实的美丽重现，这才是顶真美丽的境界。

吾师希逸

在十一月初那个阳光灿烂的周末，我沿成渝高速公路赶赴成都，去参加吾师希逸先生从教 50 周年学生专场音乐会。

赶至九眼桥附近的四川音乐学院已近晚上七时，来不及洗去风尘，来不及拜望年已八旬的程希逸教授，便匆匆买票进了音乐厅。能容纳五百余人的音乐厅里座无虚席，华贵的花篮簇拥着舞台，怀抱鲜花的学生与孩子们挤满大厅，等待着献上几代人的感激与敬意。

在几十年的人生经历中，程希逸先生是我最崇敬的几位老师之一。这不仅仅因为他是我的声乐主科教师，更重要的是他那堪称典范楷模的师德与有口皆碑的教学使人折服，难以忘怀。20 世纪 70 年代末组织安排报考川音前，我已经是当年插队所在地一名小有名气的高中英语教师了，故言行中难免有孤傲之气，加之声乐天赋尚可，于是对同班同学中的"小字辈"难免轻视。记得一次声乐课，程先生忽然停下钢琴，厉声喝道："还是中学教师呢，连尖团音都搞不清楚，凭什么去教学生！"原来我把一个翘舌音读成平舌了。为一个字的发音大发脾气，当时真让我发怵。后来才听老同学说，先生执教严谨，是声乐界出了名的，于是每每上课前都要查字典先咬字正音，这于我后来的事业裨益多多！

20 世纪 70 年代末，生活尚不富裕，学生中着旧衣破履者不少，一次我趿着双破布鞋去琴房上课，程老师初未发觉，后来也是在中途停下钢琴，说："为人师表，就得有个师表的模样，鞋子不能补补吗？"非让我补了鞋再去上课，还对我说："有人认为艺术家就是不修边幅，但我看不修边幅的人不是好艺术家，你想想蓬头垢面登台像什么样！"先生教诲至深，没齿难忘。旁人常说我今日总是衣冠楚楚，"油头粉面"，想来是与当年先生严词厉色的训导分不开的。

先生祖籍江西，初为浙大化工系学子，抗战时辗转于江西、四川各地，将其业余爱好用于抗战救亡，并先后在四川江安国立剧专、重庆青木关国立音乐院专攻歌剧、声乐，颇多建树。1956年由中央乐团援建四川音乐学院，四十年间桃李满天下，从李存琏、朱梅玲到范竞马、蓝晓明、杨小勇，"徒子徒孙"逾百上千，名泛乐海。然而先生口头上的一句话总是"先天不足，后天失调"。"先天不足"是说自己是在"炮火中、山沟里学的音乐，学时只有几架破风琴"，"后天失调"是指历次政治运动中屡受冲击，不能安心做学问，搞事业。其深层意思是自己水平有限，各位不必寄望过高！然而世人对此清楚至极，程先生对四川、对中国声乐事业的贡献，早已被他那遍布国内外的学生用歌喉写上丰碑了！

程希逸先生是权威，却并不保守。在年复一年的美声、民族、通俗唱法的争论中，他的观点颇为新奇。"不在乎你使用什么唱法，而在乎你怎么去唱！"他认为，关键在于打好基础，掌握正确的科学的发声方法，中西结合，洋为中用，创立中国自己的声乐体系，而不是老跟在别人屁股后面鹦鹉学舌。但此事难亦难哉！令我宽慰的是，先生竟能理解我放弃音乐而从业文学与新闻。他说，人不一定非得干本行，但音乐对你的一生是必不可少的。

音乐会在如潮的掌声中有序地进行。令人感慨的是，十六年前我推荐给先生的江津籍歌手杨小勇、李晓霞夫妇已成为卓有成就的青年歌唱家，杨小勇那一曲《赛维利亚理发师》插曲震动了全场，为先生的学生音乐会奏出了华彩乐章！此刻，所有的学生都拥上了舞台，把轮椅上的程先生及其夫人刘凤羽紧紧簇拥在欢乐与幸福之中。而我，这个次日在座谈会上自嘲"不务正业"的学生，从心底里感激先生人格的力量，永远激励着我奋进在关山重重的生命旅途上。

红叶情事

　　已经记不得我曾经多少次经过巫山穿越巫峡，然而我却知道我在牙牙学语的时候，就已在我那曾跟随黄兴大将军打响辛亥革命武昌起义第一枪的爷爷怀中，乘着两岸猿声啼不住的小火轮，烟花三月下扬州去了。

　　六年以后，我已经到了上学的年龄，爷爷决定将我送回父母身边。父母都是江苏人，是被日本鬼子赶到四川来的流亡学生，后来在重庆创办学校，安身立命，终于没能回老家去。记得当时爷爷带着我和我的两个姐姐辗转多日，在武汉转乘小火轮溯江而上。一路上险滩加湍流，山穷水不尽，没完没了的高峡深谷，没完没了的荒坡秃岭，旅程漫长而乏味，加之年龄尚幼，自然领略不到爷爷时常挂在嘴上的李白杜甫陆放翁那样的诗情画意了！

　　让我最为刻骨铭心的巫山经历却发生在很多年以后。

　　20世纪70年代初，我已在四川省江津县插队落户。一个偶然的机会，公社派我去上海采购广播器材，那是因为他们不知从哪里知道了我叔叔在上海任要职。我去了，事情也办成了，我从上海十六铺码头乘船直接返回重庆。沪渝直航耗时七天七夜，虽有卧铺，没有书刊，没有娱乐，非常难熬，但别无他法，其时正逢"文革"之灾，经济遭受重创，重庆物资短缺，我受家人之命亲友之托带了大量吃穿之物如猪油白糖的确良之类，坐火车上不去，唯有选择客轮一劳永逸。

　　七十年代的客轮与我幼时所乘的小火轮其实并无多大变化，只不过已由烧炭变成烧油，轮船上更没有如今的许多人性化设计，整个旅程显得枯燥而单调，多数时间都在舱里蜷着，偶尔也张望一下近在咫尺的百丈悬崖或高不见顶的莫名山峦，以及长着一片片红色树叶的灌木林。到得冲破激流从峡谷里挣扎出来，看见巫山小城中星星点点的灯光时，竟有一种喜悦，一种被解放的感觉从心底涌出，禁不住就大声呼喊起来，巫山，巫山。

故事就在此时发生了。

我在巫山码头趸船上转了一圈回来，刚刚走到自己的四等舱外，却发现拐角处蹲着一个女孩。她的身边有一个很大的麻袋，里边鼓鼓囊囊大概装着当地盛产的洋芋一类的东西；麻袋旁靠着一束树枝，树叶是红色的。女孩穿一身重庆工厂里常见的劳动布工作服，在初冬张狂的河风中簌簌发抖。我推门欲进舱内，却又下意识地走回到她的跟前。

"知青？"我轻声问道。

女孩转过头，眼神里充满警惕。

"别怕，我也是知青。我从上海回重庆。"

女孩站起来，个子很高，瓜子脸，略带菜色的皮肤掩盖不了原本的秀丽，还是不说话，但是疑虑减弱了。

"怎么不进舱里去？"

女孩终于开口了："家里困难，我买的统舱，太挤。头晕，我上来透透气。"

我说："天冷，穿这么薄，不怕冻着？"

"习惯了，没啥，谢谢你。"

我让她进舱内避避风，她婉谢了。半个小时后，她竟然靠着舱壁睡着了，我拿出自己的一件棉军大衣，轻轻地搭在她的身上。忽然对她身边的那束树叶产生了好奇，不就是些红色的树叶么，干吗要大老远地带回家去？此时一阵河风吹来，落下了几片叶子，我顺手捡起来，夹在我正在看的一本书里。

船过奉节云阳万县，有我的棉衣御寒，女孩一夜无恙。可就在那天清晨，女孩的声音惊醒了我："红叶，我的红叶……"原来，一位船员经过船舷，以为是无用之物，顺手就扔进了江里。

我出得舱去，见女孩正望着莽莽江流伤心地流泪呢。

"啥宝贝，值得吗，不过几枝树叶。"

女孩不说话，良久才回过头来："这可是巫峡里的红叶，我爬了好高好高的山才采来的。他最喜欢红叶了。"

"他是谁？"

"朋友。"

"男朋友？"

她点点头，说："他先调回城了，夏天回去的。他说红叶是我们关系的象征，叫我冬天一定给他带几枝回去。"说罢又伤心起来。

我这人最怕女人哭泣，她们一哭起来我就六神无主束手无策，忙乱中拿起手中的书扑打，书中飘飘然掉下几片红叶来。

"你的红叶，你的红叶！"我如获至宝地捧到女孩跟前。待我说明原委，女孩破涕为笑了。我明白，为了那份真挚的爱，女孩可以交差了。我还莫名地将那本我正在看的《拜伦爱情诗选》送给了她，就因为书里夹过几片红叶。

故事的结局是这样的完美。我终于相信红叶是一种信物，它可以传递爱情。

船到重庆，我们已是很好的朋友。我相信，如今已经变成老太太的她，仍然会保存着那本书和其中的红叶，她和她先生的爱情之花依然会如三峡红叶那般炽热。这也是我，为何要在这个阴冷的冬天再赴巫山的缘由之一。

巫山变了，巫峡变了，昔日的蛮荒与偏僻已经一去不复返。那些千百年间只被骚人墨客咏叹的自然界的尤物终于可以为人类做点实事了，比如这巫峡，比如这红叶……其实与红叶相比，窃以为巫峡的雄奇与大观更令人震撼，当你置身于浩渺江流之中，攀缘于神女峰万丈峭壁之上时，那种对自然界的敬仰与感动就会油然而生。

就在那一天，当我们嬉游于神女溪的清流之中，当我们大汗淋漓地在神女峰的石壁下寻觅红叶时，当我们居然能在难于上青天的巫峡深处万丈巉岩下的农家吃着乡肴土菜的时候，我想起了当年航船上的那个女孩。我忽然对给我们解说的那个美丽的导游说，你长得很像我的一个朋友，一个女孩，很像！导游瞪大了眼睛，不明白我在说什么。我没有再说下去。我知道，几十年前的那个女孩对红叶的情爱已与今人相去甚远，已与今日赋予巫峡红叶的历史责任、伟大使命大相径庭，然而，她们都依恋红叶，她们都有各自美丽的人生。

　　这就是红叶的故事。

吾也市井一俗徒

　　创办《市井》专版，是在三四年前国内报刊风起云涌搞生活类专版之时。其时，从南到北，从东到西，诸多大小报纸、周末副刊，冒出了许多写人生、写逸趣的生活类散文专版，读者众多，呼声甚高，诸如《南方周末》的《芳草地》、《四川日报》的《境》，等等。这一类版面多由文人名家撰稿，写的多是有细节有韵味的人生故事，颇富哲理，简短明快，如歌如诉，很受有一定文化品位的知识界人士的欢迎。在这股潮流中，晚报不能免俗，也想办一个，反复斟酌，决定用《市井》之名。此名稍显土俗，且有些许贬义，但又想，旧词可以新用，只要文字内容不俗则可。

　　然而办出来的第一期却不如意，与兄弟报纸的类似版面雷同，并无一点市井之气。于是静下心来沉思：既然是《市井》，就得反映重庆这块土地上的市井之风、市井之人、市井之事、市井之语、市井之貌、市井之情……苦思之余，豁然开朗。恰恰此时从外单位借来了一位编辑，此人本来就是来自市井的小老百姓，又去过兵团，长期混迹于工厂、基层，自学成才，舞文弄墨颇有几扳手，与之一说，此厮便吃透了精神，随即动作起来，于是就有了《市井》之雏形。

　　《市井》的风格是什么？那就是绝对要用重庆老百姓的方言俚语写咱们重庆老百姓的人和事。什么地方有什么地方的市井，故而咱们的《市井》只能是麻辣味重庆味。每期必有一篇写重庆凡夫俗子的市井人物，还有一篇写事物或事件或场景的"都市风情"，抑或介绍重庆地名沿革之类的"里巷风景"、"十八梯"，等等。总之，长文章（800字左右）每期限定两篇，其余全都是"鸡零狗碎"，诸如"现场目睹"、"世相打望"、"世说新语"、"醒瞌睡"、"巴渝风"、"重庆童谣"之类。试刊几期后，反映出奇的好，我自己以及本报编辑常常在车上、路上耳闻目睹读者朗读谈论《市井》片段后捧腹大笑，也常有读者来信来电细说感受或赐给稿件。我们反复考虑，决定将这一版式、风格固定下来，并由半月一期渐进至每周一期。《市井》的诞生及成活过程，在报纸副刊中可谓独树一帜。据我所知，目前全国报纸副刊类似版面尚未有所见，兴许是重庆独有的民风、民俗及语言养育了这块独特的副刊专版。

《市井》的俗与《夜雨》的雅恰成对比，它们照顾了不同层次、不同口味的读者的需求，同时也给我们提出了一个问题：在经济高速发展的今天，在文明之风劲吹的今天，俗文化（包括方言土语）为何仍受到众多市民的欢迎。这一方面说明语言、民俗的趋一性受到了传统文化的强有力的抵制；另一方面也给我们报人或者文艺工作者提了个醒：人民群众喜欢什么？关注什么？即便到了共产主义时代，不同地域的人们仍可能以他们自己喜爱的方式生活，用他们习惯的语言交谈。失去了地域性，我们这个世界还有什么丰富多彩可言？兴许我们可以消灭贫富差距，却很难让天南地北的人吃同一口味的菜肴，如同让北方人天天吃麻辣烫，让南方人天天吃白面馒头一样。

《市井》问世几年中并非没有偏差：有些文章片面追求俗而采用较自然主义的手法，描绘生活中的痞子现象；某些文章偏离了市井而显得不伦不类；某些专版丢掉了"文短且杂"的风格。然而《市井》总体上是有其特色的。更为可贵的是，我们提倡的"市井中人写《市井》"得到了响应，诸多令人啼笑皆非的逸闻趣事均来自市井中的小老百姓，这无疑为"市井作家"们铺设了一条通向文坛的希望之路。

并非所有人对《市井》都很满意，这很正常。我们报纸的诸多专版、专刊就是针对不同年龄、不同文化层次的读者相应而设的。正如时下的火锅自助餐，豆腐白菜，各有所爱，你愿吃什么就去"自助"吧！但我们牢记一点，就是"文学艺术要为人民大众服务"。只要老百姓喜欢，我们就要坚持办下去。

吾也市井一俗徒。在这个世界上，大多数人走过的都是一个凡夫俗子的路，不管你今天怎样功成名就，声名显赫，却很少不是从工厂、田间、里巷、街道一步步走过来的。莫忘市井，莫忘人民，莫忘粗茶淡饭，莫忘补丁摞补丁的破衣烂衫……因为，忘记过去就意味着背叛。当然，让《市井》承受这样的重负，兴许是主办者的一厢情愿。兴许在高楼大厦林立于我们这座城市的每个角落的三五十年之后，我们真的会失去《市井》存在的社会基础。然而那太遥远。

遥远的心结

　　人一生会有很多误会，在那些不断发生的林林总总的误会里，很多是无聊小事，不值得计较，甚至不值一提。我对这些误会的处理方法是，不解释，不理会，由它去。误会总有一天会淡忘，总有一天会冰释，让岁月去消融它吧！

　　不过也有一些误会是特例，不解释也罢，却在你的生活里留下了永恒的印记。因为你和事主始终无法面对面，故而它总在你的心里萦绕。

　　这个例子就很奇特。这是人们一生都很难遇上的诡异之事。

　　20世纪80年代中期，学生P在重庆师范学院就读，因为爱好文学，遂成为我们报纸副刊的热心读者，时常参加报社组织的一些活动。她成绩优异，本科毕业后考上了美国一所以B字母开头的名牌大学（我忘记了这个学校的名字）的研究生，主攻儿童心理学。去美深造期间，她对美国的生活尤其饮食很不习惯，写信来请我在重庆帮她买几本中国菜谱，以便学着做家乡菜。

　　那是遥远的经济欠发达的1986年，我在大田湾市体委《重庆体育报》做编辑兼记者。收到她的信后立即行动，花了好几块钱，在书店买了两本厚厚的四川家常菜谱，去附近的上清寺邮局寄给了她。当年交通不便，寄美国信件邮费很贵，两本书竟然花了十多元，比买书的钱贵了几倍，你想想，那时候一般人月工资才三四十元哪！好在我的稿费较多，每月都在千元上下，对这点小钱是不太在乎的。况且这学生远在异国他乡，水土不服，孤独无援，理当帮她一把。

奇怪的是，月余之后，这位学生来信再次提到买菜谱之事。看来书是没收到。我去邮局询问那位老大姐营业员，她慈眉善目态度温和，说："你寄的平邮吧？那么远的地方，漂洋过海的，可能丢了吧？"我立马又去书店买了两本，寄航空！花了20多元。心想这回不会丢了吧？书里还夹了一封短信，祝她速成厨师，大饱口福生活愉快学习顺利。

哪知道过了两个月，这位学生又来信了，讲到学习生活的种种不适应，尤其吃不惯那边的西式饭菜，穷学生也不可能光顾中国饭馆，让我百忙之中一定帮她买几本菜谱，她要学着做中国菜云云。还说她的老家在自贡某县，比较偏僻，只好麻烦老师帮帮忙了……我蒙了晕了，明明寄了两回，怎么还没收到，看来这美国的邮路也太不通畅安全了！但是二话没说，还是再买了两本，还是在那个邮局，交给那位慈眉善目的老大姐，这一次是航空加挂号，大约花了几十块钱，寄给我那位饥肠辘辘翘首相望期盼祖国菜谱早点到来的好学生去了。

次年我调去了《重庆晚报》任副刊编辑，忙得不可开交，终日泡在办公室里阅审那些永远读不完的稿件。圣诞节前收到这位学生的贺卡，匆匆回了一张，询问菜谱收到没有，这次是在解放碑邮局寄的。自那之后，泥牛入海，再也没有收到她的任何音讯。几年后，在一个偶然的场合听她的同学说，她已经嫁人了，嫁给了她的美国导师。

那些年正是纸媒最红火的时候，我忙于办报，忙于写作，无暇顾及其他。偶尔也觉得奇怪，几本中文菜谱，怎么会一再寄丢呢？她今后探亲回国，如能晤面，一定要问问她，怎么回事啊，我可是实实在在的三次寄书，花了血本。俗话说事不过三，怎么就没有了消息，怎么就没有一声感谢呢？

韶华流逝中，此事早已放下。某一日却忽然接到一个电话，公安局打来的，问我是否寄过书去美国。我说："寄过，几本菜谱，有问题吗？"警察叔叔慢条斯理地说："有问题。"寄几本菜谱也会有问题？我大惑不解。警察叔叔答曰："不是菜谱有问题，也不是你有问题，是那个邮局女营业员有问题，她犯案了，你的书一本也没寄走。她贪污了你和许多人的邮费。"忽然间我愣住了，那么点邮费也值得去贪啊？那么和蔼可亲的穿着国邮制服的老大姐，居然做出如此不可思议的事情！接下来警察叔叔问我有什么要求。我迟疑了一下，回答说，天下还真有这种奇事？算了，不过几本书嘛，几十块钱邮费，多大个事嘛！警察叔叔语重心长地说："几十块钱对你也许不是问题，那可是一个普通职工一个月的工资啊！而且，她贪的可不是你一个人的邮费，她坏了国家的信誉，触犯了法律。你考虑一下赔偿吧，考虑好了随时来电话。"

我一直没有给警察叔叔去电话。我考虑的还真不是钱的问题。心里想的是，这误会还真搞大了！学生在大洋彼岸一封信一封信地催着买书，这位穿制服的和蔼可亲的老大姐却一次次把书和邮费给贪了。什么事啊，这是个什么样的人啊？这个人真坏得有点奇怪啊！

再转念一想，这位邮局老大姐肯定遇上了什么难处：工资不高，子女太多，生活困难？否则不会贪这点钱。警察叔叔说，不能同情这样的人，也是啊，集腋成裘，聚沙成塔，她贪的可不少，而且手段恶劣，败坏的是国家机构的形象，误了好多人的家事国事天下事呢。警察叔叔说得很有道理！

听说最终她被判了好几年刑。糟糕的是，我当时缠身于一家报纸的成败死活，整日里忙得焦头烂额；更糟糕的是，多次搬家弄丢了那个学生的通信地址，无法联系解释；其实当时也懒得解释，心想多大的事啊，我尽力了，只可惜遇人不淑。她终会回国的，见面再说清楚吧！

哪知一去经年，这位学生再也没有露面。听说她回来过，但是没给我电话也没我信件。也许她想，一本菜谱也不愿意寄的老师，还有什么值得牵挂和尊敬的呢？

这个误会，可真是一生一世的心结，要解开还真不容易了。掐指一算，这学生如今也五十好几了，呵呵，这误会兴许只能带进坟墓去了。

别梦依稀回故园

唐代诗人宋之问诗《渡汉江》中有"近乡情更怯,不敢问来人"名句,把游子回乡的心境描写得入木三分。不过,几日前我回到四十多年前任职五载的江津区李市中学,却没有他的那种感受,而是近乡情更切,快乐油然生。同为唐代诗人的贺知章诗句"乡音无改鬓毛衰"、"儿童相见不相识"更符合我的归返,李市中学早已旧貌换新颜,物非人非了。当年那些斑驳破旧的房舍校园已经湮没在岁月深处,代之以一座座高楼亭阁绿树掩映,仅仅几百名学生的农村中学也已成为拥有数千学子的市级初中名校。而我,须发皆白,垂垂老矣!

事情缘起于今年盛夏。我正在四面山的老四面村里享受清凉,江津区文联主席庞国翔路过四屏偶然闻知,翩然来访,交谈间聊起了中秋诗会的美事。国翔说虽然我不是诗人,凭着和江津多年的缘分,会特邀我参加。说到路线,我有点私心,称混江津几十年,居然没去过大名鼎鼎的石蟆古镇和长江入渝第一岛中坝,这次得去瞅瞅。

时间过得真快,到得中秋临近,方知江津区文联还给我和天琳大姐、明凯书记安排了"作家进校园"活动。国翔主席特别有心,把我安排去了四十多年前由知青代课而后转正的李市中学,想让我重温历史,不忘初心。当过多年老师的我自然不在乎上课。很好很好,甚遂我意,俯首从命!

台下坐着两百多个十三四岁的稚嫩少年,一双双明澈的眼睛里有着真实的崇敬与渴望，他们看着台上这个陌生的老爷爷，究竟能给他们带来什么文学的养分。我的讲题是《生活与文学——与生俱来的邂逅》。孩子们太小，对历史和社会了解不深，不能像给成年人讲创作那样汪洋恣肆，旁征博引，大道理连篇。那么我们讲故事吧，讲我是怎样来这所学校的，我又是怎么教上英语的，又是怎么被点招考入川音的，用交谈的方式和孩子们聊天。我问他们有我插队时的同村老乡吗？他们的爷爷奶奶或者父亲母亲，很可能是我的学生。我和孩子们的感情一下子拉近了。于是我开始聊文学，聊音乐，聊我当初怎么写小说，写报告文学，这些小说和报告文学都取材于我身边的人和事。比如江津白沙人、中国女排前教练邓若曾，我写了《邓若曾辞职之谜》；比如江津女婿、旅美著名台湾诗人彭邦桢，我写了小说《乡愁》和报告文学《一曲深情的歌》。这些江津人以及发生在江津的故事，吸引着孩子们的注意力，我还唱了彭邦桢作词的闻名天下的歌曲《月之故乡》，说了几句当年流行的俄语和英语，把会场的气氛推向了高潮。

我告诉孩子们，生活中有无数写作的素材，你们身边，你的家庭，你的朋友，乡村或城市，兴许就有你要写的人物或者事件，要留心观察，特别观察那些与众不同的人物事件，再把他们用自己的语言活灵活现地写出来。比如我的小说《琴痴》，就是我在川音上学时用我的钢琴老师的人生经历写成的。获奖小说《听歌人传奇》用的则是我叔叔的抗美援朝经历。我在江津中学任教时因为和体育教师同教研组，看足球比赛多了，居然写成了小说《生命之门》。有趣的是，这篇小说今年被一大学影视专业教师偶然发现，赞不绝口，正在改编为电影剧本。我还用自己少年时代的阅读体验告诉他们，要无限制无区隔地阅读，天文地理，自然人文，社会科技，古今中外，文学与非文学，有机会就要读书，总有一天，你阅读的东西会给你回报……我对孩子们说，丰富你的阅读，就丰富了你的人生。我们不可能都成为作家，但是文学会让你的生命更丰满。

让我意想不到的是，这次讲课反响如此强烈，还未等我起身离开，孩子们就围上来了，一个个递上笔记本，让我签名留念。如此纯朴，这般真诚。忽然间，我的眼睛湿润了，不是感动，而是惭愧。此行匆匆，准备不足，只带了两套市作协编辑的《新时期重庆名家名作选》，一套西师出版社的重庆晚报副刊优秀作品选，还有我自己的几本书。我带的书太少了！

　　我想，下一次如果再来，一定要在我自己的著作上签上名字，送给每一位热爱文学的孩子！

川音往事

飞来“桃花运”

1977 年，我意外被点招考入四川音乐学院，的确喜出望外，但也若有所失。音乐不曾是我托付终身的理想专业，高中时代我最热衷的是数理化，参加过名目繁多的比赛，得过各式各样的奖项。当年有"学好数理化，走遍天下都不怕"之说，我对化学更是情有独钟，好像从来不觉得困难，尤对有机化学毫无违和感，老师一讲就懂，各类化学顺口溜和分子式更是倒背如流。我 1966 年高考填报的全是化学专业，记得一、二、三志愿都是华东化工学院。可惜后来成了泡影。更何况我入学前已经是小有名气的乡村中学英语教师。尽管曾是宣传队骨干、男高音歌手，对于音乐，却没有特别的献身欲望和融入感。

在川音读书很喜剧。川音地处成都新南门十二街，小院子里整日乐音袅袅，笙歌绕梁，美女留香，到处莺歌燕舞，却很少有人看书。只有我，没课时常常捧一本书，坐在阳光下苦读。院图书馆的文学类书籍基本上被我通读了一遍。忽一日，我的宿舍里多了一台九英寸电视机，黑白的，那时候只有黑白的。门口还摆了一辆自行车，永久牌，老旧的。哈哈，同学说是一成都美女送来的，指名道姓送给我的。桃花运来了！那时候电视机可是绝对的时髦货，远超流行多年的"三转一响"，有美女送电视机自行车上门，司马昭之心路人皆知，恨嫁。

同室学友自然来者不拒，有空就围着九英寸目不转睛。自行车也成了本寝室的公共交通工具，出门办事上街会友谁都可以使用，一律自便。哪知一周以后情势突变，美女居然上门逼婚来了。车你骑了，电视机你看了，美女摊牌了！怎么办，我只好如实禀告，我结过婚了，真的结婚了，上学报到之前。美女不信，说查了学生处档案，填的未婚。厉害，居然查了档案，背后有人啊！我说未婚是报考表上填的，结婚是在录取通知书之后。美女说你欺骗组织，我要揭发你。一想也是，结婚原单位是同意的，但是没向川音组织上汇报啊，彼时我心中无比悲凉，心想完蛋了完蛋了，等着组织处理吧，这婚还真不该结啊！

尔后忐忑了整整一个月，美女再也没来逼我。再后来美女把九英寸和永久牌搬走了，再后来她和某乐团的一位乐手结婚了。再后来，她约我聚了一次，给我道歉，说偷拆过我的家信，知道我真的结婚了。还甩下一句话：你肯定会后悔的，我家京城里有人啊，本来，你会有更美好的前程的。说实话，当时我的确有点后悔，可是我们那个时代的人都讨厌陈世美。我至今都在揣摩美好前程的意思，从了她，我的未来是怎么一幅图画呢？后来我才知道，她伯伯还真是一位要员，弄个把人进京应该说不费吹灰之力。可是谁又能保证未来呢？

多年后，历史果然较了一次真。我庆幸未入龙门。

重逢石院长

有了九英寸的勾引，我和同学们欲罢不能，可是当年有电视机的人家寥寥无几。某一日晚饭后，见几位彝族同学急急忙忙地往操场对面的教师宿舍楼里走，便凑热闹看稀奇跟着去了。呵呵，还是少数民族同学大方，居然挤在底楼学院党委书记石昌杰的小小客厅里看电视呢！也是黑白的，不过大一点，14英寸，正播放很有名的影片《金沙江畔》，一部讲民族团结的红军片。只见十来个人把石老书记簇拥在中间，嘻哈不断，热闹非凡。

那时候领导还真没架子，一大群不知深浅不讲规矩的青年学生，一到晚上就把石老革命的弹丸客厅变成了电视机嘉年华，还生出了许许多多有趣的故事。我们学校有许多藏族彝族同学，他们的民族特性很强，看电视时唱歌说笑好不热闹。

我也是书记家的常客。石昌杰是延安时期的老革命，据说是抗大或者鲁院的高才生，20世纪60年代他是大名鼎鼎的重庆建筑工程学院院长，行政13级干部。重庆建院的业余文工团全国有名，音乐舞蹈人才济济，曾经多次赴京演出，刘少奇、邓小平等中央领导也接见过。而我，1967年曾参加以建工学院文工团为主体的一大型宣传队，是唱歌队的男高音。我们宣传队常驻建院小小的三层"反修楼"（今土石馆），时值十年浩劫初始阶段，当然也见过他最凄惨最憋屈的一段人生。那两年我和他以及他的夫人、子女都有接触，是因为我的父母也受到冲击关进了牛棚。所谓惺惺相惜啊！真是山不转水转，恢复工作后他居然调入四川音乐学院当书记，肯定有鲁艺以及建院文工团因素使然。而我随后入读川音，与他再度见面，应该也是冥冥中的缘分。

石院长与我十分默契，只观电视，不言其他。一直到我离开成都归返江津。毕业前，曾有省歌舞团和西师音乐系联系我欲招我入职，不知是不是石老的美意。只可惜我乃带薪调干生，加之其他原因，必须回原地工作，从此与省城、名校失之交臂，也与石院长的14英寸电视机无缘再见。

比窦娥还冤

1978年春，我在川音求学。某一天生了病，是声乐课后练狠了，口腔闭合，把颌关节给拉伤了，很疼，要请假去四川医学院附属口腔医院看看，那可是当年中国最牛的口腔医院之一，也是我们川音师生常去就诊的定点医院。学院规定外出看病要去院医务室开假条，再把假条交到院教务处备案。川音当年不大，学生只有百十人，医务室也就几个医护人员，和学生混得很熟。

看见我来了，那个白白胖胖和蔼可亲的女医生远远地打了招呼，问我有事吗？我说开个去医院看病的假条。她正忙着在门外坝子里洗被单，远远地说你等等哈，不急吧？我说有点急，看了病要赶回来上一堂声乐课。她说假条本本就在抽屉里，我手是湿的，你自己开吧！我说也行。几下写好了，拿着就去教务处请假看病去了。相安无事。吃了点消炎药，颌关节也不疼了。

忽一日学院召开师生大会，M副院长在台上热情洋溢地慷慨陈词，纵论校风校纪，说现在有些学生胆大包天，目无王法，旷课迟到，有人公然偷开假条，私自外出，此风不可长，某某班的许某某要深刻检讨……因为事出突然，也没人向我核实情况，况且我这人经历磨难，人生多舛，但向来遵纪守法，自然也不是省油的灯，立马站起来辩白说："M院长，没有调查就没有发言权，不是那么回事……"话音未落，坐一边的老师就把我按了下去。

此后我心绪难平，全院师生员工大会上挨批评，奇耻大辱，此生还是头一遭。去医务室问医生怎么回事，她低头不语。后来才打听到是教务处一个新来的女职员，看笔迹不像是某医生所开，去M副院长处告了我一状。其实她也是恪尽职守。那时候年轻，心高气傲，比我还小几岁的班级政治辅导员张莉娟（现在是川音著名声乐教授）来问我是怎么回事，要不要去跟M院长解释解释？我手一挥说，不必了，张老师，他作为堂堂副院长，问都不问我一句就在全院大会上点名批评，还能在大会上收回吗？我总得给人家一个面子吧。

其实，我当时真正考虑的是，不能因此影响了那位女校医。本来，一句话就可以把事情说明白，可是她没有说，必定有她的苦衷，肯定在担心自己。对这位平日里像大姐姐一样知冷知热和蔼可亲的女校医，我宁可受点委屈，也不能让她去承担责任，甚或毁了她的前程。

这件事兴许影响了我的未来。因为我有高中66级的文化底子，专业成绩尤其声乐成绩优秀，乃学院社团活动积极分子，也算是学生中小有名气的人物。有好几个文艺单位，如四川省歌舞团，还有西师音乐系，都曾来校了解过我的情况，甚至还有留校的传闻，后来都烟消云散了。

幸好这个误会不是致命的。那个揭发我的教务处女职员曾经好几次找我谈心，似乎想了解我怎么能自己开到假条。我对她只说了一句话：批评了，过去了，不必了。

世事无常，命运难料。如果没有那场小病那次误会，我的人生轨迹又会是怎样的呢？实在不可预测。不过，我后来过得也挺好。这些人生中常有的误会仅仅是生命长河中的小水滴而已。

坐着比站着还高大

　　若不是他身下的那辆轮椅，笔者绝不会相信眼前这位脸色红润、中气十足的年轻人就是张鲁，就是那位以《巴桑和他的弟妹》、《希波克拉底的誓言》等电视剧震撼电视剧坛的青年编剧。

　　这是 1992 年 9 月最后一个星期天的下午，我顶着一头放肆的秋雨赶到沙坪坝，在重庆电视台宿舍大院里的一栋宿舍楼底层找到了张鲁。闲话休说，我递给他一张早已准备好的提纲，上有六个诸如"主要创作成就"、"病中简况"之类的问题。他是病人，我想速战速决，不想耽误他的时间，因为他的邻居、电视台导演鄢光宗曾说他正用大量的时间进行气功治疗。

　　然而张鲁只瞥了一眼我写的提纲，就用标准的重庆话说起了他的电视剧。

　　"我正在赶写电视连续剧《爱是不会凋谢的》。此前我完成了 6 集电视连续剧《中国神骏》。"说起电视剧，我感觉到张鲁心中有一种冲动，他接着说，《中国神骏》是根据中篇小说《白马》改编的，我想在其原有的主题内增加一点东西，故在片头上署了这么一句话：仇人恩人多珍重。"

　　我读过小说《白马》，写的是抗日战争期间的故事。主题是一匹马尚不可征服，何况一个民族？于是冒昧问："还是以前那种风格？是注重理性的思考还是可看性？"

　　"好看，是第一要素！《白马》这部片子首先要好看，让老百姓看了上部还想看下部。片子是充满了'杀仗'，我想一定符合当今老百姓的口味。当然，这部片子里也蕴含着一种理性的东西，因为，反对战争，渴求和平，是人类与生俱来的理想。"张鲁非常兴奋，时不时用强有力的双臂撑住轮椅扶手。他告诉我，《白马》正在内蒙古大草原上抢拍外景，如今军队逐渐机械化，好不容易才找到仅有的一支骑兵部队，在那里摆开了战场。

话题又回到了《爱是不会凋谢的》上来。这大概是张鲁编写的最长的一部电视连续剧了。"原准备只写 32 集，哪知愈写越长，这几天正在写十年浩劫，好多事情如涌泉奔泻而出，一下子就多写了好几集，现在预计要达到 36 集。"他忽然问，"你去过沙坪公园里的墓园么？那里埋了我好几个同学。"我点头说："我也有好几个同学埋在那里。""这段历史不能湮没，不能割断！《爱是不会凋谢的》说的是法籍语言专家戴妮丝女士和她的中国丈夫李风白一生的故事，他们几乎经历了新中国所有的沧桑变故。片子将通过他们特有的眼眸去透视这几十年的风风雨雨，所有该反映的都要反映，对任何重大历史事件绝不躲躲闪闪……"张鲁滔滔不绝，这位被人称为才子的编剧，嘴巴也一样利索，"这部片子的主题仍然是和平，没有和平就没有进步，和平不仅仅指与战争相对的和平，和平里包含着爱的秘诀，只有心灵纯净的人，才能接受大自然的一切馈赠！"

说实话，听着张鲁说话，我觉得他远不是一个哀哀戚戚、羸弱不堪的残疾人，他的思想、他的内心世界丰富得快要溢出来。"张鲁，一条好汉！"我心里想。

这篇短文不可能把张鲁告诉我的全部转告读者，只能择其一二了。他说，《爱是不会凋谢的》追求局部上好看、整体上深刻。每一个板块都有细节，都要深挖，紧紧揪住你的心，注重寻常人的生活，注重生活中极微的变化。这部剧由老朋友、陕西台导演王苏源操办，中法合拍，时下正在解决中国电视剧共有的困难——钱的问题，可谓"找一点米，下一点锅"。与王苏源、潘小扬、何为这一帮哥们的合作很放心，不必调整，直接进入实拍状态……提起他们，张鲁话语中渗出一种难以言表的爱。就在笔者撰写此稿的时候，他还专门打电话告诉我："重庆电视台青年摄制组何为、陈俊中他们蛰伏六年，明年会有大动作，可谓'三年不鸣，一鸣惊人，三年不飞，一飞冲天'呀！你一定要把这事告诉读者！"言之凿凿，一往情深。

对于他的受伤，外界传说纷纭，莫衷一是。我直言相问，他答："1987年3月11日晨起长跑，被汽车从后面撞伤，骨片切断中枢神经，腰以下瘫痪。此后一年多时间里不能面对现实，总想，啊，我受伤了，是吗？时年三十有五，每天醒来总以为是一场梦。受伤前从不考虑明天怎么过，受伤之后必须仔细想一想。没有什么具体的事情使我顿悟，你千万不要把张鲁写成圣人或怪人，我大概用了一年时间调整了自己，正视了现实。你去过杭州虎跑泉吧，那儿有一副对联：泉自几时冷起，峰由何处飞来。一切都听其自然。"

从飞来横祸中恢复后，张鲁在轮椅上完成了《黑豹突击队》(4集)、《你为谁辩护》(11集)《悬崖百合》(9集)《无人知晓的世界纪录》(上、下)等剧本写作。这些片子可以说每一部都有特色，都有好评，赞扬与褒奖不断，但张鲁付诸一笑："这些都已成为过去！"我明白，他期待着《白马》和《爱是不会凋谢的》的诞生。

五年来，张鲁再没有离开过自己的居室。怎么去了解飞速发展变化的世界？通过电视、报刊？通过友情与心灵？他回答得很巧妙："我自己也有一口井。"去年9月10日中秋前夜11时，张鲁凭窗望月，吟成诗一首："圆月如井口，苍穹是井壁。何当出井底，心向光明去。"他解释说，把圆月当成井口，黑夜不就是井壁？"人生渺小，我是坐井观天呀！"他朗朗笑着对我说。诗中深蕴之意，只有张鲁自己才能理解。

张鲁时下正值不惑之年。他1966年初中毕业于重庆29中，在彭水当过两年知青，回城后当过工人，1982年毕业于西师中文系，后来"拒绝分配"，"横了心这辈子就搞电视剧"，于是到了重庆电视台青年摄制组。履历再简单不过。

临别，他赠我一本《电视剧》杂志，上有《爱是不会凋谢的》剧本第四集。他在首页题曰：许大立／和平康宁／清朗长久／张鲁／9.27。旁边，是该剧的题记：献给／初恋的弟妹／金婚的父母／和我／永远的爱人。

冒着纷扬的淫雨，我告别张鲁归去。一路上，我想，"永远的爱人"一定是广义的，因为张鲁爱着许多人，而许多人也爱着张鲁。我也一直在想，坐着的张鲁比许多站着的人更高大。

乐见《了然》 我心悦然

《了然》创刊，一目了然。

中国的报纸副刊，始于 19 世纪末，始于中国最早大规模引进现代资本主义生产方式的十里洋场上海。及至中国经过近百年的政治经济演变，到了改革开放的 20 世纪 80、90 年代，报纸繁荣昌盛，副刊也生机勃勃，几乎无报不副刊，一大群依靠副刊存在的作者队伍浩浩荡荡，形成了中国特有的报纸副刊现象。副刊的名目繁多，多姿多彩，我印象中最有影响的报纸副刊如人民日报《大地》、四川日报《原上草》、重庆日报《两江潮》、新民晚报《夜光杯》、羊城晚报《花地》，等等，以及我所在的重庆晚报副刊《夜雨》，都曾在中国报纸副刊这一领域内有过自己的努力和光荣。这些副刊名头响亮，主旨清晰，各有个性，风格自具，成为当年中国报纸副刊中的佼佼者，至今令人追忆怀想。无疑，重庆法制报副刊《了然》，刻意继承中国报纸的百年传统，以独特的意境传播"了然文化"——做个明白人，启迪思想，温润心灵，陶冶人生。他们响亮地喊出心声：用文学作品传播正能量，弘扬真善美，传递向上向善的价值观，引导人们做法律明白人、道德明白人、人生道路上的明白人。

著名作家黄济人对我说，《了然》副刊这名字取得好，有意蕴。我也说句实话，《了然》副刊的自我定位"巍乎高哉"。作为法制类报纸的副刊，能在方寸大小的纸面上讲故事说道理，用文学的语言补新闻之不足，作为司法界文化人的一方文艺园地，也就很适宜了。可是不然，他们意欲站在思想道德的高度指点江山，激扬文字，"打造重庆乃至中国的精品副刊"，实在让人惊愕之余钦佩不已。他们对办刊方针了然于心，他们的雄心壮志了然于世，让我这个副刊老兵也心境了然，感慨不已。

不必讳言，时下曾经风光无限的主流纸媒险象环生难以为继，呈现出历年未见的低迷状态。在新闻资讯泛滥一时的前十个年头，各类报纸副刊曾经被铺天盖地的各类新闻挤压得无影无踪。忽然间，风向转变，每日数十版的报纸变成几个页面，堆集在街头巷尾报摊上的纸媒多已无人问津。人们这时发现报纸副刊才是自己的文化家园，才是心灵安息的圣地，那些瞬息而去的各类资讯，难以在我们心底生根，唯有精神的东西方可长远。

我不知道重庆法制报的总编辑王伟是不是受了重庆晚报副刊的启发，要把《了然》作为这张专业报纸的快乐之泉，可是我知道他生命中的文学梦想。报纸副刊尤其城市报纸副刊的要素是信息量和可读性。每一位编辑都要明白，副刊是办给读者看的，不可成为只有作者群体自我阅读、自我欣赏的同人刊物。副刊沦为商品的奴隶也不可取，不长远。即便有投资者介入，也要坚持自己的立场。只有读者增加了，你的报纸才有生命力，而信息量和可读性是维持并扩大阅读群体的不二良方。我很赞赏《了然》副刊的雄心壮志，尽管是专业类报纸，尽管不是日报，却想做综合性报纸的事情。其实在当下，专业性报纸也有自己的优势，起码可以依托一方，再面向社会，这甚至是诸多主流媒体也不可期盼的优势。这个世界太变幻莫测了，但愿《了然》能成为这个时代纸媒副刊的"网红"，成为中国报业中的奇葩和另类。

在重庆方言中，了然还有另一种意思。比如"不了然"，就有不以为然、不认可、不满意的意思，刚刚起步的重庆法制报副刊，要让读者了然，作者了然，四面八方上上下下了然，还有许多事要做，有很长的路要走，但是我相信，有老总层面的支持和编辑同人的努力，一定会由不了然走向了然，走向成功。

行文至此，忽然想到了网上的一个热帖：有一种境界叫超然，有一种达观叫了然，有一种态度叫悠然，有一种成就叫斐然，有一种幸福叫淡然……我希望《了然》副刊的朋友们以这种生活态度办刊，《了然》的未来必定一路顺畅、兴旺发达。

盼年

　　我这人对年节生肖一向没有多少概念，任由岁月流逝，得过且过，随遇而安。前几日忽接著名国画家曾令富先生微信，说鼠年快到了，二十四年前他曾经送给我一幅《老鼠偷灯油》的用心之作，能否拍张照片给他，他要在某个场合用。呵呵，我这才想起，猪年快过，鼠年将至。

　　小时候盼过年，无非是能穿上新衣吃点好的，皆为人类生存的最基本需求。所谓好的，也不是今日的山珍海味大鱼大肉。能吃上一口肉，把玉米饼换成白面馒头，也就心满意足了。至于走走人户热闹热闹，除了偶尔能从慷慨的长辈手里拿到几分几毛压岁钱有点小小的惊喜之外，从来没想过年有什么伟大深远的意义。或者说，是书上报纸上常讲过年的来龙去脉，而自己却没有认真想过，没从文化的角度去思考过。在物质极度匮乏的年代，能保证生命的存在就谢天谢地了，哪有多少文化空间的内存探讨余地。

　　兴许是基因遗传，兴许是自幼聪慧，从发蒙学语到高中毕业，笔者从来就没有在学习上为难过。即便年近而立误入川音，也没在小字辈中落人之后。这就奇怪了，幼年跟着爷爷在江苏乡下长大，没上过一天托儿所幼儿园，更没接触过任何补习班艺术课，却科科优秀，年年三好，一路读到高三，数理化名列前茅，文艺方面也一枝独秀。也正因如此，后来莫名其妙地便成了"修正主义苗子"。

　　其实那时候每逢过年，我最希望的是政策上有变化、政治上有进步，希望能把自己的才能和学识贡献给自己伟大的祖国，成为社会主义的建设者，不被时代忽视或抛弃。

真正对年有感觉是20世纪80年代。精神上没有了羁绊，事业上有了发展，虽然数理化白学了，却歪打正着地在音乐和文学上有了点造化，终于做了自己愿意做的事情，有了一点点成功的满足。最重要的是可以快快乐乐地生活了、过年了，可以买鞭炮买焰火尽兴燃放，可以满桌佳肴任你处置，可以酩酊大醉，可以高谈阔论，可以兴之所至地给老父老母侄儿侄女发成百上千的压岁钱了！这才是精神思想大解放之后的过年，才是国人期盼已久的自由自在的过年，才是不为人忧不为衣食苦不为前程累的痛痛快快的过年啊！

如今过年不稀罕了，人们已经把以往过年对物质的基本需求逐渐转移到精神层面上来。所以时下文旅繁荣，各种翻新的文化形式层出不穷，曾经被人们忽视的东西又成宝贝和稀罕物，许多沦落于乡野民间的玩物与人物又被挖掘出来，成为了民族的瑰宝……真假古镇繁荣，新老景区繁茂，电影繁盛，戏剧繁华，音乐会繁多……真是翻天覆地的改变，真是民族魂魄的大回归啊！

曾令富先生拿到了我翻拍给他的鼠画相片，欢天喜地，他大概没想到，整整两巡生肖了他送给我的画还在，还保存得如此完好，说明受馈者真的喜爱。我笑道，你老人家记性也好，送人家的东西几十年后还忘不了！其实你可以回购，八位数足够了。他很不谦虚地回道，我劝你继续藏着，这画远不止那点钱呢！

和曾先生的笑怼未了，重庆交通大学著名书法家、我的亲大姐夫袁塈先生发来了他的新作《龢》，上书五句话：天和风雨顺，地和五谷丰，人和百业旺，家和万事兴。字里一个鼠没有，他说这是他的鼠年贺词，因为老鼠绝顶聪明，机灵通神，虽然不讨人喜欢，却也多子多孙，顽强生存，自娱自乐，拥有自己的世界云云，说得满在理的。

实话实说，我也一直不明白我们的祖先们为啥要把相貌丑陋且以破坏偷窃为生的老鼠列为神一般的生肖，好像生肖为鼠的人类朋友也从来不以此为荣。不像属猪的我等，虽然猪们任人宰杀碎尸万段依然说属猪有福，天下事，真奇妙。

既有不解，不耻下问。求询多位高人，方知鼠年好处多多：鼠凭社贵，大造无私；鼠到福来，天开景运；鼠年吉祥，吉庆有余；鼠相吉贵，全家福气；金鼠开泰，花香四季；喜气鼠鼠，北窗梅启；鼠蹄奋进，暖吐花唇；得意鼠鼠，黄菊傲霜；鼠兆丰年，万事如意；鼠年大吉，太平有象；四时平安，八节安康……瞬时顿悟，明白人也没有说个明白啊，这些祝福语放之四海而皆准，乃十二生肖共享。转念一想，其实过年就是图个乐字，讨个欢喜，又何必深究它的出处与来路呢？

　　哈哈，那就祝福大家来年机灵如鼠，鼠到福来，多生小鼠，八节安康吧！

生命须臾 文脉永恒

　　家住七星岗，紧挨通远门，闲来无事，不经意间就把通远门老城墙一带当成散步练腿、喝茶聚友、聊天谈事、读书写作的好地方。遛久了方知这地方不简单，据称通远门老城墙的第一块巨石在三国时期就垒砌上了，掐指一算，大约1800年。蒙元军在这儿攻过城，张献忠在这儿杀过人，更不用讲近现代通远门周遭发生的那些惊心动魄、壮怀激烈的故事了。通远门厚重的石头足可以写成一部车载马驮捧读不倦的史鉴，一本家国情怀可歌可泣的大书，一曲改朝换代吟唱千年的长歌。难怪，国家级文物保护单位的桂冠很快就落在了通远门以及硕果仅存的这段老城墙头上。在与老城墙近在咫尺的地方居住，日日可在国家级文保单位上品茗怀古谈天说地，成了我向国内外朋友、文友炫耀的资本，通远门就是我的大客厅，呵呵，你们有这样的福气么？

　　我是如此挚爱通远门老城墙，以至于朋友们哂笑中赐我一个"老城墙代言人"的名号。我笑纳了。你们知道，历史上有多少文人墨客达官显贵武将侠士登临此楼长吁短叹保国守城留名青史么？放下历史，打望近现代，又有多少革命志士在此出城门而去，奔四海而报国，弃性命而长眠。说点更近的，抗战时期郭沫若先生曾在不远处的天官府办公居住，身负抗战文化重任的他，常邀约一帮左翼文化名人如老舍、茅盾、夏衍、阳翰笙、田汉诸公，在天官府十一号马老太婆小牛肉馆聚会。某次酒后兴之所至，郭老给这家小馆子取名"星临轩"，并书写牌匾。其语双关，马老太婆马有碧之子名星临，而今文星聚集，实乃名副其实。后来"星临轩"几易地址及老板，如今移到了通远门通远楼上成了茶楼。郭先生题写的店名还在，只不过已物是人也非，此地空余一招牌了。

近些年，通远门也不乏文人雅士造访登临，著名诗人梁上泉曾在附近的小区居住，偶尔会去城楼上登高望远激发灵感。誉满文坛的女诗人傅天琳就在俯视通远门的那栋高楼里居住，一住十多年，天天带小孙女爬城楼、数台阶、骑大炮，待得孙女长大，才依依不舍地弃城楼而去。人去情不舍，后来写下了长篇散文《家住通远门》，记录了这段难忘的日子。小说家曾宪国更是把通远门当成了自己的茶坊，不论风雨，日日必至，一碗茶，一本书，打望世相，构思小说，日久天长，居然写就了长篇小说《门朝天开》。域中文坛精英新秀，应我之约请或被我"蛊惑"自行登上此楼的不计其数，如散文家兼诗人、漫画家、摄影师李钢，小说家兼剧作家王雨，大学教授兼剧作家王逸虹，出版家兼诗人、散文家吴向阳，政治家兼诗人、评论家王明凯，诗人、词家兼散文家耕夫，散文家兼文艺评论家赖永勤，更有书法家、美术家、文艺家、美食家，等等等等，不可胜数。有意思的是，我的挚友、中国作协名誉委员、重庆作协名誉主席黄济人先生曾数次电话约我登城楼一观，却因阴错阳差至今未能如愿。如此盛况，足见通远门文脉畅达承前启后，如江河之水涌流不绝。无论我的友人来自何域何地，他们往往会主动要求谒访此城此楼，因为他们在我的文博微信里见多了，对之五体投地敬仰有加。

其实我对通远门的最初印象来自我的父母。抗战时期，他们曾在离此百步之遥的莲花池办学，他们曾经一次次说起当年通远门内外的破败与穷困。窝棚遍地，污水横流，难民满街。通远门新生于改革开放后的 20 世纪 90 年代，蜗居于城楼上下的成百号人家响应号召纷纷搬离另寻居宅，通远门从此一改杂乱破败之容颜。如今的通远门老城墙仍然威武霸气，横亘于渝中要津之上，虽周遭高楼林立，却难撼动其雄奇于分毫！你高任你高，我自独风骚；你新任你新，千年我英豪。

新楼千栋，时代巨变，掩不去历史冲不走文化，更显示出通远门的可贵珍稀。连城之价，何物能值？怀古千秋，引颈未来，生命须臾，文脉永恒。即便我等消逝，生命的接力会与之厮守永远。

真爱诗画与旷世传奇

　　这是一幅真爱诗画，更是一部旷世传奇。一个 16 岁情窦初开的少年，恋上了 26 岁带着四个孩子的美艳寡妇，数年后他们忽然人间蒸发。于是，一个令人神往使人兴奋的故事，在人迹罕至的昔名江津三合场、今日中山古镇的深山老林里展开。

　　这原本是一个发生在 20 世纪 50 年代初、有悖于那个时代民风习俗的事件，半个世纪后忽然被人们发现挖掘称颂。生活已经改变，观念亦非从前。刘国江、徐朝清，这对隐居于大山腹地与世无争的老人，原来是一对爱得地老天荒的活着的梁祝，是远离现实世界自得其乐的董永、七仙姑。

　　一切都源于那条刘国江数十年间一斧一凿镌刻于山崖上的 6208 级凸凹不平、参差不齐的石阶小道。无数个月夜和清晨，"小伙子"刘国江把对"老妈子"徐国清的爱意全部凝聚在铁锤与钢錾的敲击上，那些飞溅的火星在山野中跳跃闪烁，好似他们经久不灭蓬勃绽放的爱情之花。还有，前四后三别人的和自己的七个儿女，那遮风挡雨的茅舍，森林缝隙里供给九口人基本生存需求的田园……几十年不离不弃，几十年恩爱如初，几十年无欲无求，只有慈眉善目，相敬如宾，相厮相守。

　　于是，一个地老天荒的爱情佳话在世上传扬。于是，大山深处的古镇，那条粗糙本色的石梯坎，便成了故事的载体与坐标，成了天底下有情人年年七夕相聚山盟海誓的佳景美苑。于是，一趟趟来自长城内外天涯海角的追寻真爱的专列，朝着这个人世间绝无仅有的爱情圣地开行……

——爱需要见证，爱需要铭记。近年来，江津区巧打"爱情文化牌"，举办"中国七夕东方爱情节"活动，传播传承中国七夕传统节日和中国爱情文化。

节日那天，中山古镇笋溪河上搭起了一座鹊桥。情侣们次第走过鹊桥，踏上古镇老街，端坐在看不见头尾的长宴席上，等待一场别开生面的午餐。

一位长者头顶一块长木板，将木板上的一碗碗菜品小心翼翼地递送到宴桌上。爱情宴从"初识君面，剪不断，理还乱，别有一番滋味在心上"的臊子面开始，每一道菜都有着丰富的寓意。出彩的是那道由老豆腐、肥瘦肉、冬笋、香菇、榨菜等天然食材炸蒸而成的"情投意合"菜，色香味俱佳，据称呈现的是"盈盈一水间，脉脉不得语"的初恋青涩情怀，让一众新人看官食客连连叫好，须臾盘罄。

七夕节之夜，情侣们携手穿过鹊桥来到笋溪河边，写下心语，用河灯放逐对爱情的祈愿。次日一早，情侣们牵手走过绿水青山，去爱情天梯见证自己的爱情，把这一段隔世的爱情佳话铭刻在心底。

这些都是现场观看者的笔录。

其实，中山古镇、爱情天梯紧邻着国家 5A 级景区四面山，那可是山水林瀑融为一体的诗画仙境人间天堂，更有双峰古寺西少林、神秘宫殿"西南第一"会龙庄、四面皆山的度假避暑胜地四屏镇、双胞胎秘境青堰村等萦绕其间。在这样的环境里体验刘、徐两位老人当年恩爱无限的感觉，会不会让你们的爱情也像他们一样天荒地老永不凋谢？会不会也有青堰村人一胎双雕甚或一腹三星的奇迹发生？

要体会收获爱情的滋味，你还得去一趟塘河古镇。塘河婚俗被列入重庆市首批非物质文化遗产名录。塘河婚俗始于宋，兴于明，融入了渝川黔婚俗文化内涵，汇集了儒、道、佛文化，具有极高的研究价值。塘河婚俗前前后后得热闹三天，还有两场醨畅盛宴。"隔河看到哥赶场，请你给妹帮个忙。"青年男女相爱，对山歌、唱民谣，他们按塘河婚俗奏响了婚恋之曲。说媒、开庚、出阁、颠轿、参厨、哭嫁等十三项婚俗礼仪有序进行，场面宏大，原汁原味，尤其是闹得河翻水翻的"哭嫁"，以哭绎喜，悲喜中开启人生新篇，让你体味到的不仅仅是婚礼的欢乐，而是再现了人的一生一世，让你在欢乐中想到生命的传承、人世的危艰、人性的多面、人生的责任，等等。看毕这场活剧，你会感慨万千，完全料想不到中华文明的根须扎得如此深邃，就连塘河这样的边远小镇也演绎得如此活灵活现博大精深。

爱是生活的动力与源泉。正因为江津人爱得死去活来、爱得斑斓多彩、爱得脑洞大开，也就创造出了无数美好的物质生活和璀璨夺目的精神世界。聂帅故居、白沙古镇、黑石奇观、江公享堂、石门巨佛、会龙山庄、云舫长联、独秀旧居……无论你溯川江而上抑或泛舟东去还是驾车南向，触目处皆是富饶田园美丽乡村，更有高屋广厦亭台楼阁长桥厂房兀立大河两岸阡陌之间，令人目不暇接、心跳加速、感念万端，直呼江津啊江津，你真乃我渝南之宝地胜境也！

两个救命药方

　　多少年来，我一向对医生毕恭毕敬，对他们从事的事业崇敬有加。救死扶伤，白衣天使，悬壶济世，希波克拉底的誓言，华佗、扁鹊、李时珍，这一串串的词语永远烙于心碑。无论中医西医，都是我心中的神仙圣贤，都是大慈大悲救人一命胜造七级浮屠的侠士。

　　我接触医生最多的时期，是在江津县李市区李市公社的那些年。当时的李市区卫生院有好多外地分配来的大学生、中专生，而我这个高中 66 级重庆知青，后来的农村中学教师，大小也算一个知识分子，和他们同病相怜或者叫臭味相投，有空就凑在一起吹牛斗嘴打平伙争上游，嘻嘻哈哈日久生情都成了好朋友。自然有点小伤小病就找他们给看看瞧瞧，那时候人民教师享受干部待遇，拿工资都是行政级别，大病小病都是公费医疗。当然，年轻人身体好也花不了几个钱。

　　今时的青少年大多不了解 20 世纪 70 年代的生活状况，我也不想痛说革命家史再作传统教育，只想说那时候教师的供应粮每月二十七斤，猪肉每月一斤，菜油二两……每月的粮食中有 70% 的粗粮，即玉米和红薯。当然，玉米、红薯今日已成健康食品，可在当年的确难以下咽，只能果腹。为什么？肚子里没油水，久食胀气伤胃。

　　忽一日，正在上课，我突觉腹部疼痛难忍，胃酸翻涌入喉，顿时捂肚跌坐地上。学生大惊失色，连忙报告校长，立马将我送往区卫生院诊看。那时也没有现今五花八门的仪器，医生把脉听诊后曰，吃多了苞谷红苕，缺了油水，伤了肠胃，多吃点鱼肉，增加点营养，就没事了！话说得轻巧，哪里找鱼肉营养去？如此折腾了小半年，人比黄花瘦，走路有气无力，不吃饭饿得心慌，吃了饭疼得要命，绝望之中，回重庆大医院诊断，医生说你这胃已经下垂了，还有溃疡，没有特效药，回去好好调养吧！

回到学校继续疼痛，继续吃那些胀气的食物，竟有生不如死的感觉。某一日，同校的代课教师刘洪章见我揉着胃部痛苦不堪，试探着问我："许老师，你信不信中医？我父亲是生产队的赤脚医生，可以开服药给你吃，兴许能好。"我自然一口应承，就像抓住了一根救命稻草。我随刘老师去了他家，老先生望闻问切，不过十来分钟，一副药方就写出来了。紧接着，三包药也抓出来了。老先生再三叮嘱，药引子是构树叶，生产队里没有，你去山上找找。

神奇！三包药没吃完，这胃就不疼了，也没有坠胀感了！人精神头也就起来了，很快，体重也增加了。说实话，从此我对这位刘老先生佩服得五体投地，当时怎么感谢他的记不得了。不过我把他开给我的方子一直珍藏着，夹在一本英语词典里，心想如果毛病再犯还用得着呢！

常言道，人吃五谷，岂能不病？也不知道为啥，年纪轻轻身体上的毛病忒多！上边的胃病刚刚治好，下边又出毛病了。痔疮！这痔疮其实也是没油水闹出来的。你想想，整天吃那些苞谷杂粮，又少肉食蛋白质，纤维摄入过多，自然大便干结，痔疮焉能不生？那时只有公共厕所，学校唯一的公厕在小河边，每每出恭，就是一场战斗……

又一日，鲜血涌流不止，甚至喷到了厕所后墙上。这可吓坏了我，决定请假回重庆看病。哪知校长以"十男九痔"以及学校课程紧张为由拒绝了我。一时情急，便拉着校长去了厕所。校长看见墙上的大片血迹没了话语，当即同意我回渝看病。当年农村的医疗资源实在紧缺，我也不知病因所在，只能回重庆了。

重庆某医院的医生看了病情二话没说叫动手术，我一时没了主意。询问病友，都说很疼，于是不想动。一位病友说，那你去磁器口那家专科医院试试，据说可以吃药解决。立马去了那家医院。那时的磁器口还很冷清，还没把它当成千年古镇来消费，一条街上也没几家商店，住的都是居民。医院就在如今最繁华的位置。老中医还是一个派头，张嘴看舌，把脉问询，也没查看患处，就直接开了方子。

回家打开药包一看，吓死我了，里边有蝎子数只，蜈蚣多条，还有一些我不知道的药草物什。问及病友，都说别怕，蝎子、蜈蚣剧毒，这叫以毒攻毒。将之放入药罐文火煨熬几十分钟，分三次热饮之……彼时为了治病已把恐惧放在一边。记得这一次医生开了三包药，一日三次，连吃三天，真是怪了，三天之后居然痔肿消退，不再流血，仅仅一周，便康复回校，继续我的教书育人的伟大事业。不过此次事件后，我的美名也流传在外，说我胆大包天，居然抓着校长去臭烘烘的厕所察看现场，人赃俱在云云。

岁月蹉跎，旷日持久的中西医嫌隙至今未能解决，争拗似乎还有扩大之势。不久前一著名的三甲医院博导问我："许老师你信谁？"我说我信中西医结合。中华民族繁衍生息几千年，西医才进来不到二百年，正是源远流长的中医保驾护航，才使得中华民族繁荣昌盛、中华文明绵延不绝，故绝不可全盘否定之。但是中医的短板在于它缺乏现代医学的检测手段，难以给出准确的医疗数据和判断……尤其对于各种脏器外科手术可以说几无办法。所以我说中西医结合是最佳选择。

我的这两次中医治疗因为是亲身经历，写出来仅仅只是留下一段记忆。如果能说明什么，那就是我国的中医源远流长，切不可轻易否定丢弃了。实际上，我们现在有几十所中医大学，数十万中医中药人才，也采用了西医的诸多最现代的科技手段，中西医结合已成不可逆转之事。

最后赘言几句。我讲的这个故事其实是个老故事，只是第一次将之形成了文字。以往每次口述以后，总有人问我那两个方子哪里去了？你拿出来悬壶济世甚至还可以卖点钱啊！呵呵，很遗憾，我当年保存在英语词典里的方子，川音毕业回家就找不见了。不仅仅两个方子，词典里夹的好多中外邮票也不见了。那年月没人关心那些方子和邮票的经济价值，想到挣钱都是改革开放以后的事了。

我和重庆小面的爱恨情仇

　　说到吃，正宗重庆人提到最多的肯定是火锅和小面，说起来眉飞色舞口水乱溅，吃起来张牙舞爪奋不顾身。尤其是刚从国外或者外地回渝，下了飞机第一顿最想吃的就是大油大辣可以大快朵颐的重庆麻辣，而火锅小面正好居一众麻辣食品之首。

　　其实我平时是不怎么吃火锅的。油大，再加上荤类食材多是猪牛羊身上的内脏下水之类，富含高脂肪胆固醇，像我这样喜欢清淡食品的人是很难得吃一次的。尽管我曾是首届重庆火锅协会顾问，何永智、李德建、刘一手、秦远红等叱咤风云不可一世的火锅巨贾也都认识，但我光顾火锅店的频率低之又低。只有至爱亲朋、文坛挚友来了重庆，那是必须请他们饕食一次最具代表性的牛油老火锅的，不管他们爱吃不爱吃，不管他们受不受得了，必须让他们在大油大麻大辣的极端气氛中接受火锅文化的洗礼。

　　再说小面。这才是本文的主题所在。其实我自幼感知的小面是一种很简单的面食，去粮店买了切面煮熟后加几片菜叶，配上必需的油盐酱醋姜末葱花味精，再加一勺猪油一大瓢油辣子，就是物质匮乏时代老百姓最垂涎的美食啦。至于改革开放后遍布街头巷尾的小面铺，夸张地把几十种佐料摆布在街边案前，任由食客选择品尝，已经是城市化的小面行为艺术的极致了。而那些在小面的本色之上创造性地饰以牛肉、肥肠、炸酱、豌豆之类奢侈品的异类，其实就像村姑身上的超短裙，本质上已经不是原汁原味的小面，而是面族里的"公侯伯子男"了！

当年我们上街吃小面，眼睛是离不开小面师傅手上的漏勺的。二两八分，三两一毛，那时候也是分量很重的粮钱了。掌勺师傅手一抖，我等的心脏也跟着抖一抖，抖下的可是好长的一根面条啊！掌勺师傅如果感觉分量不够，再挑上一两根进碗里去，那我等饥肠辘辘者就要山呼万岁谢主隆恩了。如果再允许你添一点味精，舀一瓢高汤，那幸福感就会满满地洋溢于胸腹一整天！时下的年轻人大多是不知道这些陈年旧事的，兴许把它当成笑话，一种过去时代的谎言。

小时候过生日，最憧憬的是吃长寿面。也就是去粮店买几斤现做的水面，回家里丢入沸腾的大铁锅里，再扔进去一大把藤藤菜，兄弟姐妹一人一碗尽兴捞去。肉是没有的，油也没多的，面是管饱的，这就足够了！至于佐料，至于油水，至于味道，都在其次。后来日子好了些，父亲会在生日那天慷慨地塞给我两毛钱，让我上街吃一碗肉面，余下的钱看一场电影，那就是我少年时期最美好的记忆了。

记得"文革"后期，我已经由知青转为教师，在江津县李市公社中学教书，每月有24块钱工资，生活也比知青好多了，每星期可以吃一次肉，粮食大多是杂粮，也就是今日人们趋之若鹜的红薯苞谷之类。正值青春年少，夜半常常饥饿，于是想方设法地去农村面坊弄几斤干面，肚饿时煮上半斤，没有佐料咋办，一勺白糖，一勺酱油，也能应付过去。如果哪天吃肉，有残汤剩菜拌之，就是罕见的美味了。说到此类往事，我有隐痛在心，就是因为这该死的面条。20世纪70年代末我去川音上学之际，女儿出生，生活拮据，夫人竟将我收集保存十来年的一大纸箱国内市内"文革"资料，送去邻近生产队的面坊，一斤换一斤干面吃下了肚，那可是价值连城研究"文革"史的宝贵资料啊，如今的历史价值不可估量。如能保留至今，我可以据此写出好厚的书，这十恶不赦的面条啊！

小面经过几十年改革开放的演变，如今已经有了脱胎换骨的创新。据说出生于重庆的著名主持人孟非就在南京开了一家高大上的面店。另一位就职于央视天气预报节目的重庆帅哥冯殊，也在北京开了家名曰"煮啵儿"的面馆，力推重庆小面文化。他们的面馆精致讲究，极富创新精神，品种齐全，花样繁多，顾客几乎挤破门，一碗面卖上了几十元。我未实地考察，不敢妄议讹论。但我以为太高大上了，也就没有了草根小面的原色与本真，没有了街边小摊上食客率性的吃相和嘈杂。我还是更喜欢那种路边上弄堂口楼梯旁的小面馆，几张矮桌子，几个小板凳，三两老友，促膝而坐，二两红油，稀里哗啦，须臾碗底现青花。你可别小看这些貌似粗俗的小店店小摊摊，有人跟我说，我家对面楼梯转角的那一家小馆馆，十几年苦心经营下来，一家人不但买了车置了房，儿子最近做了新郎，还娶了一个美娇娘。呵呵，你看人家十多年痴心不改，专心做小面，不也实现了家庭梦想？

记得某次和小面达人林必忠去秀山采风，一大早去品尝了县城最火爆的一家面馆。那阵仗叫我震撼不已，一屋子吃早面的人候着，几十上百个大碗一溜排在案板上，就像整队出操的士兵。厨师手脚麻利，顷刻间底料铺满，云腾雾绕之中，须臾间小面出锅，分分钟搞定一大屋嗷嗷待哺的早行人。最难忘的是清早八时有人以小面下酒，酩酊似仙，知情人说是当地一大习俗，可见这小面成了他们生命相偕的神物。

行文至此，我想打住吧。笔者非小面之顶级膜拜者，所言小面也不一定是今日之小面，所说的故事也不一定让诸位小面食客心悦诚服，其实也就纯属应应景凑凑热闹，敷衍成篇，看着玩玩，也就功德无量了。呵呵。

小弟大钢

初夏时节，平生首次住院动刀，小弟大钢隔三岔五到病房探望，还不断送上大骨头汤竹荪鸡汤番茄排骨汤给我补充营养。几十年间他给人的印象一向是豪爽粗犷英雄草莽，酒肉拳脚一身匪气，不太在意亲情血脉手足缠绵，忽然间变得如此礼数周到柔情似水，倒让我深感不适惶惑非常。其实我早就想写写我的兄弟姐妹，他们各有各的迥异人生，各有各的苦难奋斗，困顿于病榻上的我，让小弟大钢的几钵鸡汤骨头汤拨动了心弦，那就先写写他吧。

我家兄弟姐妹字辈为"大"，出处不详，不清楚是家族传承还是我父亲随心所欲。不过因为我父亲那一辈字辈为"一"，他大名叫许一揆，我叔叔叫许一午，姑姑叫许一兰，而我爷爷那辈男丁旺盛有六兄弟，他是他那一辈的老大，故而我的"一"字辈的江浙京沪许氏叔姑就有长长幼幼好几十人。

抗战初期，我父亲只身带着我母亲，从其时的江苏省省会镇江市的省立高中流亡到重庆，初始混得极为惨淡。先读重庆大学，后又考入迁到四川乐山的武汉大学，毕业后什么都做过，打工教书当小报记者，等等。后来终得重大商学院院长马寅初先生赏识，在其力荐下，由江浙迁渝商贾出资，先后在渝中荷花池及李子坝原刘湘公馆，办了中华高级会计学校和工商专科学校，终于人模狗样混成了名流。于是也就一口气生了我们兄弟姐妹六人。那时候没有计划生育，也没有很好的妇婴保健，我母亲实际上生了九个，有三个姐姐不幸早夭，否则我们这个家庭还要庞大兴旺复杂得多。

我们幸存的兄弟姐妹六人名曰"都谦申立元钢"。每个人的名字皆有出处。长兄大都1940年初夏生于民国陪都，故得此名。大谦姐出生那年，父亲和著名国画大师张大千有些来往，干脆就抄袭了他，"文革"中张大千不再吃香屡被批判，大姐自作主张划清界限改名大谦。二姐大申原本叫大胜，乃纪念抗战胜利得名，后来写讹了成了大申。我名字原本叫大路，因为我迫不及待生在李子坝前往某医院的滑竿上，后来爷爷觉得不响亮，改成了大立：我父母当时正值而立之年，两人年龄相加六十一岁，正好为立。还有弟弟大元，生时正逢抗美援朝，取名大援，他长大了兴许嫌笔画太多，自作主张改成了元，简单易写。

最小的弟弟叫大钢，他奶妈的丈夫是江北钢厂的搬运工人。他呱呱落地时家中有难，父亲因与国民政府上层同乡关系被审查，妈妈四处奔走营救父亲哪里顾得上他，就把他丢在三钢奶妈家里。报户口时，奶妈就随便给他取了这么个很阳刚的名字。此文正是写他。

小弟大钢真是生不逢时。知识分子的父母当年正在经历伟大的时代更替，没时间没心思管他，一直把他扔在拉板车的工人阶级奶妈奶爸家里长大。于是他的性格尤其粗犷豪放刚直如钢。他人长得又瘦又黑，一点不像白白净净我们兄弟姐妹几个，妈妈说那是因为他的奶妈又黑又瘦，娃儿吃了她的奶岂能不黑瘦？

因为刚解放，家里变故太大没了生活来源，我和两个姐姐随爷爷奶奶去江苏待了六年，直到1956年夏天才返回重庆。我和小弟大钢真正有所接触是在重庆二钢（后来改为特钢）那边的市立32中学。我爸那时已经由堂堂大专校长贬为该校语文教师。我上高三他方初一，但是小弟大钢对我这个二哥还是蛮敬重信服的。记得三年困难时期我在市立2中读书，一位特别喜欢我的俄语老师娶了个新加坡归国女华侨做夫人，某次害喜嘴馋特想吃河蟹，我便带着他去双碑附近的小溪里折腾，螃蟹没抓到几个却弄得一身泥水浑身透湿，回家被妈妈狠狠地骂了一顿。但是从那次始，我便觉得小弟大钢是我的铁杆粉丝可信任之人。

小弟大钢1960年代中期再度生不逢时，刚上完初一便碰上了"文革"。我因为是区里的学习尖子白专典型，父母被揪出来批斗之后殃及池鱼，沙坪坝区委一纸红头文件把我发配到大巴山腹地——红四方面军打过仗流过血的通江县涪阳区新场公社群峰知青林场劳动改造。此后小弟大钢和大弟大元更成了没人管的孩子，浪迹天涯游走四方。

因为二姐大申1964年高中毕业即已去通江插队，根据"三丁留一"的政策，我和小弟大钢只需一人下乡一人留城。但是32中的掌权者很革命，以我父母罪行严重为由，拒不执行国家政策，坚持要求小弟大钢和我都要下乡。父母其时均在牛棚关押无力争辩，加之驻校工宣队频频施压，如不从命罪加一等，小弟大钢和我只得俯首遵命。后来他去了达县地区宣汉县隘口公社，我却借一演出机会藏匿于永川地区江津县，从此天各一方，各自在命运的湍流中挣扎彷徨。

不必讳言，我毕竟读完了高中，是老三届里最老的一届高66级毕业生，而且还是文化大区沙坪坝区的"修正主义苗子"，学识才艺自然高人一等，更知道如何进行危机公关，平日里为人处世格外低调谦恭，笔头口头都很来事，很快便博取了江津的领导和人民群众的欢心，凭饰演革命歌舞剧《井冈山的道路》中的男一号江代表，轻而易举地在当年很遥远如今很近便的李市公社做出了成绩站住了脚跟。可是小弟大钢不行，他是老三届里最低一届初68级的学生，中学没上满一年，十三四岁便被卷入了革命洪流，整天屁颠屁颠跟着一帮高年级的哥哥姐姐打打闹闹混日子。他去的宣汉县隘口公社是大山区，也是红军闹过革命的地方，父母兄姐都不在身边，天高皇帝远却成就了他的时代梦，凭着一身腱子肉外加冲天豪气，很快便混成了革命老区称雄一方的知青头头。

那个时代只要混成了头头就有好日子过。一帮知青拉帮结派惩强扶弱居然有了点名气人气，偷鸡摸狗好吃好喝还有不少追随者拥趸粉丝护佑，我远在江津就听说他威名赫赫，乃宣汉坝一人杰枭雄，偶尔回重庆碰上他，身边居然还有美丽女知青陪伴左右，倒让我对之讶异刮目。

如此这般三五载过去，我已在李市中学为人师表教书吃饭，生活虽然谈不上幸福倒也衣食无忧。某一日忽接在单位扫厕所的老父来信，说你在江津过得不错，别忘了小弟大钢还在宣汉那边东游西荡无所事事，长此以往怎么得了，他成了阿飞二流子如何是好，那边没关系没朋友何日他才能出头？

老父一席话让我深感责任重大但也茅塞顿开。

于是我调动了老高三学生的聪明才智，径直去找跟我混得很熟的区武装部长刁明进，让他设法把小弟大钢户口迁到李市坝来。那时候干部很仗义很纯洁，我一未送礼二未请客只因为在县里区里有点儿小名气，他就帮忙把手续办了，将小弟大钢的户口从宣汉迁到江津，迁入李市区最僻远的洞塘公社。他跟我说，洞塘那地方山高点路远点，可是正缺教师，让你弟弟去公社扫盲班代课吧，每个月有20来块钱呢，也免去了风吹日晒之苦。还说，下半年招兵，我让他当兵去，当了兵就可以回城了。我说不行不行，我父母还在牛棚里呢，政审肯定过不了关。哪知刁部长双眉一竖，直言道：政审我说了算，我还富农出身呢！

　　小弟大钢来了李市，很快便适应了这边的生活，咱鱼米之乡好山好水的江津李市坝，哪是不毛之地的大巴山可比的。他文化虽然不高，教个初小却也绰绰有余。某日他和一位叫刘德龙的江津知青到区里看我，喜滋滋从黄挎包里掏出只肥母鸡来。其时我已在李市中学任教，好像是国家26级干部待遇，每月有30来块钱工资，算是有正式收入的人了，但是平时还是不舍得去买老母鸡吃的。彼时脑子里忽然想起往年春节，小弟大钢都要从宣汉带好多鸡鸭鹅之类肉食回家，公开称顺路摸了些"咱子"回重庆过节。实际上就是偷农民的家禽，而且还有整一套手法：撒一把米或者苞谷籽引禽们过来，尔后以迅雷不及掩耳之势抓了，脖子一扭把禽头压在翅膀底下，悄无声息塞入挎包里扬长而去。

　　往年没人管他，偷了吃了也就算了，到江津李市再这样干可真不行，我在李市区好歹也算是个人物。小弟大钢见我起了疑心，一再解释说鸡不是偷的，是领了代课工资跟农民买的。可我就是不信他的话，总感觉这鸡来路不正不干不净，气得他提起鸡就走，上街找了个地方杀了下酒吃了。呵呵，不过此后他也再不敢给我送什么活东西来了。

　　这刁部长真还是大好人一个。第二年年底部队招兵，他果然践约要把我弟弟送往西藏某部队做汽车兵。小弟大钢正万事俱备整装待发兴奋至极要去高原戍边时，重庆河运学校忽然来江津招生了，招生的居然是我的大姐夫袁塑。

　　权衡再三，我们还是决定让小弟大钢回重庆读书，尔后去长航做水手，这样他就有了一个稳定的工作。当兵自然也好，但是他当年已经二十来岁，加之父母所谓的历史问题，肯定不能提干，在部队也是不会有大的发展。与其退伍之后再找工作，还不如读书后直接就业，一次搞定。

刁部长很失望，他认定小弟大钢是个好苗子，今后可以当干部甚至当将军。他说接兵的首长非常喜欢他这样有知识有文化、体魄又强健、办事雷厉风行的知识青年，私下说要把他留在团部做警卫员尔后做干事。我悄悄跟刁部长说，将军就别指望了，他今后可以当船长，有朝一日你可以坐他的船，一路东下，漂洋过海。这句话让一心要帮忙的刁部长转忧为喜，说好吧好吧，既然如此悉听尊便，第二天不要后悔就是！

殊不知我一语成谶，多年以后小弟大钢果然当上了船长。

小弟大钢如愿进入重庆河运学校学习船舶驾驶，毕业后如愿进入重庆长江航运公司，从最低级的水手做起，而后一路顺风，水手长、三副、二副、大副，20年后如愿做了船长。说实在话，能从水手做到船长，必须熟悉船舶本身之外，还得把川江上下险滩礁石湾流码头水情等等了解个透，各种常规航行与应急预案必须成竹在胸。我想100个水手估计难有一人会被擢升为船长。可我的小弟大钢就这样一步步攀缘而上。只不过他这船是货轮，俗称拖头，长年累月在长江沿线各个城市大小码头拖带驳船，运送各类物资建设祖国的大西南。

他却再未能回李市坝看看帮过他的刁部长。唯一一次回江津，是因为他要结婚了，当年在洞塘公社相识一起代课的知青好友刘德龙，帮他在四面山搞了一大堆木头拉到东门汽车站。我找了板车和刘德龙费尽老力拉到了江津一中，堆放在供我使用的音乐教室里。那时候市面上没有今天这种货色齐备的家私城，全社会流行自己打家具，大衣柜五斗橱床椅沙发小板凳之类全部自己做，木匠师傅直接住你家吃你家一待几个月。能有那么一大堆硬杂木拉回去打家具，城里人还不羡慕死了？于是他找了一艘去江津兰家沱港拉货的拖头驳子，顺便把那些宝贝运回了望龙门码头。

那次他在江津城里只待了小半天。我借了个板车和他一起把木头拉到码头，看着他踩着江水漫卷的跳板，很稳当地把一根根巨大的木头扛上驳船，方知小弟大钢已经长成壮汉，可以在这个宏大的世界里独自闯荡自立自强了。

此后各自奋斗，为衣食忙，往来甚少。再后来我离开小城江津，到主城报社工作，方渐有接触。记得那一年我夫人调回重庆，春节在我家团聚，小弟大钢喝得酩酊大醉，两瓶五粮液下肚仍不过瘾，才知道他已经是无酒不开怀的川江大侠。也直到这一次开着电动车来医院送鸡汤，他方才一吐心中块垒：二哥，你晓得不，当年我最不喜欢你干涉我喝酒，尤其是你舍不得给我喝你柜子里的好酒让我尽兴。我哈哈一笑，猴年马月，陈年旧事，我哪里还记得？

小弟大钢常年漂泊在外，一上船往往几个星期乃至数月难得回城，家庭生活自然难以顾及，女人独自操持家庭就更不容易，于是首次婚姻很早就失败了。我其实并不知道也不想知道他的婚姻变故细节，这类事情当今世界已经不以为怪。但船员性情豪爽，有家难回，也就很容易生出些绯闻情事，旧社会常有船员一码头一家室之传说。可我至今不知道小弟大钢是否有错。长年漂泊江上的他们，酒才是最好的朋友，天天喝顿顿喝，喝起来山呼海啸阵仗翻天，也难怪他几十年恋酒贪杯无酒不欢了。

后来他碰上了现在的女友小朱，那才是珠联璧合眷侣一对。小朱嗜酒不在小弟大钢之下，一顿饭没酒则不痛快，而且从来不喝啤酒果酒红酒低度白酒，我说你们是前世修来的同船渡啊，赶紧扯证结婚百年好合吧！但小弟大钢和小朱似乎心照不宣并不打算结婚而是就这样过，既不是 AA 制，又没有婚约，各有各的屋，各花各的钱，各行各的事。牌友酒友旅友再加上一大堆亲戚朋友，人生在世就这么爽，呵呵。谁说只有"90 后"才会如此大气时尚放浪不羁快乐生活？他们两个才是最具时代气息的天造地设一对稀世宝器呢！

如今小弟大钢年逾六十早就不开船了，干脆买了个电驴子骑着东游西逛找乐子，与当年开着几千吨的拖头威风凛凛在川江里叱咤横行判若两人。不过，他风里雨里往医院给我送鸡汤，却引来大姐大谦的惊叹好评：英雄也有迟暮时，柔肠寸断会有期。

小弟大钢闻之一笑：都怪你二哥，身体忒棒长年不住院，让我表现的机会都没得！一句话，他的柔肠寸断真实面目没被挖掘发现，是因为我身体太好造成的。

呵呵，多么伟大的搞笑逻辑！

泸定三章

一

兴许是机缘巧合，刚刚读毕一部描写聂荣臻 1935 年 5 月在大渡河畔安顺场，和他的江津中学同班同学、川军首领曹某隔江对垒的电影文学剧本，浮想联翩中，就接到了"双城记"活动——四川省果蔬旅游节暨泸定红樱桃节的邀请。欣然应允，即刻前往。

红军飞夺泸定桥之战，余自幼便通过《红旗飘飘》丛书了解甚详，其文曾编入中学语文课本；再后又有影片《飞夺泸定桥》，形象而生动，更让英雄事迹深入万众之心。可是笔者数十年间却与泸定桥无缘一见，有时就在咫尺之间。不过我坚信，机会总是有的，不过早晚而已。这不，我来了，飞车快箭，须臾之间。

大渡河就在大山夹峙的缝隙之中。几乎没有河谷地带，七十度以上的大山遮挡了你的视线，举头仰望，除了浑圆厚实的山体，就是阳光和蓝天。山体上看不见路，自然没有人迹，我很诧异，当年红军就凭两条腿，是怎么走到这荒凉无比的深沟大壑里的？

四月的大渡河水很清很绿，不疾不徐，就像一块浮动的有机玻璃。据说五月份水流就浑了急了，那才是红军强渡的季节。疫情渐松，游人如织，自由散漫地走过索桥，体味河上风景。我们带有任务，着红军服列队过桥，系时下流行的"沉浸式"旅游。实在话，人虽不多，还是有点共振有点摇晃，好在桥不长，桥面也宽，十三根铁索足以承载十几个人的重量。

我多嘴，问身边守桥人员，有不小心掉下桥的吗？那位面容黝黑憨厚的帅哥连声否认，从未有过，那还得了！他指了指对岸河边的小艇说，有应急措施，以保万无一失。他还告诉我，十三条铁索年年都会检查维修保养，只有两条粗大的主链还是康熙年间的，三百余年了，其余都已经更换过了。如今每天有万人左右过桥游览，限流限量，安全第一。

此刻随团的小提琴手兰树梅在索桥上拉响了红军歌曲，西南师大音乐学院舞蹈系学生柳婕即兴起舞，琴声呜咽，青山不语，碧水东流，带去了对二十二位大渡河勇士的无尽思念。毛泽东在他闻名天下的《七律·长征》诗中有"大渡桥横铁索寒"之名句，红军长征二万五千里，毛泽东用八句五十六个字精辟概括，泸定桥之战就占了七个字，可见此役的重要性。在大渡河泸定桥，工农红军没有重蹈太平天国翼王石达开的覆辙，此后翻雪山过草地，顺利抵达陕北。泸定桥之战，乃红军长征史上又一个关键的胜利节点。

二

清早醒来，落地窗外，一幅纯美的风景画震慑了我：一湾碧绿的河水，浮雕般嵌镶在青褐色的河道上，大曲线山峦伸向蓝色的天穹，一片片雾岚飘逸在河道上空，或静或动，或浓或淡，简直就是一幅水墨画呀！我迅即拿起手机，躺在床上拍了短视频，发在网络上。想不到立马有了回复，重庆某大学教授说这是哪里啊？太美了吧，我要去！我立马回复"快来啊"，这水是大渡河，红军以命相拼强渡过的那条河；山应该是二郎山，高万丈的二郎山，歌里唱过的。不是二郎山也是它的兄弟。我们住的地方叫杵坭村，大山之下河水之上的一个小山村，县城和冷碛镇之间的一个小地方，盛产樱桃和马铃薯，如今是网红打卡地，民宿聚集点。这杵坭村看来也没多少耕地，45度的坡地上种满樱桃树，一直延伸到大渡河边。

有意思的是，今届红樱桃节就在河边的空地上举行。一大早，舞台上红男绿女次第登场，姑娘小伙歌声不歇，正为下午的盛会排练着呢！红遍网络的甘孜州文旅局长刘洪也在现场采摘樱桃接受采访，这个鼻梁挺拔眉眼立体身高超一米八的康巴汉子，的确有明星范儿，而且语言流畅，回答得体，一看就有良好的修养。他一出场，顷刻成了美女帅哥追逐的对象，立马将各大网站小视频平台刷了个稀里哗啦……

中午我们一起在河边的小店里吃柴火鸡。在座的有新近上任的泸定县县长、青年才俊王蕾，还有璧山女老乡、县文旅局局长江水，还有几位甘孜州文旅局的领导。我们聊重庆，聊甘孜后花园，聊文旅，聊成渝双城记，聊丁真……刘洪说我前不久去重庆推广甘孜旅游，你们重庆人太热情了，除了看景点谈工作，就是吃火锅，短短两三天，请我吃了四顿火锅。开始还好，吃到你们报业集团请的那顿，就彻底撑不住了……我在一旁傻笑，接话道，重庆人就是好客，其实除了火锅，好吃的东西多着呢，你下次再来重庆，我请你吃火锅以外的特色，保证你胃不疼肠不痛，齿颊留香！其实我心里想，我来泸定才24个小时，不也吃了两顿柴火鸡了么，嘴里都烫起泡了，哈哈。人家是厚待你呢！

我对他说，你是网红丁真的成年版，他却王顾左右而言他，说丁真还需学习提高，到我这年纪希望他比我强。我接话道，你这位康巴汉子怎么取了个汉族名字？他笑道，这要感谢我父亲，母亲生我时他正在看《铁道游击队》，即刻拍板道：就叫刘洪吧，大英雄的名字，这孩子长大会有出息！谈笑风生中，一锅鸡吃了大半，我们散席，去参加隆重的樱桃节开幕式。

三

此次泸定行和上次射洪行，用组织者专业的术语说叫"沉浸式"旅游体验。就是穿上当年部队的服装穿越时空，回到彼时彼地，身临其境，进行一次心灵洗礼。很时兴，很庄重，很流行。泸定桥上下、纪念馆内外到处都是"红军官兵"。我穿的红军军装不太合身，小伙伴们有叫我炊事班长的，也有叫我司令员的，可还是引起了游客的注意，可能因为我须发皆白，把我当成真正的老红军了。有人要求合影，呵呵，那就拍吧，来者不拒。其时我心里想，真正的渡河勇士都已经100多岁了，我有那么老吗？

哈哈哈哈。

前已说过，泸定县文旅局局长江水女士，是咱们璧山老乡，早年父辈支援甘孜，她也留在了泸定。她说甘孜是成渝的后花园，泸定是最近的一个。泸定山大沟深，两千多平方千米面积只有八万多人口，开发的空间大得很。重庆人来甘孜第一站都是泸定。来泸定自驾游的特别多，如今不仅仅瞻仰泸定桥，还有好多新老景点景区，比如举世闻名的海螺沟景区和冰川、贡嘎雪山和贡嘎冰川、燕子沟、冰川森林公园、岚安古镇，还有正在开发的牛背山和连接川滇两省数县的金口大峡谷，等等等等。江局长如数家珍，我过耳不忘，想不到以泸定桥闻名于世的泸定县还有如此众多的自然景观，真是孤陋寡闻少知薄见啊！

最让我记忆深刻的是那场青春勃发的音乐晚会。在我们居住的三舍民居，门前早早搭起了一个场子，巨大的宣传板上有几个大字：泸定之夜——乡村荧光音乐派对。音乐如徐徐春风拂面，欢声笑语响彻大渡河，有夜行汽车从侧畔公路呼啸而过，灯光摇曳中，每个人都在袒露心扉，让自己的人生、爱情、幸福和痛苦在美酒琼浆中挥发开去，幻化成对未来的希望和憧憬。那些精干美丽的女孩子吕刘秦王，那些如影随行的男子汉周陈史王，那些来自成渝两地青春靓丽的小鲜肉大美女，都在夜色的掩护下还原了本色，露出了真相。

真美好啊，泸定，每一个夜晚和白昼。

江津三赞

一

很多年前就知道江津乃长寿之域，百岁老人遍布城乡。我夏日度假房所在地四屏镇，不仅仅盛产双胞胎，还有不少长寿老人。那年我闲得无聊开车山前山后坡上坡下四处转悠，就碰上过一位百岁老妪，居然在乡村公路上摇摇摆摆飘飘逸逸地走着，说是去镇上给老伴买冰糖买汗衫。我说老人家您高寿啊？您上车吧，我送您一程。我把她扶上车，她说她是清朝末年生的，哈哈，一百零几了。我说不像啊，头发跟我一样也才花白，您老人家是怎么保养的？有啥子诀窍啊，摆来听听？她说啥子保养啊，农村人一天从头到晚忙到黑，土里头刨食，啥子都吃，三顿饭都新鲜，水也好喝，空气里没得灰灰，抽点自己栽的叶子烟，喝点自己做的苞谷酒，日子自自由由舒舒坦坦没得烦心事，也不过问子女儿孙辈的烦心事，让他们自个儿满世界折腾去！哈哈日子就这样一天天过，一混就是一百年。

说得好轻巧，一混就是一百年！

记得我有个江津中学学生叫某伟，他的外婆就活了100多岁，他外婆99岁那年和整百那年，我两次到几江镇上参加老人家的寿宴，亲睹了老人家的风采，还写了四句打油诗并请书家写成条幅祝贺：

人生百年若画廊，

苦乐悲喜皆有尝。

千金终有散尽时，

莫若子孙福满堂。

说来也巧，此次去油溪镇观赏了区级文物保护单位"贞寿之门"。清朝皇上把这道门赐给了当地杨姓显族一位活了104岁的女子，褒扬她在丈夫死后守贞节不改嫁抚遗孤长大成人。牺牲了个人的幸福快乐，她成了那个时代赫赫有名的道德模范长寿老人，也因此载入史册。这类贞节牌坊早先遍布华夏城乡，其间的道德伦理辛酸苦辣姑且不论，在人均寿命不到40岁的19世纪，这般年岁也真是鲜有寡见的了。再翻阅女作家邓玉霞主编的《江津百寿图》，真真是源远流长洋洋大观群贤毕现，余为长寿之乡江津感到骄傲。这里不仅仅山好水好人长寿，还有好时代好政策好措施包括最好的人文关怀，才使得百岁寿星越来越多。今日之江津，早已不是杜工部咏叹的人生七十古来稀，而是人生百年不足奇了！

二

这是我第三次造访聂帅故里了。

第一次是二十世纪八十年代初，我在江津一中（后恢复旧名江津中学）任教，写了一组聂荣臻元帅当年在中八班读书时的散文，发表在市内各媒体。江津县电视台决定拍一部专题片《故乡的足迹》，请我撰稿。我们一行人去了吴滩。当时的聂帅故居还是农家田园模样，十分古旧质朴，房内藏品不多，自然没有今日的规整道路园林停车场，等等。我们也见到了聂帅原配龙夫人，高长清瘦，和蔼可亲，话语不多。当时龙夫人住在吴滩街上一木板瓦房内，我还随她进去浏览了一圈，摆设很简单，和那时的普通百姓家庭无二致，但生活已经有了充分的保障。

吴滩镇那条弯弯曲曲的老街给我很深的印象。街上全是木板老房，没有六七十年代的砖混结构干打垒元素，地上凸凹不平的石板道布满岁月的印痕和沧桑。以至于2018年春日我驱车再赴聂帅故地参会，相关议程结束后便迫不及待地去了老街，想看看在旧城改造文旅融合大潮中吴滩老街是否已经面目全非？走到老街上我大大松了一口气，还在，都还在，那些鳞次栉比的木板瓦房还在，没有变成油光水滑的流行假古镇模样；那些凹凸有致的老石板路还在，没有换成颇具时代感的水泥柏油路；虽有时代气息的灯笼匾额，却还保留着几十年几百年前的风骨韵格，这就好！

今次再去聂帅故居，遗憾的是主馆正在维修未得瞻仰，然冲口私塾、聂家染坊已经整修一新重新开放。同行的作家们满心欢喜，在两地详听解说，抒怀释放自如，留影无数，看来诗作华章已在心底孕育酝酿。推托不过，自小学三年级始便未摸过毛笔的我，忽然勇气突生，在冲口私塾留下了墨迹：伟人故地。字拙心诚，它用敬仰写就。

三

江津富硒天下知名。天上飞的地上跑的水里游的土里长的莫不富硒，所以江津人长寿，所以江津男人帅女人乖，江津出了无数英雄豪杰文人墨客科技英才……江津还出双胞胎，四屏镇双胞胎村本名青堰村，之所以双胞胎三胞胎成群结伴，据说就是喝了富含硒元素的山泉水，惹得五湖四海的男男女女都来此一试身手，搞得那个名不见经传的小山村如今一铺难求。

近数年爆红的却是让人不敢相信的江津硒玉！从小到大耳熟能详的是和田玉，还有缅玉岫玉红玉昆仑玉，哪里听说过硒玉？直至有一位网友常常在他的朋友圈里炫耀他在笋溪河里摸的石头，还大言不惭地说这石头堪比和田玉，还说笋溪河就是四面山上流下来的那条河。我猛然忆起，莫不就是四屏镇坡坡下靠近贵州省习水县寨坝镇的那条沟？某年夏天，作家Z先生偕夫人来四屏镇度假，我们俩开车逛遍了四面山里里外外，某日听说镇外坡下有原始森林，有土匪碉楼，还可以跨过省界去贵州……我俩来了兴致，开车就走。

坡下的确有一片郁郁葱葱的森林，遮天蔽日，物种繁多，但是规模不大；一座碉楼已经废弃多年，涂有六七十年代的标志性口号，也算不上珍异之物。我们顺坡而下直抵沟底，想去兄弟省地界遛遛，桥断了，这几天暴雨不断。

贵州省就在眼前，岂有不游之理？我们俩寻小路下沟踏石过河，终于了却了思念之苦。哈哈，对面的村子与四面山一衣带水，其实并无二致，一样的农居农具农家小院，长的庄稼一模一样，农人说话口音完全一样，吃的穿的用的骑的坐的也都一样，更没有花花绿绿奇装异服的少数民族兄弟姐妹！

扫兴而归。正欲开车离去，Z 老突然指着河沟里几个人说，他们在干啥？打眼望去，的确有几个人在河里摸索，腰杆上还捆了个笆篓，摸到啥看半天扔了又摸，偶尔还掏出个电筒照几下，好久好久才放一回在笆篓里。我说，摸鱼找虾，有啥奇怪的？他说不对，摸了鱼哪有照手电筒的？此事蹊跷，下去看看！

Z 作家虽然年逾古稀，好奇心不减，手脚也很利索，迅即下车跃入水中，打着水花快速接近那几条汉子，倒把人家吓了一跳！你们干啥呢？他大声威武喊道。汉子们回头见一精瘦老头笑容可掬杵在身后，知道不是歹徒，齐声答道，找石头呢！这石头有啥稀罕，大河坝子上多得很，Z 老头还在吼。他耳朵不好。哈哈老爷子，你就不晓得咯，这石头可不是一般的石头，我们叫它笋溪玉，跟和田玉一个品质。高个儿汉子从笆篓里摸出一大一小一白一黑两块石头，拿手电筒一照果然晶莹剔透玉气十足。

尽管将信将疑，我俩还是跟在几位寻宝人后面摸了几块石头，扔在汽车后备厢里上山回屋。午饭有人请吃豆花。心想，黄渤的《疯狂的石头》误导了多少人？这四面山也有和田玉，做梦去吧！回城后，那几块破石头一直被我扔在阳台花盆里不闻不问，直到前年栽花换盆，就让清洁工给扔了出去。

想不到此次去江津，方知笋溪玉已被国家正式命名为江津硒玉，已经形成了一个很大的产业，有了非常活跃的市场。这种富含硒元素的玉石，正在形成一种热，形成了影响江津许多人经济生活的硒玉文化。

那日区文联的朋友带我们去几江东城的一个硒玉市场，果然见到一个热闹的门市和许多路边摊，见到好多色彩斑斓的硒玉原石和挂件摆件，好多玉界发烧友在那里交流展示。问了问价，有几个原石品相和我在四屏山沟里寻得的石头极其相似，居然开口就是数万大洋。

其时，我血压升高，脑袋晕眩，良久方复归平静。据说玉讲究缘分，既然无缘，何必苦恋。不知道扔掉的石头是否会被某位方家发现，但愿它不会永久被弃留在人世的旮旯里。

我们去康定致敬爱情

唱了几十年的《康定情歌》，萦怀了半生的念想，终于在这个多雨的初夏，去了康定，夙愿得偿。

最早知道《康定情歌》，知道万千少男少女情窦初开的迷离和浪漫，是初中时代。身体正在快速发育，精神正在开枝散叶，忽然有一首这样直白露骨咏颂爱情的歌传入耳鼓，叩击心房，恰如在春天的处女地里撒下种子，便毫无顾忌地发芽长叶，迅雷不及掩耳地开出花来。

其实我们那个时候唱得最多的是苏联歌曲。《小路》、《喀秋莎》、《山楂树》、《纺织姑娘》、《莫斯科郊外的晚上》……我们的俄语老师是苏联歌曲的推手，学俄语很难，名词形容词的性，动词的格，还有无处不在的弹舌音，弹得你舌头发麻清口水长流，我们的脑袋被弄成了一锅糨糊。第一学期，俄语不及格，这可是我上学读书以来第一次考试不及格。懊恼灰心丧气，觉得丢死了人！

俄语老师刚刚大学毕业，花样年华，正在热恋之中，面对班上大半人俄语不及格，也是挠头抓腮不知所措。有一天女友来访，他俩在办公室用俄语合唱《小路》：我要沿着这条细长的小路，跟着我的爱人上战场……窗外围了一群看稀奇的学生。忽然间开了窍，他决定以歌为桥，把孩子们引上学习之道，于是每次俄语课前几分钟，我们教室里都是歌声飞扬！

效果很好，我的俄语成绩突飞猛进，由不及格到及格，由及格到优秀，最后还当了俄语课代表。俄语老师龙颜大悦，为快速提高我的俄语水平，给我介绍了两个苏联女学生柳德米拉和柳霞，一个在列宁格勒，一个在托姆斯克，我们一直用俄语通信，直到后来中苏交恶。现在想来，俄语老师实际上是我音乐的启蒙人，他不仅仅教我们俄语歌曲，也教我们许多中国歌曲，其中就有这首《康定情歌》。我还在多次歌唱比赛中演唱，得了头奖。

终于言归正传。这首歌在我幼年的心田里訇然打开了一扇窗，一片天，随着青春荷尔蒙与日俱增，也就有了许多朦胧的幻想。后来的十年浩劫中，《康定情歌》一度成为靡靡之音不能传唱，直到雾霾散去天清气爽，我考入四川音乐学院，方才又听见了那清丽婉转摄人魂魄的旋律。

说来也巧，我的班级辅导员竟是一个从甘孜藏族自治州文工团调来的美丽女孩，从此更增添了我对康定城的幻想。辅导员其实就是管天管地管思想管生活的班主任，她比我岁数还小，很漂亮，很苗条，皮肤白皙，说话轻声细语，有书卷气。我问她，你是从康定城来的吗？是从跑马溜溜的山上来的吗？她很单纯地说，是啊，有问题吗？你和那儿有联系吗？有故事吗？女辅导员一嘴的成都话，倒把我给弄尴尬了，哈哈，没有没有！我连忙打住（必须备注一下，这位女辅导员后来成了川音著名的民族唱法教授，至今还活跃在声乐教育舞台上）。我的声乐老师程希逸乃川音出了名的权威教授，曾是重庆青木关音专的高才生，他制定的教案是不可轻易改动的，我却提出希望他指导我唱《康定情歌》。程老师眉毛一蹙正色说，你晓不晓得许同学，那是民歌，你是美声，不适合唱那种调调，我的课是不会教你唱民歌的！我晓得你们年轻人喜欢唱爱情歌曲，我们美声唱法的情歌多的去啦，意大利的，法国的，苏联的，呵呵，够你学的呐……自那以后我再也不敢跟老师提《康定情歌》，老师哪里知道华彩少年时代的我们，这首民歌和那些风靡一时的苏联歌曲，陪伴着我们成长，在我们生命中有着多么重要的启蒙意义啊！

初夏五月，终于来到唱了几十年也没见过的跑马山康定城。心情很舒畅很放松，一路上都在温习那熟悉的旋律和歌词，心想兴许会有一展歌喉的机会。山很高天很蓝云很白河很清，一路顺风溜溜的无碍无险，呼吸顺畅没有高反，就这样到了这座向往了几乎一辈子的城市。

与我预测的相反，没有人和你唱《康定情歌》，倒是街头巷尾时有袅袅旋律飘出，如丝如缕，如咏如诉，成为这座城市的血脉与灵魂所依所系。这类音乐旅店里有，藏餐饭店里有，各种旅游景点里有，甚至特色产品店里也有，原版的改编的，演奏的演唱的，通俗的流行的，追随着你，萦绕着你，就像你的生命的一部分，无须歌唱，刻骨铭心。

由海拔2400米的康定城去海拔3800米的仙湖木格错，我这台运行了几十年的老机器居然没有高反，有点得意忘形沾沾自喜。突如其来的豪雨打乱了节奏，青春少女网红歌手们就在云散雨歇的那一刻，于蔚蓝色的湖畔劲歌热舞，彼时老夫聊发少年狂和他们一起大声呼喊，酣畅淋漓，登峰造极，也不惧耗氧过度。呼吸有点急促，脑袋稍觉眩晕，正想上车休息，忽然间有音乐轻轻响起，犹如氧气拂面，立马精神抖擞。那音乐来自同行的旅游体验官龙泽索南，一位生在甘孜走南闯北自诩"团结族"的藏族歌手，一位客居重庆20年的音乐人，用他特有的民族风演绎了不一样的《康定情歌》，用他生命基因里最柔软的那一部分，唱出了与生俱来的爱和崇拜。我们的旅游体验官和四海八荒慕名前来的旅客，都在风雨中狂舞嘶喊，木格，好一个爱情之错，康定，好一座爱情之城啊！

同行的旅游体验官女孩子占大多数，个个如花似玉才艺过人，穿上藏袍束上腰带更是娇艳欲滴魅力四射，把木格错的湖水都带出了妖气仙气美人气。哈哈，这不是我说的，是看了我的朋友圈的一位诗人说的。大家还记得在泸定桥上一展琴技的兰树梅吧，此行又团了个和她长得一模一样的小提琴手，把木格错的湖水搅了个天翻地覆。重大美视学院的小美女韩雪太拼命了，学播音主持的她居然没有忘记幼年的艺培，一曲曲舞蹈跳下来，只有靠吸氧去挽救自己和自己的艺术生命。还有乐界大名鼎鼎的土家族原创音乐人胡海舰，用他那极具穿透力的声音，把心底的呐喊和虔诚献给了湖泊和雪山，带去了我们成渝两地体验官对神祇的无上敬意……

农历四月初八，传统的跑马山转山节，满城的青年人都去山上越野走酷去了，我在城里转悠，想看看不一样的风情。康定城海拔高于泸定千米，山势却没有泸定险峻，地面也比泸定开阔，只是城中心那条叫折多的河，狭窄且湍急，一路狂野，直奔大渡河而去。跑马山如今就是一个大大的坝子，传说中溜溜的山和溜溜的云依然如故，只是张家大哥李家大姐受时代潮流引领，早已不再是男耕女织或者男牧女绣，大多改行从事文旅行业，过上含糖食饴的小康日子了。

　　每年一度的跑马山转山节文艺演出在折多河畔的广场上举行，人头攒动，载歌载舞，欢声如雷……在座的康定市文旅局郭局长告诉我，跑马山正在进行升级改造，以后会把大会转移到那儿举行，以更贴近生活，贴近真实，会演绎丰富多彩的藏民生活，把歌曲里的大姐大哥带入现实中，让来自全中国全世界的友人和游客，沉浸在《康定情歌》的氛围里，流连忘返，欲罢不能。

　　有趣的是，会场上，我又见到甘孜州网红文旅局长刘洪，又见到他不厌其烦有求必应地和每一位粉丝周吴郑王地合影留念；然后，我们再一次共进午餐，再一次聊到重庆人的好客与吃火锅的尴尬。我当然也再次允诺，下次来重庆，不吃火锅吃小面吧，而后全国文保单位通远门老城墙上饮茶，吃网红打卡地领事巷里黄埔餐厅闻名遐迩的回锅肉吧！众人皆乐之。

城市向北，城市向东

　　这些年里，曾经无数次独自或者陪伴市内外友人驱车江北、渝北、北碚那些变幻无穷、日新月异的城市新区，曾经目睹那些贫瘠的山峦、散乱的田野变成工地与工厂，变成南来北往的通衢大道，变成人们幸福居住的家园。我常来常往的地方其实就是如今的两江新区。重庆向北，重庆向东，重庆在如此短暂的时光里向中国向世界展开了飞翔的翅膀，我心随之飞翔，我心为之歌唱。这一次采风两江新区，我丢弃了使用了几十年的笔，用时下流行的手机——当今中青年几乎人手一两部的 IT 神器，在腾讯微博上开始了我的采访与发布。

　　驾车去两江新区的心脏"星光一号"颇费了些周折，沧海桑田，鸟枪换炮，昔日的贫弱之地早已成星光之城。绕了好多弯路，问了许多车友，才弄明白新区领导机构所在，然而看见那匹奋蹄欲飞的红马，走进那座时尚气派的大门，以及那个浓缩了两江新区所有精粹与美好未来的展览馆，还有平静湖面后边那些剪影般的楼宇，立刻就有了拍摄和发表的冲动，于是第一篇微博油然而生："真是光阴似箭日月如梭啊，一晃咱重庆两江新区成立三周年了。市里一帮作家应邀前往采风，我与莫怀戚、李元胜、蒋春光、张于、强雯、赵瑜等同往，除了新区管委会展览馆一览无余，在建两江大道、龙湾森林公园也让我等震撼瞩目。"文下照例配图九幅，可谓图文唱和。顷刻之间，跟帖者众，浙江博友王一干说：看了又看，赞了又赞，高楼大厦，叫人惊叹！西南大学博友何平说：中央公园、悦来国际会展中心、蔡家组团、水土组团，都是这几年发展起来的，重庆新地标啊！

再去长安汽车生产基地，宽阔的现代化厂房里，一辆辆汽车正在流水线上徐徐移动，俊气的小伙子们操纵着机器人电子手，将一个个部件装配上去，宏大的车间里流淌的是这个汽车王国的力量和精神。我在微博里惊叹：如今长安汽车产量排名世界第 13 位了，好神奇的速度，了不起！《课堂内外》总编徐永恒立马跟帖说：就产量和销售额来说，重庆已经成为中国汽车第二城了吧？自然，也有网友希望长安汽车不仅要在数量上争高下，更要力争打造世界一流的精品。

让我甚为感慨的是生产地铁轻轨列车的重庆长客轨道公司。一列列流线型的红蓝色轨道车排列在颀长的车间里整装待发，如巨龙跃跃腾飞，让我立刻联想到重庆近年轨道交通大踏步地发展，昔日出行难、跨区难、过江难已成旧事；再想起平日乘坐轻轨地铁的畅通舒适与怡然快意，心里尤其感谢这些新区的建设者。的确，无堵即无烦恼，无堵即产生速度和效益，无堵即产生幸福感，也让我们的生活插上了飞翔的翅膀。我刚把图文发到微博上，重庆博友文颖立即欢呼道：为重庆造自豪！

龙兴国际影视城民国街是此行的兴奋点，不仅仅是那些二十世纪三四十年代的街巷，也不仅仅是那些有着时代气息的旗幡，而是街上时时走过的民国仕女、抗日军人、长衫男子、布衣学生或升斗小民，还有那些真正老川东的招牌和器物，即便是罗筦篾片布草鞋，沙胡豆炒豌豆脆香瓜子，也会让你倏忽间穿越到七八十年前，让你的心一颤眼一亮，乡情乡思即刻涌入血脉。在名曰陶然居的小饭馆里用餐，那酒菜饭食瓢盆碗盏可都是我们父辈时代的土器；那鼓鼓囊囊黄瓦罐罐里的老酒，也酝酿回旋着一种历史的韵味。我用两组十八幅照片和简约的文字勾画出它的沧桑和别致，一句"刚看过了现代超模，再来看看民国的美女。你别说龙兴古镇民国街上的美人儿，还真吸人眼球呢！"引得无数粉丝追逐唱和，转发量即达数百，点击量当时就有二十万之多。

对于这民国街微博的议论自然也是五花八门的，但是比较一致的看法是，在这诸旧已破、焕然一新的时代，有这样一条影视城民国街来怀旧、来回顾是很有必要的，它的独特性在于让人们看见了实实在在的过去，看见了祖辈们的生活方式与生存环境，看见了民族文化的渊源与传承。也只有这样，才能客观公正地评价现在的生活并展望未来。

其实我最喜欢开着车去溜达两江新区的大道，金开、金渝、金山、金洲大道以及许许多多我不知名的道路都是我采风休闲的最佳去处；我最喜欢去打望那些新的路桥和居民新村，每一条新路开通，每一座新桥落成，必定留下了我的车辙印，附带都有博文美图产生。我的座驾一半公路里程，都和两江新区息息相关。可以这样说，这些年来，我眼见着一块块土地高楼生长，一座座山峦绿树成荫，一条条道路勾连嘉陵扬子，一处处新厂房一座座新城拔地而起，两江新区的生长力让人震惊让人赞叹。博友打趣说，新区就像一个提前发育的幼儿，年仅三岁就喷发出青春的芳华。

我相信随着岁月的推移，随着新区建设的推进，我的车将会在它的土地上往复去来，我的镜头、我的笔触将会更加关注它的成长，而微博，正是为新世界新事物而生。

微博里的美丽綦江

　　綦江对我来说应该是交往甚笃的老朋友了，数十年间，过往綦江，打望綦江，吃喝綦江，却没有给綦江写上片言只语，有悖常理。可这事还真不能怪我，往昔的綦江的确没有给我留下颠覆性的印象，每每我只见到一座灰暗的小城，一条穿城而过的颠簸的公路，一切都是那么肤浅，那么无趣，那么匆忙。印象最深的倒是那座让你不愿回首的彩虹桥，它会让你倏忽间黯然神伤。

　　近年又去过几次綦江，发现这座城市开始变了，现代化的浪头冲击着古老的县城，新楼耸立，新城崛起，从城市的后山上遥望，有一些现代城市的气息了。

　　新年伊始再去綦江，主人安排我们"微服私访"，穿乡村，走古镇，看历史，寻名胜，访村民，吃土菜，倒让我这个被誉为爱走喜看、四处打望的"许霞客"眼前频频闪亮，新鲜感扑面而来，有点不能自持了。于是拿出 3G 宽屏手机，于是拿出新近配置的 iPad mini，开始了我的腾讯"微博采风"。按理，像我这把年纪耍弄微博的主儿已经罕见了，还要微博采风，岂不是太过时尚？

　　哪知第一条《美女与彩虹桥》便引来粉丝围观，阅读量顷刻上万。其实我只是偷换了概念，把女作家吴景娅站在綦河边远眺彩虹桥的身影虚化了，给博友们一个诗意的想象。呵呵，就是这样一幅图片加上寥寥几句话——数载不见，旧貌新颜，新綦江当刮目相看。一帮重庆作家今日聚会綦

微博里的美丽綦江

151

江，走马城乡，传递正能量，且看笔下生花，佳作连篇——至当晚，已有八万名博友、粉丝留言或围观。接下来去看清溪河，我贴出图片让博友猜谜：綦江的朋友夸口说，照片上的这条河胜似桂林漓江，你认为可有一比么？这又是綦江的哪一条河？猜中前三名送拙作一本！呵呵，想不到竟有近两万名博友观看竞猜，猜中者自然不多，但获奖者最近就会得到我的赠书。

在中峰镇闻名遐迩的"男根山"，我写下了这样两段微博：

——綦江男根山世界有名。自古以来，此地生殖文化崇尚男性生殖器。所见遗址是中峰镇清溪河"阴阳合"地界的男根图腾。一群对性文化渊源兴趣盎然的作家，面对男根长吁短叹，自愧弗如！作家吴景娅当年面对巨大男根，心灵震撼，经年累月，孕出长篇小说《男根山》，惊动文坛。

——中峰镇石桅子山崖上寺庙前的男根图腾。作家们正仔细辨读上面的文字，男根上端已折断，这是目前发现的最大图腾。山下为发源于四面山的清溪河，河湾处称为"阴阳合"，河中也有许多这样的石桅子图腾，多为清代前所立。綦江区将于近期研讨神秘的男根文化。

微博的文字力量真是奇妙，数万读者就在我写下上述文字的同时了解到了独特的男根文化，当然，受益者绝对是綦江区，作家吴景娅也直呼帮她的作品做了一次直观宣传。

应该说，此次采风的最大亮点在莲花保寨恐龙化石遗存地：

——离区府所在地仅二十里地左右的老瀛山风景区，集自然人文风景于一身，游客已如过江之鲫。近年来，在莲花保寨数百米高崖上，发现了多个恐龙化石和脚印等。经市区协力投资建设，峭壁上几处遗迹已成规模，不日将与公众见面。

——恐龙咋跑到莲花保寨的峭壁上去了？当地的老农刘照同是恐龙遗迹发现人之一。他参与恐龙遗迹修复与保护，整天与古生物专家打交道，俨然也成了半个专家。图中他正煞有介事地向我介绍在大难来临时，恐龙一家三口奔逃的场景。数百米崖缝里，这种遗迹有十多处，且还在发掘之中。莲花保寨要火了！

——攀缘在老瀛山的莲花保寨恐龙遗迹石壁上，忽然发现了两句标语，"农业学大寨"等半个世纪前的故事恍若眼前。如此深山峭岩之上，见到此等标语。时光飞逝，这标语和恐龙并存，也是一道历史的余光。

以上三条配图微博自然也引起了博友的共鸣，老瀛山上的丰厚文化遗存勾起了他们巨大兴趣，希望即刻前往一睹为快。其实老瀛山上的自然风光人文景观比比皆是，岂是我短短的几段微博可以包容的。仅仅是细枝末节、抛砖引玉罢了。

此行令我感慨的景象还有很多很多，诸如中锋古镇那座古色古香的城门，诸如那个保存完好、一色清代木结构的古镇小街，诸如行走在古镇街道上的挑粪老人，以及真正环保生态的农家宴席。我都即刻记载了，发出了，让跟随我足迹的粉丝们一起游走了欣赏了。微博里的"美丽綦江"确实精彩，生活里的"美丽綦江"愈发美丽，来吧，粉丝们朋友们，走进生活里的美丽綦江，看看綦江人的梦想与幸福吧。

年的记忆

　　因为翻天覆地的革命，我大脑神经元中对于年的最初记忆，不是出生地重庆李子坝的刘湘公馆，而是遥远的江苏省涟水县石湖镇外的老黄河滩，那是曾祖父的高祖们几十代走南闯北颠沛流离而后暂居下来的第 N 个故乡。因为我在两岁那年，便被身为昔日同盟会员的祖父许越先，从渐渐冷落下来的陪都重庆带到了穷乡僻壤的石湖。此后祖父口口相传给我的便有高阳、许昌、西安、苏州、淮阴、南京这些本家高祖们迁徙的生命轨迹，也是他们游动的故乡，及至我开蒙省事，已经跨越了好几千年。

　　其实石湖留给我的最深记忆，是排山倒海呼啸而来的无边无际的芦苇荡，以及战争留下的伤痕与贫困。它们成了我最初文学创作的素材和刊物上的铅字。当然，过年也是有刻骨铭心记忆的，因为那毕竟是农耕社会生产力低下物质匮乏的年代。

　　记得腊月间祖父会把一只或者两只公鸡杀了，也不去毛，挂在草屋檐下，那叫风鸡，是过年时的佳肴。过往一年偶尔吃肉特意留下的猪皮风干了，也是少有的美味，现在明白了那是因为其中富含胶原蛋白。有粮食的年头，祖母会整日推磨磨面而后熬更守夜无休无止地蒸那些白色金色杂色的馒头，储存在一个半人高的瓦缸里，往往要从腊月吃到正月末。我最喜欢的是一种用白面和高粱粉玉米粉糅成的糕点，黏黏的甜甜的而且层次分明五彩斑斓。在几乎要一年吃半年的山芋煮豆渣的岁月里，过年其实就是一种放开吃、吃好点的节日，也是中国人辛苦劳作一年之后的放纵与补偿。

过年是要穿新衣的，这是中国人的习俗。再穷的人家也得扯上几尺粗布，给大人小孩缝制一身新衣裳。那时候一个镇子也没有几家裁缝铺，有钱人才会上裁缝铺找师傅做衣服，家家户户的女主人几乎都会捻线织布，剪裁缝衣，纳底做鞋。冬月间，祖母便会到处张罗棉花，扯下花布，给我们做一身棉衣裤。新衣服平日里是不允许穿的，只有过节那几天，还有客人登门、外出走亲戚才能穿上。

每每大年初一天刚放亮，祖母便喊我们起床穿上新衣裳，吃了紫红色的糯高粱汤圆，催促我们赶紧去给长辈邻里拜年。我眼巴巴盯着长辈们从怀里或者脏兮兮的荷包里摸出五分钱一毛钱，心不甘情不愿地递到我手里。那时候我的大哥已经抱给一户刘姓人家，我就是这一房的长孙，他们必须接受我的叩拜。这拜年是要磕头的，而且还要跪下认认真真地磕，所以磕一圈头回来，早已龌龊不堪灰头土脸。呵呵，不过有压岁钱可挣，再脏也心甘情愿。回到家来，祖母会把那些毛票一张张叠好，而后收起来说，这钱我替你收好了，以后你娶媳妇够得用。年年如此年年磕头，也不知何时娶媳妇娶来有何用？

八岁那年我回到重庆，没有了祖父母的疼爱也没有了过年的快乐。城里人的年好像很不讲究，父母亲也没有能力给那么多孩子都穿上新衣服。所以我印象中的过年就是一家人聚在一起吃一顿回锅肉或者萝卜排骨汤，而且常常是几个孩子自己埋锅造饭，也没有什么令人期待的事情。记得上高中某年我的鞋子破了，希望父母亲能给我买双新鞋过年，可是父母亲实在挤不出买一双鞋的钱，他们的工资与其他人比已经非常高了，但是一大家子十多口人需要养他们的确爱莫能助，于是我在那一年的全家福上留下了永恒的哭丧脸。

在时下被称为芳华的年代里，我混进了一个很大的宣传队。那些年的年算是过得最快乐无忧的了。有仿军装穿，有汽车坐，有白米饭猪肉吃，还有无数倾慕的眼光盯着你，每到过年我们是不回家的，不是在部队就是在工厂演出，过着没有收入但是衣食不愁的日子。此后下了乡，无意中做了公社主任的秘书，平日里在公社食堂里用餐，下乡有贫下中农招待，少不了鸡鸭鱼肉红苕米饭，生活更是上了一个台阶。及至过年，还会把生产队分的粮食猪肉搬回家，以解城里父母亲的燃眉之急。

必须说，改革开放后的日子越过越好。我从任教的中学去了报社，除了工资还有稿费，收入大大超过常人。于是每年过节我都会主动承担阖家餐聚之乐事，我都会给父母和侄儿侄女发红包，依学校年级年龄发二百至千元不等。其实我也非家财万贯，因为我常常想起孩提时代自己可怜巴巴的眼神，以及那些没有寒衣打着赤脚苦熬严冬的岁月。

记得有一年得了数千元奖金，一时兴起买了几百元烟花爆竹，把住宅楼上下放得个天翻地覆，以至于一位邻居上门骂娘，说哪家的孩子如此张狂奢靡，不事节俭？上得楼来见是鄙人，骂骂咧咧不止不休。我则连下矮桩说，老哥，对不起对不起，几十年间未放鞭炮，皆因太穷了没钱买，如今终于过上好日子了，买点鞭炮，一扫晦气，炸个欢喜！那邻居听罢居然泪光闪闪，连说，呵呵，我晓得了，如今有点钱了，炸炸也对，炸吧炸吧炸吧，我们一起来炸！那可真是最开心的一个春节。

如今日子越过越好，天天吃肉，日日过年，古人所谓的锦衣玉食也不过如此。可是年味却越来越淡了。那种为了一毛钱到处磕头的乐趣，那种给孩子们散发压岁钱的快感，那种对一双新鞋一件新衣的渴望，已经被岁月的更迭、过年的进化碾磨得无影无踪，只有吱吱作响的年轮把我们一步步带往生命的永恒。

路遇一只有残疾的狗

初冬的阳光洒在街上，把城市镀上了一层金。冬阳真是一方神奇的药剂，让连绵阴雨之后迫不及待享受阳光的人们脸上涂满喜色。我沿着老城墙根往金汤街方向缓行，手杖早已弃去，步履不再蹒跚，心情超爽，目标通远楼，去喝茶，去晒太阳，去消磨整个下午的时光。

忽然，视野里出现了一只黄色的狗以及拉着狗的女人，一位穿着打扮非常精致的老人。

这只毛色金黄的狗与众不同：两条后腿耷拉着，身体的后半部分很滑稽地捆在一个有轮子的钢架上。是一只有残疾的狗。兴许是少于运动，它的两条前腿奋力地往前迈进，但是功效不大，硕壮的身体让它走动起来太吃力了，以至于前腿瑟瑟发抖，绝望的眼神里满是无奈与不堪。

同情心瞬时爆发，忽然想起去岁初夏我做的那台几近绝望的膝盖手术，回想起几近一年的拄拐生活。不禁惺惺相惜起来。

上前去问穿着很时尚的老姐姐："这狗怎么了？"答曰："后腿瘫了。""你家的宠物狗？""不是。""怎么就瘫了？""不知道。"

我说："我给它拍张照可以吗？"老姐姐欣然应允，并把趔趄前行的狗狗使劲拉到我跟前。哪知看见我的手机对着它，狗狗忽然兴奋起来，前腿不再颤抖，拖着"假肢"使劲扑向我，把套着嘴笼的头往我手机上蹭，以至于我难以找到好的拍摄角度。兴许它感觉到我的善意与同情，把我当成了又一位爱狗人士？

"您是爱狗人士？"我理所当然地想到那一群人。我的一位中学女同学就是著名的爱狗人士，收养了几百条流浪狗，甚至放弃了应有的正常生活。

　　"不是。就是一只流浪狗，瘫痪了，大家看着可怜。不帮助它就会死。邻居们凑了钱，帮它装了假肢，买了狗粮喂养它。"

　　"哦？"这一次是我惊讶了，不是做什么事情都需要强大的理由。

　　"今天轮到我照看它。带它出来晒晒太阳走走路，再不走前腿也会瘫掉的。"老姐姐不动声色地说着，语调平和，几无表情。

　　老城墙上原本也有两只母子流浪狗，是所有茶客共同的宠物，我也常带肉食去喂养它们。可是有一次出游归来，那两只狗未再出现，茶友们说辞很多：被人偷杀吃了，被拐卖了，被公园管理者处理了……莫衷一是。但每每登墙喝茶，我都会用眼光扫视全场，希望大黄和小黄会猛然从某处蹿出来，给大伙一个惊喜。

　　我不是嗜狗肉者。唯一一次吃狗肉，还是二十世纪八十年代末我主编《重庆晚报》周末版时，去广州向《南方周末》主编左方先生讨教学习，他安排一位美丽的女编辑带我去吃了一顿其时广东非常流行的狗肉煲。不必讳言，客随主便，味道也鲜美，却有一种说不清道不明的感觉堵塞心头，从那以后我就再也不碰狗肉。

　　时代真的不同了。我下乡时听说某地方圆几十里的狗都被知青猎杀了，以至于农民都把狗拴在家里不敢放出去。没办法，那是一个缺食少肉的年代，人们需要脂肪蛋白质。

　　收回思绪，看着阳光下的老人拉着油光水滑的残疾狗缓缓远去，我心中也充满暖意。

国庆日记：由通远门到四面村

10月1日，阴间小雨　通远门老城墙

作家曾宪国从东瀛归来，约十月一日聚会老城墙，称有礼物赠送。我脑电一闪欣然应允。今夏天气热得吓人，茶友四散，小说家宪国旅居东京，诗人华东西去蓉城，鄙人也不能任由老天欺虐，油门一踩上四屏镇之老四面村乘凉去了。那地方常年气温20来度，负氧离子每立方米5万个，山民们又厚道，食材还环保绿色，高速路又通了，去来太方便。好几个月没去老城墙聚了。老城墙可是我们几个老友退休后的户外会客厅，一碗清茶几块钱，随便坐，可以从清晨一直呆坐到黄昏，只要你屁股稳得起。何况坐在历经千年沧桑的全国文保单位的城楼上吹牛聊天，历史感穿盈胸腹，自豪感油然而生。

喝着"苗品记"汤色清澈的永川秀芽，吃着宪国带回来的北海道名点"白色恋人"（其实就是一种巧克力夹心饼干），我等几个老朽睁大昏花老眼，打望一对对新人穿着各色婚纱在通远门上下往返折腾，瞅着一拨拨外地游客顶着细雨在老城墙里外顶礼膜拜，忽然发现这地方已经不再只属于茶客，它已然焕发了青春，属于网红渝中的一个新角色了！

午后时光，正在城楼上饥肠辘辘地吃着宪国和老焦给我端来的豆芽肉片干拌刀削面，晨报原副总冯泽田先生突然来电，说要给我送天下最好吃的芽菜烧白。幸福感倏然爆棚，差点泪奔。呵呵，原来在很久很久以前，

冯总吹嘘说他亲家做的烧白非常好吃，有机会给我送一碗。我随口应了一句，好啊好啊，我等着。也没当一回事。今儿不是他提醒，我还真把这事给忘了。哈哈，还是我们那个时代的解放军同志讲信用。泽田兄出身大别山红区，高中生当兵，常常自称穿草鞋的翻身穿上了皮鞋。他乃军中才子，驻守西藏林芝，因文章常上《解放军报》而享誉边关。后来被《西藏日报》直接调入。他最自豪的事情是"那年那月我们吃虫草好比吃豆芽"，惊得我下巴几乎脱白。最令人感动不可名状的是，这回冯总公然放下身段亲自做了一次快递小哥，居然在中华人民共和国成立 69 周年的大喜日子里，乘自家豪车亲自给我送来一大碗烧白。今晚我连吃了五大块冯家烧白，入口即化，香糯无比，肥而不腻，咸淡适宜，肉下的垫底芽菜微甜中有暗香溢出，真是下饭的好东东！我夫人也算做菜高手，她边吃边夸，赞不绝口。难得难得，看来冯总家的烧白要成网红了，以后每逢过节我都要讨上一份！

10月5日，晴间小雨　江津区四屏镇

节前，朋友小 Z 女儿 ZZ 发来短信：许伯伯，十月五号我和 ZW 结婚，恭请您来四屏参加我们的婚礼。即复：谨贺大喜，一定前往。入秋以来一直淫雨霏霏，今日忽然天光大亮，老天爷看来很知趣。与某驾校廖校长同往，他不是去贺喜的，是去踏勘四屏旅游地产云山小镇的，他也不是买房的，是去给人家出谋划策的，而且邀我一起去出谋划策，他知道我在山上有房有朋友有资源。呵呵，那我就懒得开我的老爷车，坐他的新科宝马，又舒服又有面子，还省了精神与油钱。

只可惜江习高速四屏匝道依然未开通，只好在傅家下道走凤屏路，赶到镇上已经十点过。立马沿四车道全新公路去四面山景区新山门处了解云山小镇规划布局，方知四屏镇的未来不可限量，十万人的容量，八公里通衢大道两侧全是公园景点、两层别墅和度假小楼，令人眼花缭乱。待得赶到婚礼现场，方知乡亲们都已进入饕餮状态，没有我等的席位了。别急，据说这是流水席，先来先吃，不分亲疏主次，凑足八人就开整。

我等坐下入席已是午后。只听见大棚外礼炮隆隆，鞭声不绝，客人围

桌而坐，喜气洋洋。ZZ之父就是一地道山民，我与之相识数年，其人忠厚老实，纯朴善良，此时一脸幸福。也是，谁都没想到这离主城百余公里的穷乡僻壤也会成为市级旅游度假小镇，会有这么多高大上公司单位入驻，会有各色人等云集。他曾经对我说过他的经历：幼时因为贫穷抱给他姓，常常吃了上顿没下顿，于是跟着父亲背着背篼四处奔走，向亲友讨借苞谷红苕以求果腹。如今他一家生活已有翻天覆地改变，言谈中常常由衷地感谢党和政府的惠民政策。其实，从这一边远小山村的巨变可见国家发展的势头，所谓一斑窥豹，难怪大洋彼岸的某些人竟心怀戚戚也！

谈笑之间酒肉上桌。全是乡村特色，鸡鱼肉蛋，传统大菜，杯盘斛碟，觥筹交错。菜品中尤以猪首、糯团、夹沙肉等抢眼夺目。忽然想起前日与作家曾宪国、王华东品茶天龙广场，他俩遍寻南坪大小餐馆不得夹沙肉啖之的失望神情，立马向主人索要。主人厚道，即让大厨盒装数碗，托我带返主城，以解作家熬心之馋。

我们婉谢留宿之请，驱车返渝，虽路稍堵，然心不堵也。闻坊间传江津将很快纳入主城，我笑曰：善哉善哉！今后我由通远门老城墙去四屏镇老四面村，那就是由主城入主城矣！乐也。

（补记：6日上午约见宪国，已将两碗夹沙肉完整无缺转奉于他，够他吃上几日的了。一笑！）

世界杯：我生命中的文学之桥

　　这些日子，俄罗斯世界杯踢得火热，球迷们就像过节，天天晚上邀三约四，酒吧茶楼，美食伺候，好不痛快淋漓！回想当年，我也一铁杆球迷，每逢世界杯盛事或者足球大赛，也是如此癫狂疯痴，甚或干出匪夷所思的事情。如今，豪情已退，喧闹的场子已不是我的去处，只喜欢待在家里开着空调盯着电视机或者架着手机，与窗外的瑰丽灯火做伴，独自一人欣赏足球大师们的拼死杰作。

　　我乃学音乐的一个五好青年，怎么会成为放浪不羁的铁杆球迷？呵呵，事情还得从头说起。在很久很久以前，我曾经在江津那所闻名遐迩的中学里有过整整七年的教学时光。那时候青春热血，就像那位至今仍被江津人引以为傲、令人无限崇敬的聂大元帅的青年时代一样，并不满足于相对稳定的生活，总想跳出这个小城，去远方，去闯荡，去干一番伟大的事业！

　　可是时代给予的选择空间有限。经济发展尚在初始阶段，像我这样有抱负无路径的青年人太多，别无他法，就连我擅长的声乐、美妙的嗓音也无出路可寻。千思万想，只有去走千军万马一条道，去闯文学创作的独木桥。

　　所幸开局顺利，写了几个中短篇，先后被县地省全国文学杂志发表了。于是整日里冥思苦想，期待灵感出现，每日除了上课，就是伏案桌前，不思茶饭，不修边幅，把稿纸铺了一地，编造各式各类小说，而后天女散花般地寄往全国各地。

当时我所在的音体美教研组有位很精干的唐老师，不知从哪里搞了好多足球比赛的录像带回来，多是历届世界杯的射门集锦，一大群人在球场上跑来跑去，不厌其烦地把皮球射入球门。他这人太过热心，老教师们不感兴趣，就拉我这样的青年教师去看，这一看二看还真来了兴趣。我这人不打麻将不赌博，业余生活单调乏味，日久天长看足球比赛也就成了一大嗜好。

1982年6月，第12届世界杯正在西班牙热火朝天进行中。那时学校刚刚有了一台彩电，被师生、家属视为稀罕之物，一大群人就在黄荆街老校区一间大教室里摆上板凳，天天守候着球赛开踢。记得有一次是凌晨三点的赛事，我等一群铁杆球迷打开电视，只见雪花飘飘不见人影，情急之下打电话去问广电局，深更半夜哪有人接电话？于是一群青年人骑上自行车，沿着大街从大西门风一般去东门广电局兴师问罪。黑灯瞎火的广电局院内空无一人，失望至极的球迷往院子里扔了不少石头瓦块。第二天方知，当时江津唯一的双龙转播台值班员据说睡着了！哈哈。

那时候待在闭塞的小城，视野太窄，素材不多，写小说难有好题材。有一天看着足球比赛，忽然间茅塞顿开，看了这么多世界杯足球赛，就编几篇体育小说足球小说吧，这方面少有人写，其时也当真没几个作家懂足球，我来！我从学校的体育老师那里借来专业的足球教科书，从场地设施、基本技术、人员布阵等最初级的知识学起，渐渐知道了个中的奥妙，成了实实在在的真球迷一个。

不久，我的第一部写足球的中篇小说《生命之门》出笼了，写的是抗战时期足球运动员和日寇拼死一搏的惊心动魄故事。寄给永川地区的文学杂志《海棠》，居然发了头条！这一下来了兴致，接连写了一组小说《凝固的一秒》、《看台上那双眼睛》、《球星穿越地道》等等，以当代一位足球运动员为主人翁，写他的理想追求，写职业道德，写他的爱情生活，殊不知这些小说很快被《现代作家》（即原来的四川作协文学月刊《四川文学》）等报刊发出，让我在文学界和体育界崭露头角，声名鹊起。

就在那一年，重庆市中学生运动会在江津中学举行，重庆晚报文体部主任肖学初采访中与我偶遇，他力主我去他的部门做记者，呵呵，想不到看足球看出了门道，也闯出了一条全新的生活之路。我欣然应允，但是做教师的我不能轻易跨界调动，几番折腾不成之后，只得采取"明修栈道，暗度陈仓"之计先去了县体委，再去市体委办重庆体育报。那些日子的生活可是既骨感又丰满，我参加过当年轰动全国的德国黑森州足球队访华报道，采访了盛极一时的中国足球红黄队比赛，成为足球报、体育博览、重庆晚报等报刊的撰稿者，还是四川省最早的体育记者协会成员。我的采访不仅仅限于足球，还参与了首届中日围棋对抗赛长江游轮西陵号的全部赛程报道，写出了《棋战西陵》系列散文，发表于重庆晚报和海内外报刊；采访了中国女排教练邓若曾，写出了轰动一时的《邓若曾辞职之谜》等系列文章。我的此类文章大量发表于全国各地的报刊，当时的广州《足球报》主编严俊君先生甚至谬赞我是"西南体育第一笔"。

1987年底，晚报两位老总石大周、刘子茵亲赴重庆市体委，向牛犇主任要人，于是我顺利调入重庆晚报。不过报社并未让我去做我喜欢的体育记者，而是被子茵老师截留在了她所分管的副刊部，开始了我的文学副刊编辑生涯。也是歪打正着，我最终还是回到了我的文学之途。

这几日适逢世界杯开赛，我吃饱饭，泡上茶，点支烟，独坐书房，遥看赛场。高潮处，拍几张照片，写几句妄语，撩拨网友，引来怒赞或者贬斥，或自鸣得意开怀大笑，或自寻无趣落落寡合。

诸如此类：

——哈哈哈，摩洛哥球员在最后关头把球顶进了自家球门，功不可没。伊朗为亚洲赢得荣誉，谢谢非洲！两牙斗球，精彩绝伦，三三归一，各得其所。

——厉害了，冰岛！一个34万人口的蕞尔小国，居然能打进世界杯决赛圈。阿根廷刚刚进球，几分钟后冰岛还以颜色，1:1！

——拉丁美洲的内斗。巴西今天不会翻船吧，墨西哥人很凶悍啊！

——昨夜星辰昨夜风，两场都是点球大战！俄罗斯和克罗地亚运气好，竟然都是1:1平，打加时赛无结果，最后点球胜出。

——巴拿马哪是英格兰的对手啊，开赛20分钟就被连灌两球。这样下去啷个得了？呵呵，出去溜达溜达再回来，我怕血流成河。

——我还在埋头帮朋友写表扬稿，龟孙子些，不喊一声就开球了。葡萄牙开场几分钟就进了个球，没看到，亏大了。

战斗正未有穷期，还有8支球队即将开始四分之一决赛，一转眼此次杯赛仅剩7场比赛了。真是金贵至极，场场都是干货场场血战到底，让我们高举熬夜的大旗鏖战通宵吧！为了人生路上的这座文学之桥，为了我生命之花的曾经绽放。

感动是一种催人向上的力量

　　自 2006 年度"感动重庆十大人物"评选发轫，至今已有十多个年头，100 多位"草根英雄"站立在这片丰饶的土地上，成为巴蜀人民的骄傲与楷模，为重庆的社会政治经济发展增光添彩。同时，这项活动的影响力日长，当下几乎家喻户晓深入人心，也成为社会各界和新闻广电业界年年必逢的一桩盛事。笔者全部或部分介入了此前多届评选及晚会专家组工作，可以说目睹了这个活动萌芽起步、绵绵生发的苦乐全程，及至看毕今春上演的 2017 年度"感动重庆十大人物"评选晚会，心中更是百感交集，潮落潮生。

　　其实，笔者一直感念于"感动重庆十大人物"评选过程中的几个突破。

　　首先，社会公推，群众海选。各区县、社会各界和媒体推出众多入围者交由评选办公室初议，而后反复推敲，广泛征求意见，并报上级审定，选定 20 位候选人，将他们的事迹在媒体深入宣传，之后开通报刊、网络投票途径，充分调动广大群众的投票热情。尤其可叹的是，宣传系统相关部门非常尊重社会海选结果，再综合评委和专家意见，尽量让获得高票者入选。后来更是推出月度感动人物，为年选提供了大量优秀备选人物。

　　其次，框定范围，重视草根。规定仅少量基层干部可以入围，把名额尽可能留给普通群众。细想深感高明，此举是给小人物以更多机会，故很快便在评委、专家中达成共识。

第三，思想解放，宽容包容。曾有人提出某些入选者境况窘迫，展示了我们的不光明面，有损社会形象，也曾有评委认为"爱情天梯"类人物不具泛社会意义，可以舍弃。但有关领导还是尊重多数人意见将之保留了，因为社会形象、社会意义本身的解释也是多样化的，就看我们从什么角度去诠释它。后来"爱情天梯"的影响力和社会效应乃至所产生的经济效益证明，当年评委会的决定是非常正确的。我们展示贫穷，并不歌颂贫穷，相反激发大家去改变贫穷。广大群众的认知力一点也不差，他们海选出来的人物那么优秀、那么感人，领导群众都十分满意。这一惯例坚持至今。

时间前进到 2017 年，中国特色社会主义进入了新的时代，人们的生活水平、精神风貌更是发生了翻天覆地的变化，"感动重庆十大人物"的评选和展示自然也得与时俱进，有所改变，有所创新。很欣慰，这一届他们做到了。

我曾用很简短的如下文字评述这场晚会：这一期"感动重庆十大人物"颁奖晚会已十分成熟，结构更合理，叙述更简练，重点更突出。尤其要指出的是，感动不仅仅是催泪，更应突出他们向上的精神，凸显他们不向命运低头的意志。节目充满正能量，让人振奋。两位主持人控场能力强，整场表现如行云流水；VCR 的旁白醇厚有力、瓷实动情。一句话，完美，不愧为重庆广电的经典品牌。

观看时还有很多感触，只是一时难以在笔头充分表达而已。

形式再好只是外表，最重要的是内在。这次推出的 2017 年度"感动重庆十大人物"和两个集体群像，可以说故事直击人心，个个内涵丰富，材料厚重，拍摄用心，制作精良。无论是孝心少年罗倩，背篓夫妇曹树才、许厚碧，还是剑桥女博士彭阳、坚守承诺的退伍士兵廖良开等，都让人心潮涌动，难以平复。人物故事讲到动情处，想哭，想喊，却有一种激情壅塞于心。有一种压抑不住的自豪，有一种澎湃不息的冲动，鼓舞人们奋发向上，去改变，去追寻，去求索，那是一种对未来美丽的向往。

比如从剑桥学成归来的 28 岁女博士彭阳，给我们的感动尤其别具一格。无论凭她的学历、能力，还是凭她所研究的土地经济学课题，都可以在地球任何一个地方找到适合她的岗位和安身立命之处。可是她回来了，回到了重庆，回到了三峡库区的故乡奉节，把脐橙种植、经营管理的科学化、现代化、规范化、市场化等一统于智慧农业之囊，创立了脐橙新品牌"山城时代"，带领600多户乡亲增收致富。你看，这样的感动来自科学、来自对改变家乡面貌的一腔热忱，我们每一个人都会被这个年轻的农业经济学家的奉献精神所感动所激励，这样的感动不正催化着一种奋发向上的力量么？

给我留下特别深刻印象的还有此届特别奖获得者、石柱县三河小学女子足球队的孩子们。看见她们娇憨可爱的模样就想笑，看见她们那么专业那么认真地摆弄足球也想笑，哪怕这种笑带着泪花，因为知道她们暂时忘记了自己是留守女童，把对理想的憧憬专注于那个任由她们施展身手的皮球上面。这也是一个把负能量转化为正能量的典型案例。这些孩子真是遇上了好时代，虽然她们的童年生活不完美不尽如人意，却有社会、政府、老师和爱心人士给她们编织了一个彩色的人生，一个有成就的足球梦。

我们的世界是由他、她、他们、她们这样五色斑斓的人类元素组成的，他们可能正制造着大国重器，也可能在大山深处栽种着果树，可能在一个个村落之间奔走扶助为国捐躯战友的老父老母，也可能在与自己毫不相干的国度里挖掉地雷排除险情。他们或者是村干部，或者是教师，或者相濡以沫、互为眼腿、偕度终生。他们感动我们的是积极向上、不愿沉沦，感动我们的是诚实、踏实、忠厚，率真，不向命运低头，让快乐偕伴一生。这就足够了。

文章最后，我想引用这场晚会编导的几句话作为结尾：礼赞平民英雄，弘扬凡人善举。我们用这场颁奖典礼，为身边的榜样颁奖。凡人善举，体现了人的诚信、善良、负责、宽容和大度，这是推动社会和谐的正能量和基本力量，也是我们每个人可以学习、可以作为的。

诚哉斯言。感动也是正能量，将感动化为推动社会和谐、经济发展的动力，才是这一年度盛会的不变宗旨与方向。

赤裸的躯体

　　赤身裸体，纤毫毕现，有如案台上一条顺从而无奈的大肉，躺在无影灯下。几张笑脸影影绰绰，亲切而庄重，在白色的光雾里晃动。有甜美的声音从幻境中传来：我们即将开始手术，这是一个豪华团队……我双手合十致谢，感谢海峡两岸的骨科大师，尔后只觉得一股酥麻由腰间向下半身弥漫，鼻翼间有芳香袭来，于是，我去了一个无知无觉的世界。

　　其实，我已十分幸运。在沉浮混沌近七十载的人生境遇中，这是我第一次正式住院，第一次躺在无影灯下。我没有一定要拿自己身体开刀的理由，但是，当渐渐衰老的肢体限制到你的行动自由时，古训"身体发肤受之父母"，不可轻易割弃，与寻求人生自在生活的想法便展开了激烈的角逐。

　　这一次，是创新的医学胜利了。

　　一年前，在海南的一次体育运动中，我听见了膝关节轻盈悦耳的脆裂声。而后是服药止痛，而后是一次又一次远行。必须远行，人生宝贵，须臾即去，必须抓住每一次机会去浏览你未知的世界。于是从春天到秋天，我行走在彩云之南，锦官天府，天路青藏，鄂尔多斯，苏杭故土……快乐的行走带来的是病腿疯狂的报复，终于有一天，我瘫软在高中同学会结束之后的几级台阶上。

　　检查的结果令人窒息：必须进行膝关节置换手术。市内著名医院一连串的检查诊断莫不如此，皆是著名专家，医界翘楚。命运使然，悉听尊便吧！

哪知故事居然有了改变。

人民医院中山病区的心血管专家陈灏主任，向我介绍了同院的骨科专家隆晓涛主任。他们都是市人民医院的知名中青年专家、技术骨干。

几番接触交流，隆晓涛向我介绍了一种时下已趋成熟的保膝微创HTO+PSI技术。他说，膝关节置换术已经很普遍，但对于相对年轻一点的患者，这项技术更加适合。因为置换毕竟有局限性，保膝之后会留有余地。

尽管心怀忐忑，但是别无选择。隆主任的悉心讲解则让我宽心，这项源于台湾的技术已经成熟，它的优点就是矫正你的骨骼受力角度，尽可能保住膝关节，让你的这一器官最大限度帮助你在余生完成它的使命。终于可以保住自己的膝关节了，终于可以毫无痛感地遨游在丽日蓝天之下，怀着这种企盼，于是我赤裸裸地暴露在无影灯下。

八点半进手术室，下午一点半回到病房，其间我一无所知，麻药消退后隐约可见左膝盖上那个厚重的包裹，还有从膝关节中取出的大大的游离体——学名"关节鼠"。忽然有一丝庆幸，从手术室里出来了，生命的火焰还在燃烧。这是昨日前日以及许许多多等候的日子所以期盼的。活着真好！

而后便是蜷伏在三尺病榻上的苦苦煎熬，无休止的点滴，各种类型的注射，以及许许多多的意想不到。偶尔还有后悔，后悔是否应该挨上这一刀。

病房是人生的另一个境界，所有社会上罕见的疾患，在这里都司空见惯。鲜血淋漓，骨肉分离，来来去去，过过往往，生死之间，只差毫厘。生是喜悦，死乃常事，对于患者，瘫在逼仄的病榻上思考人生，实乃最佳之选择。

人真是变化莫测的生灵，会有希望、决断、毅力与未来，当我义无反顾地住进病房，不由分说任由医生切开我外表完美的肌肤时，我是勇敢的。当我在方寸之地上望着天花板读着秒挨过时光，企望伤口早日愈合骨骼快点复生时，我又是脆弱的。

其实，我内心最真实的想法是，不管未来如何美好，除非不得已，最好不要挨上这一刀！衮衮诸公，这一刀可不是好挨的。呵呵，不信试试。

我的"全天候"护工

凌晨三时许,病房大厅走廊里忽然间人声鼎沸,伴随着一阵阵急促的脚步声,我从浑浑噩噩的梦中惊醒。真是夜半惊魂!

入院半月余,这样的事已经司空见惯,术后病人因疼痛呼天抢地,急诊伤者深夜施救,实乃病房里的寻常事,没有人会大惊小怪。我努力侧转身体,看看手机,时间还早,眯上肿胀的丹凤眼,又惶惶然睡了过去。

六时许,值班护士过来量血压,我随口问了一句:昨夜来了重病号?折腾出那么大的动静,楼上楼下呜噜叫喊大半夜,怎么回事啊?

小护士蹙眉一笑,说:老师你不知道呀?正是你的陪护贺师傅呢,昨天差点就过去了!又是高血糖又是心脏病还有肺积水,血压都奔220了,稍晚点就没救了。

贺师傅?我心头一紧,难怪他昨晚跟我说他心里头有点不舒服,走路也迟缓乏力,腰也弯不下去,以至于把日常的抹身洗漱都简化了。

平生第一次住院动手术,家里人各忙其事,不可能整日守着我。根据过来人经验,必须得请一位陪护24小时值守,端屎接尿,洗脸擦身,应对突然事件,等等。我的条件是男性,有经验,身体好。于是,护士站帮我安排了贺师傅,说他有十多年陪护经验,吃得苦,态度好,等等等等。

手术前一天我们见了面,有点失望,原来是个银须白发老者,岁数比我小不了多少，个头矮矬，满脸堆笑。听说有活路，他刚刚从老家荣昌赶来，看来是个老江湖了，东西南北问了我个遍，说是了解患者生活习性，以便预先做做功课。

第二天术后下来，我满身吊着水插着管，的确显现出他的专业技能。24小时全天候守护，随叫随到，喂食擦身，饮水排尿，倒也尽心尽责，听说我三日未排便，立马用开塞露手工解决。贺师傅尤其注重细节，言谈中不乏自傲，用他的话说，做了十多年的陪护，可以抵得上半个医生了。

多接触几天，方知此公确非等闲之辈，也才知道护工已是医院中的一种社会存在。记得十多年前我岳母在此住院换股关节，每日护工费仅30元，如今已涨至每日120元至200元不等，视病人的自理能力而定。贺师傅告诉我，像他这样的陪护，千金难求，他曾经一次护理八名病人，把所有杂务科学化程序化安排，让病人和家属称道不已。

不过日子长了，他吹牛的本事也见长，他说他曾经是某大军区文工团小提琴手，因为工伤致手残疾而退伍；兴之所至他偶尔还会喊上两嗓子，搞得我捂住耳朵连连叫打住。当然他不知道我是音乐科班出身，这方面瞎吹恰恰撞了枪口。更有甚者，他说他父亲曾几何时高居地委秘书长之位，让我这个对清官无比景仰的文化人肃然起敬。地委秘书长的儿子长期在家务农且"沦落"到医院做护工，的确罕见。这样的领导干部绝对是我们学习的好榜样。

相知渐深，他居然给我透了家底。他说他两口子都在这家医院做护工，如今他们家有房有车有地，儿子也娶上了媳妇还有了孙孙，最近准备再给儿子在旅游胜地路孔开个小铺子，让全家人生活更上一层楼！

待我输液阶段结束，各种管件取下，各种针不再打，他的事情少了许多，忽然间难得见了身影。我也有了行动自由，也就不去过问他的行踪。但是有一天我按了几次呼叫也没人理会，就黑了他一回脸，他才老实交代说在另一层楼又接了个业务。呵呵，这家伙是不会放过任何赚钱机会的。

我还是默许了。我已经可以拄拐行动，大小便也早已自理，每天也就是做做理疗什么的，呵呵，让他闲着也是闲着，由他去吧，省得整天在我耳边讲他那些破事，改他写的那些狗屁不通的对联或者顺口溜，由他去多挣几文钱养家糊口，努力奔小康也是好事啊！

殊不知我的好心促成了坏事。后来他老婆才告诉我，他有高血压心脏病，这一次还查出了肺积水。放他在家带孙休养他待不住，听说有活路就往城里跑。我说你这是要他的命呢，一天到晚 24 小时守护病人，睡眠严重不足，扰乱了生物钟，就是健康人也受不了啊！

好歹老贺被抢救过来了。护士妹妹说，如果不是在这样的三甲医院，不是他身边就有专业医护人员，恐怕人已经没了。可是他的新农合医保在主城医院报销不了多少，他辛辛苦苦挣来的血汗钱又变成了一瓶瓶药水输入了他的血管。他后来一直可怜兮兮地睡在病房大厅里。我拐着拐给他送去了一袋他喜欢吃的枇杷，他血糖高，只能吃不甜的枇杷。

昨天贺师傅还是回家了，带着肺积水回家的，而且是坐大巴回家的，据说一路上痛苦不堪。我腿脚不便，没敢去送他，我怕我控制不住自己的情绪，我看见他就想流泪。

我让他老婆转告他，都花甲之年了，别拼命了。别痛惜钱，养好身体，带好孙子，含饴弄孙去吧！在路孔那么好的地方，每天坐在清清的濑溪河边，泡一碗茶，带上你的孙子，带上你的小提琴，偶尔还可以吼上几嗓子，回忆你的美好人生。

游城口有感兼答友人万龙生

去参加城口彩叶节前数天，笔者还在大巴山东边的神农架上游荡，想不到几日之后又来到了大巴山的西麓，真感叹如今交通之便利迅捷。不过，城口仍是当今重庆交通最不便捷的一个县，我们一早从主城火车北站乘快车出发，午后两点多抵四川万源，又足足坐了三个多小时的汽车才到达城口县城葛城镇，其时天已黑尽，满城皆灯了。

城口山大，公路如羊肠缠绕在大山的腰腹中，四川段的路况很差，不过听小车司机说，万源至城口的快速道已经在建，两年之后，我等就可以开车上渝万（源）高速，四小时直达城口了。

城口县城很小，蜷缩在大山的腋窝里，不过住宿、食物等与主城差异无多，接待我们的县教委的同志带我们去吃了颇具特色的汤锅鸡，鲜美无比。女老板热情至极，有图为证，价格与渝中七星岗相差无几，凸显其娴熟的经营之道。

那一日深夜在城口某客栈的床上辗转反侧，同屋的友人、作家李先生悠扬的鼻息响彻云霄，更让我心潮起伏难以入梦，干脆起身打开电脑网游虚拟世界。此时忽然收到诗人万龙生的短信，呵呵，是一首诗：

> 已是深秋酒后归，浣花溪上燕群飞。
> 难得此地忆前事，梦碎依稀犹可追。

只因国学底子差，我是不敢写旧体诗的，但是万兄却不领情，哪壶不开提哪壶，不断给我发些诗来，弄得我灰头土脸很没面子。来而不往非礼也，反正睡不着，也就胡诌了几句回给他：

竟是深秋瑞雪飞，黄安岭上几徘徊。
万杆军旗化彩叶，壮士喋血葛城巍。

我的歪诗写的是此番在城口参加大巴山彩叶节的感受。黄安坝是城口的风景胜地，可与巫溪红池坝媲美。那天晚上我们在黄安坝喜逢今秋第一场雪，高兴得忘乎所以；城口又是当年红军的根据地，葛城镇一直是城口县政府所在。

哪知稍后龙生兄又发来短信说，他写的是当年受迫害与初恋女友在成都分手的伤感与思念，呵呵，真是南辕北辙牛头不对马嘴，我写的是一腔革命豪情时下风景，哈哈，也难得诗人多情，都是古稀之年了，还在思念少年时的初恋情人，值得学习值得学习。

经过这一番折腾，我于凌晨三时呼呼入睡。

惊闻老友龙生失恋有感

鄙人曾在博文中透露诗人万龙生不久前在成都浣花溪畔追忆失恋女友的故事，引得刘集贤老大为惊诧，直呼"龙生兄也会失恋"？龙生兄也指责我说透露了他的隐私，要公堂上见。

后来鄙人细读龙生兄的隐私诗，茅塞顿开，和他一首，表扬表扬他，想来他就会放兄弟一马了，哈哈哈哈。

拙句赠龙生兄
年少不知政风狂，吟诗作赋也沮丧。
古稀仍怀浣花事，酒酣齿飞尽华章。

拙诗说的是万兄几十年前在北碚读师范时组织文学社团获罪，未能正式分配工作，与初恋女友在成都浣花溪畔分手的伤心事。今秋他专去浣花溪怀古，写诗赠我并说及心头秘密。拙诗之最后一句说的是1997年川渝分家，在四川省报纸副刊研究会告别会上，万兄激情诵诗，竟将假牙喷出，可见其真情毕现。其时我担任研究会副会长，在现场观此一幕，特别感动。

附：万龙生浣花溪忆旧诗
已是深秋酒后归，浣花溪上燕群飞。
难得此地忆前事，梦碎依稀犹可追。

重庆速度

这是一个瞬息万变的时代。

这是一个追风逐日的时代。

1200多年前，唐代大诗人李白，面对峥嵘嵯峨、绝壁千仞的秦岭巴山，曾有过如此敬畏而又无奈的感慨："噫吁嚱，危乎高哉！蜀道之难，难于上青天！"诗人弱冠之年便云游天下，饮酒放歌，越秦岭主脉，翻巴山峰峦，只凭着两条壮硕的腿和最简陋最原始的交通工具。难怪他如此感喟经历过的路程："地崩山摧壮士死，然后天梯石栈相钩连。上有六龙回日之高标，下有冲波逆折之回川。黄鹤之飞尚不得过，猿猱欲度愁攀援……"

李白所处的时代是中国历史上的盛世。即便是盛世，农耕社会的生产力也只能提供基本的生活之需，他要周游世界，阅尽人间春色，就只能用脚去丈量中国广袤的土地，用意志去挑战那些险恶而又美丽的山水。李白还算是幸运的，千百年来有多少旅者枉死在漫漫路途中？只有李白，多少次路遇江河横流、地裂山崩而大难不死，还留下了一首首脍炙人口的千古绝唱，留下了浪漫张狂的诗仙风范，为中华民族文学史增添了华丽的一章。

往事越千年。在今日中国，在巴山渝水之间，李白的《蜀道难》还在吟唱，可昔日让李白崇敬而又畏惧的崇山峻岭、激流大江早已不再是人类的畏途。君不见，2000公里平坦而坚实的宽阔道路，在重庆8.21万平方公里的大地上，形成了有如太阳和阳光射线般的图案，照耀着这块富饶而多难的土地，引领 3200 万英雄儿女，乘着社会主义新时代的列车，奔向幸福的未来。

这太阳般美丽的图案，被重庆人称为"两环八射"，实际上就是环绕主城并由主城通往四面八方的高速公路，它是建设者们用整整二十年的生命和智慧垒起的丰碑，是重庆人联系中国和世界的"新丝绸之路"，是中国西部唯一直辖市迅速崛起的不可或缺的精神和物质的血脉……两条珍珠串起的环带，将千百年山水阻隔的城市和乡镇勾连在一起；八条豪放张扬的射线，伸向荣昌，伸向潼南，伸向合川，伸向巫山和渝东南，伸向周边的川陕鄂湘黔，犹如八条强大的手臂，挽起几十数百公里外僻远而不甘贫穷的区县，一起创造健康、平安、宜居、畅通且覆盖着森林的新重庆。这八条还在不断增加不断生长着的充满活力的射线，联络着城市乡村里蛛网般的道路，连接着中国和世界，也连接着一个蓬勃发展的时代。

如果李白有知，他会为人类的大智慧大进步慷慨放歌，为蜀道不再难而酹酒狂饮于三峡平湖，然而他不会理解历经数千年而伤痕遍体的中华民族，何以在三十余年间便昂然奋起，成为世界东方夺目的明珠。

只有一个答案，那就是改革开放，那就是西部大开发，那就是每一个普通中国人都已感受到的伟大时代的脚步。而重庆高速公路"两环八射"的建成通车，仅仅是三十多年来席卷中国的时代大潮里的一朵浪花，一个音符，一个故事，然而它是那么动听，它是那么绚烂，那么令人骄傲。

因为，重庆高速公路所展示的是一种力量，一种精神，一种变革时代重庆人特有的时不我待的速度，我们姑且把它称作重庆速度。

光荣啊，重庆速度！

在巫溪领略大山深壑之美

　　记得五六年前，我还有三个重庆的远郊县没有去过。在这几个边远县份中，巫溪是最虚无缥缈的一个了。开县我没去过，却因为老同学老朋友中有不少人在那里当过知青，常常说起那里的穷山恶水、淳朴民风，再加上多年前的那次天然气井大爆炸，让我多多少少有些印象知晓一二。城口我没去过，却因为扶贫的原因年年都要吃那里低碳绿色的老腊肉，便有了味觉上的感情。对于巫溪，只知道它是大宁河上游的一个国家级贫困县，荒凉而又遥远，好像有一个红池坝，还有年代久远的盐厂，除此之外，就再没有更多的深入了解。

　　不过细细回想起来，虚无缥缈的巫溪与我并非全无干系。记得二十一世纪刚开头，我供职的重庆经济报曾经有过一次震惊社会的壮举：招募驴友、探险者，冲击重庆最高峰、海拔 2196.8 米的阴条岭。其实这是一次扩大报社影响的炒作。我作为该报总编辑，曾在朝天门广场为勇士们酹酒壮行。这阴条岭就在巫溪最东边的双阳乡，与湖北神农架仅一山之隔。再后来，雕塑大师江碧波创立的重庆市巫文化研究会曾聘我为顾问，尽管我对巫文化一窍不通，却由此对遥不可及的巫溪有了精神上的憧憬。

　　数十年间，去过无数次巫山，却从未能踏上巫溪的土地，直到清澈湍急的大宁河蜕变成了波澜不兴的大宁湖，我才有了一种急迫之情：应该去去巫溪了。时代的脚步走得太急了太快了，兴许不经意间，那些亿万年间形成的美丽山川，就被人类伟大的科学创造、科技成果毁于一旦；兴许再晚去几年，就只能见到被现代文明改造得面目全非的巫溪了。

就在我朝思暮想打算约上三朋四友自驾去遥远的渝东北几县转悠时，机会来了，一帮作家应邀采风巫溪，我忝列其中。近些年重庆文化产业兴盛，笔者自然也忙，算来算去，巫溪之行恰恰在档期之隙，大喜过望。丢下一身的文债，顶着苍天欲裂的豪雨直奔巴山而去。

文学前辈李太白敬畏有加的秦岭加大巴山艰辛旅程早已变为幸福的坦途，大诗人经年累月用脚丈量的土地如今已被他意想不到的方式扔在身后，从重庆到云阳，在高速路上用100公里的时速悠悠地走，也不过四五个小时就到了。而后的行程是在焦虑和询问的过程中进行的。高速当时尚未修通，我们走的是老的公路。去巫溪其实路并不难走，难的是我们要在众多的道路中寻找没有塌方的捷径，反反复复曲曲折折，终于走上了正确的革命道路并和前来接应的巫溪同志会合。

其实只有在国道或者省道乃至乡道村道上，才能看见诸多高速公路上看不见的风景。给我至尊至美第一深刻印象的是巫溪层层叠叠的群山，那些巫溪人见惯不惊的山脉勾勒出了阔大的变化无穷的曲线，实在是太壮观了。这些山，和我翻越过的郁郁葱葱傲然耸立的秦岭不一样，和千奇百怪妩媚多姿的武陵山脉不一样，和浑圆壮阔的青藏高原不一样，它是那样高峻雄奇，有缥缈的雾霭缭绕，有太阳的辉晕笼罩，一个个硕大圆润如乳房般的山峦，静静地排列在苍穹之下，让你顷刻间便有了崇敬之感。

公路像玉带一般缠绕在大山身上，美丽而又无奈。汽车刚刚爬上一座陡峭大山宽阔的台阶，在人类劳作生活的高原上行走不过数公里或者十数公里，又一座大山就会突兀地伫立在你的面前，于是你得毫不犹豫地攀缘上去，去寻找另一个人类的归宿。我们就是这样爬上了一个又一个生命的台阶，来到了我钦慕已久的天堂。

我把巫溪比作天堂，不以现代生活指标为准。一座僻远的县城，有流动着的无穷无尽的清幽幽的宁河水环绕，有万座青山峭壁悬崖茫茫林海簇拥，没有都市的喧嚣和人类的吵扰，这就是我向往的本真生活的天堂。抵达巫溪县城的当晚，我和一帮老大不小的文人骚客沿着宁河嬉游，和岸边歇凉消夜的美女俊男插科打诨，坐在宁河石滩的竹椅上遥望黑魆魆的群山，赤脚浸在唱着歌的河水里哼哼唧唧，痛饮刚从河里捞起的"水冰啤酒"，嚼着油炸的宁河野鱼，那种享受，那种滋味，那种自由，那种心灵的放浪，你一生也不会有几回。

宁厂古镇是游人必去的所在。其实它很没落很失败。因为盐卤，因为农耕社会时代的需要，这个远离城市的小镇经历了几百上千年的繁荣，竟然在改革开放的大时代沦落了。没有别的原因，宁厂已经繁荣过了，已经跟不上时代的需要，年产五万吨以下的盐厂规模太小，成本太高，给自然带来的负面影响太大，用时下的流行语说，太不低碳，太不环保，只能让它随风而去。我钻入小巷，在历史的痕迹中徘徊良久，在断垣残壁里找寻时间的印记，可我还能找到什么呢，只有仍然汩汩流淌的盐水，只有破败塌陷的木屋以及藤蔓攀附的斑驳泥墙……哪里还有人们口口相传、津津乐道的客店、酒肆、码头和青楼，哪里还有川流不息的盐船、一掷万金的商贾以及青楼里搔首弄姿的女子？我知道，近期的宁厂古镇兴许还看不到复兴的迹象，至于未来，那就得花大价钱大力气去打造"怀旧旅游"的路径，真正要热络起来，恐怕需要高速公路的强力带动了。

我在巫溪说，"逍遥巫溪"是巫溪人追求的生活态度，也是吸引四方游人的口号。但巫溪的魅力不止于此。巫溪那么多人间奇景需要推介需要了解需要资金需要游客，其实巫溪最朴实最本色的美是她的高山深壑、自然风貌，这是一种城市人外地人看不见的大器大美，是一种险峻之美，是一种瑰丽之美，其中蕴含着无穷无尽的文化内涵和经济价值，这才是巫溪应该追求的终极目标。还有大宁河，三峡水库的建成把原属巫山的大宁河旅游资源往上推送给了巫溪，我们完全可以却之不恭信手拿来，高声喊出"大宁河激流之美在巫溪"之类的口号。还有阴条岭，这可是重庆人神往已久的终极之峰啊，为什么不可以大力宣传倾力开发？"逍遥巫溪"得让人有逍遥的地方，有精神上的追求，身体上的放松，感官上的愉悦，唯有如此才能把逍遥做到极致。

其实，给我印象最深的是巫溪领导干部群体的创新精神与蓬勃活力。他们已经勾画好了巫溪的未来和巫溪人民的幸福。从县规划馆演示的新巫溪动漫中，我看到了这个县有史以来最伟大的变革，也从几十万巫溪人民的快乐生活中看到了这个时代的馈赠。

如今高速公路已经连接巫溪，这条生命之脉给巫溪人输送着现代生活的精神和营养，但是巫溪人还有很长的路要走。巫溪人一定会走出一条自己的独特的幸福之路，一条大山深壑赋予自己的美丽之路。这是历史的必然，也是生活的期待。

第三部分

笔走天下

鄂尔多斯：我心为你飞翔

北国宫殿

步出机场，立刻沐浴着北国灿烂的阳光，我心随之飞翔。呵呵，鄂尔多斯高原，我来了，短短两个小时，我便由细雨霏霏的重庆来到了成吉思汗的故土，来到了富饶美丽的"宫殿之城"鄂尔多斯——在蒙语中，鄂尔多斯即为"众多的宫殿"之意。

说实话，以往对鄂尔多斯的印象，仅限于几十年前的一部革命内容的影片《鄂尔多斯风暴》和十多年前风靡中国的鄂尔多斯羊绒衫，以及近些年人们口口相传的鄂尔多斯能源和地产经济的爆炸性崛起，还有去年开始的降温与衰落。对于那些正面或者负面的评价，笔者一向不予评说，因为我向来主张眼见为实。

不过，我对鄂尔多斯实在有点孤陋寡闻，就连重庆有直飞鄂尔多斯的航班也不知晓，及至看见鄂尔多斯的机场规模远在一些地市支线机场之上，航线已连接国内的诸多一、二线城市，方知这个城市的影响和魅力所在。能够亲历亲睹这个城市的现状与实践，能够触摸这个城市的脉动与心跳，对于我这样的写作者无疑是一个绝好的机会，更何况，我还没有真正体验过内蒙古这个少数民族聚居地的社会生活，如果不加以弥补，定是人生的一大遗憾。

阳光灿烂，心情很好，目光所及处，树木葱茏，姹紫嫣红，正是花开时节。柏油路规整而宽阔，伸向远方，伸向我不知的方向。新建筑一簇簇从遥远的地平线生长出来，映入眼帘，而后又是绿草和花园。我很诧异，这里不像高原，没有戈壁，像南方的城市，更像欧洲、澳洲的城市，像堪培拉，像奥克兰，花卉与绿地间隔在街市之中，阳光倾洒，心境随之舒畅。

去机场接我的王先生告诉我，鄂尔多斯机场在伊金霍洛旗，一路上还只是伊金霍洛的风景，我们要去的地方，是鄂尔多斯市委市府驻在地新城康巴什新区。你到了康巴什，将会有更大的发现与惊喜。

入住新区的恒信大酒店，我这才发现这座荒漠上的北国新城的设施和管理与内地无异，你完全感觉不到这是在遥远的北疆，即便是酒店的菜品也与内地酒店无太多的差异，不一样的是几道手抓羊肉之类的特色菜，让来自南国的我们吃得有滋有味。

最让我感到新奇的，是刚刚入座还未动箸，歌声便响起来了。一位名曰巴图的蒙古族汉子，亮开他那浑厚圆润的嗓门，唱起了草原上传唱了千百年的蒙古长调，抑扬顿挫，千转百回，绕梁不息，引得名博中的好歌咏者如黎明等也躁动起来，鹦鹉学舌般唱起了过往学会的蒙古族民歌。顷刻间，席上你来我往，餐厅成了民族欢歌的音乐殿堂。

那一晚，可想而知，我们——来自天南海北参加笔会的博友以及国内知名网站诸如新华、腾讯、凤凰、搜狐等的网媒人，在鄂尔多斯朋友们高亢炙热的歌声里，喝下了多少用红高粱和黄河水酿成的"蒙古王"，也聆听了高原建设中的一个个叫人耳热心动的故事。

那一晚，我们迎着秋日凛冽的高原之风，行走在康巴什宽阔坦荡的大街上，看华灯璀璨，星河闪烁，整个城市仿若宝珠镶嵌的宫殿，有飘飘若仙之感。呵呵，鄂尔多斯，多么神奇的名字，多么美丽的高原，你是蒙古人的骄傲，也是中华民族的瑰宝。

伊金霍洛，一个真实的"天堂"

不必讳言，即便在抵达鄂尔多斯机场以后，伊金霍洛旗对于我也是一个陌生的字眼。然而，正是这种彻底的陌生，在撩开它的面纱之后，才让我对它有了一种无与伦比的惊艳之感。

抵达鄂市的第二天一早，我们一行便在浓雾尚未散尽之时去了伊金霍洛旗政府所在地阿勒腾席热镇，其实它离康巴什新区很近，半个小时左右就到了。主人安排参观的第一个景点，是落成不久的旗体育馆。笔者二十世纪八十年代是一名体育记者，小有知名度，参加过国内许多大型运动会的报道，尤其熟悉球类和田径类比赛，自然对体育场馆不会陌生。

尽管"见多识广"，当我走入这个现代化的钢架结构的庞然大物时，还是吃惊不小！这个体育馆，已经不是我们熟悉的如重庆大田湾贺龙元帅主持修建的一类旧式体育馆，它是一个集合了几乎所有主要体育项目的综合性体育馆，也动用了当今先进的建筑科技手段。巨大的钢架穹窿下，是一个现代化的多功能主馆，既可以举办多项球类比赛，也可以举行群众性活动。主馆楼下还有一个设施一流、功能齐全的现代化游泳馆，它的泳池足可以举办国际国内的顶级赛事。笔者以为，这种规模的泳馆即便在我所在的直辖市也是不多见的，不用说在内蒙古的沙漠边缘小城了。

我们在钢结构的巨大穹窿下走了一圈，只见排球、网球、乒乓球、羽毛球、体操等场地应有尽有，宽阔而敞亮，馆内居然还辟有一个十赛道的保龄球馆。然而，最让我们大跌眼镜的是，管理人员说体育馆里所有设施向全体伊金霍洛旗居民免费开放，分文不取。一行人不禁感慨万状。

然而，让见多识广的博主们惊讶不已的是伊金霍洛旗大剧院。装饰瑰丽空间阔大的主剧场以及多个音乐厅、小剧场，组成了一个多功能的最现代最炫目的舞台群落，音乐舞蹈戏剧等几乎所有的当代艺术形式，都可以在这里展现它们的魅力和辉煌。

笔者去过很多国家的很多城市，诸如巴黎、莫斯科、悉尼、维也纳、拉斯韦加斯，参观过许多艺术殿堂，那里的剧院可以说金碧辉煌精美绝伦。可这里是北国高原，一个仅有 16 万人口、昔日飞沙走石只见牛羊只有驼铃的边陲之地，居然有如此顶级的剧院，不禁让自诩见多识广的我感慨世界之博大，感慨鄂尔多斯人无穷的创造力及其对文化艺术的追求与向往。

其实，伊金霍洛旗在鄂尔多斯高原乃至在整个蒙元历史上从来都是威名赫赫之地。此刻无须赘述历史，因为历史太厚重，我的这篇短文实在承载不起。伊旗的朋友们介绍说，在蒙古语中，伊金霍洛是"圣主的陵园"之意。传说，成吉思汗远征西夏途经此地，看到美丽的草原和茂密的森林，忘情之间掉落马鞭，当随从欲捡马鞭时，他挥手制止了，情不自禁吟诵道："花角金鹿栖息之所 / 戴胜鸟儿育雏之乡 / 衰落王朝振兴之地 / 白发老人享乐之邦。"这是他对伊金霍洛至高无上的褒扬，让它在鄂尔多斯高原上万古流芳。

1227 年，成吉思汗在剿灭西夏的战争中病逝，运送灵柩的大车途经伊金霍洛。当灵车走到当年成吉思汗失落马鞭且吟诗之地时，车轮突然陷入泥淖之中，任凭多少驼马都无法拉动丝毫。人们念及其情其景，猜想他留恋这块风水宝地，于是就把他安葬在这里——也就是今天的甘德尔敖包，并留下五百户达尔扈特人专门侍奉成陵，世世代代酥油灯长明不熄。

如今的伊金霍洛旗，许是因为成吉思汗的福荫，地下宝藏无数，地上物产丰盛，素有"地下煤海"之称，已探明煤炭储量达 278 亿吨。伊金霍洛旗生态良好，环境优美，植被覆盖度达到 87%，森林覆盖率达到 38.1%，先后被评为"全国绿化模范旗"、"全国绿化百佳县"、"全国退耕还林后续产业先进旗"、"全国退耕还林先进县"、"中国十佳绿色城市"和"中国绿色名旗"。伊金霍洛旗交通便捷，区位优越，境内的包神铁路延展至长江沿线，直达长三角经济圈，大准—东乌铁路连通环渤海经济圈，109、201国道连接四面八方，境内的鄂尔多斯机场已开通了至北京、上海、广州等国内重要城市的多条航线，基本形成了集公路、铁路、航空于一体的立体交通网络。伊金霍洛旗历史悠久，人文独特，现已成为成吉思汗祭祀文化、鄂尔多斯风土人情和草原文化的汇集地。

伊金霍洛旗的县域经济名列内蒙古自治区第一梯队。进入新世纪，秉承"转型发展、统筹发展、和谐发展"的理念，伊金霍洛旗人用创新的思维和举措，走出了独具特色的科学发展道路，丰富了"鄂尔多斯模式"的内涵，创造了令人瞩目的发展速度。

无须一一枚举。为了印证这些资料上的赞美，我们去了伊旗所在地阿镇的安居房小区，去了设施齐备、服务周全的王府路社区服务中心，去了建设中的东西红海子湿地公园，看见伊旗老百姓实实在在的幸福生活，不禁感念顿生。一位名博慨叹之余，即刻配上图片发出"围脖"，称伊旗人

最是那时光——许大立散文随笔集

民"住房、医疗有保障，教育、公交不花钱，过着富足无忧的日子"云云，立马有粉丝跟帖曰：我向往，难道世上真有这样的"天堂"？

看到这样的"围脖"，我心中暖流升腾，忽然想起了腾格尔的《天堂》，他吟唱的不就是脚下这块丰饶的土地么？伊金霍洛旗的老百姓，正走在通往天堂的实实在在的幸福路上。

未来之城

在那个阳光明媚的午后，我们离开了给我们带来太多惊喜的伊金霍洛旗，返回康巴什新区，去参观这个一度被某些境外媒体谑称为"鬼城"的鄂尔多斯市新首府。

其实，康巴什新区只是鄂尔多斯市东胜区的一部分，鄂尔多斯则是内蒙古靠南的一处高原。打开中国地图，可以看见黄河在穿过甘肃之后，向北再向东而后再向南沿着高原绕了一个大圈，恰似一个巨大的臂弯，把好大一块土地揽入怀中。母亲河滋润着闻名天下的河套平原，臂弯内靠西的一大片高原，就是内蒙古鄂尔多斯市的地界。在这块8.7万平方公里的土地上，草原与沙漠共存，蕴藏着丰富的煤气资源，奔跑着无数的牛羊和驼群。近十年间，这块被母亲河挽揽着的土地，倏忽间变成了北国的一片热土，荒漠里兀然间长出了一个崭新的城市，令人惊艳，令人振奋。鄂尔多斯，也成了改革开放大潮中一面亮丽的旗帜。

此时的康巴什新区，浓雾早已散去，阳光格外明丽，阔大的城市广场上花团锦簇，伟岸粗犷的蒙古风雕塑群撼人心魄。攀上市府大楼顶层远眺，现代化的楼宇，别具风格的建筑，对称的格局和协调的组团，绘就了一幅巨大的图画，博大而辉煌，瑰丽而震撼！这是一座融现代建筑思维与民族元素为一体、有着大都市气魄的未来之城。鄂尔多斯的一位市领导当晚对我说，该市的总体规划设计是由新加坡的著名设计师亲历踏勘、倾心谋划而成，具有当今世界级城市的理念与格局。

此话不假。我的同行者来自四面八方，北上广，粤宁杭，他们什么城市没去过，什么建筑没看过？彼时彼刻，从他们嘴里发出的都是由衷的赞叹。

我们去参观广场一侧的鄂市图书馆，三本大书的外形据说象征蒙古族三本巨著的文化源流，而馆内丰厚繁杂的藏书以及电子化管理，使我这个来自大城市的读者也凝神驻足，流连停步。生活在边陲之地的鄂尔多斯市民，如今可以在最短时间里阅读到世界上最新的精神产品，享受到 IT 时代最时尚的服务。

更为新鲜另类的是紧挨着图书馆的鄂尔多斯市博物馆，那标新立异、黑卵石般的造型让人遐思联翩、兴味无穷。笔者即刻将文图发上微博，引来无数惊叹和赞美。内中有关鄂尔多斯历史文化源流传承的布展，更让人知悉蒙古族文化的丰实淳厚，油然而生敬佩。博物馆、图书馆、大剧院、体育馆都是鄂尔多斯人的骄傲，他们在物质生活相对富裕之后追求精神生活更上层楼，恰恰说明时代与开放不仅仅改变了鄂尔多斯，也改变着人类自身。

当晚，鄂市相关部门举行晚会欢迎我们的到来，原汁原味的蒙古族歌舞，大碗大碗的蒙古烈酒，让我们醉意醺然。最开心的是每人一套手工制作的蒙古族衣冠和货真价实的马头琴，成了我们此行收到的最稀罕的馈赠。

就在那个难忘的夜晚，我也曾借着酒兴，询问一直陪着我们采访的鄂市宣传部一位领导：如此壮观的城市，如此令人震撼的建设，为啥还有"鬼城"之说？

这位领导莞尔一笑，答曰：你们已经看到了，世上有这样的"鬼城"吗？其实，我们这里的商品房早就一售而空，如今市委市府及市级机关多已搬入康巴什新区，新区入住人口已经超过八万，教育文化市政服务等等一应俱全，都已正常运行。当然，人气的聚集需要时间，我们也在尽力引进各类人才。新区的基础设施早已完成，二三十年内也不会落于人后，即便因为政策调控原因放慢了发展速度，就凭神华集团等能源工业的税收，鄂尔多斯的经济也不会陷入困境，我们的前景美好得很。

一席话让我等茅塞顿开，宽下心来。

的确，每一个新建城市的兴旺发达都需要一定的运势和人气的聚集，上海浦东新区如此，重庆两江新区也如此，时间会解答一切。除了方兴未艾的能源工业，装备制造工业园区和"草原硅谷"云计算产业园区正在鄂尔多斯市东胜区兴建，这是"十二五"规划的战略性新兴产业，将会给鄂市社会经济带来巨大变革，我们引颈期待她的美好未来。

从库布齐到毛乌素——沙漠里的传奇

世界之大，人的知识面之窄小，往往是当某个事物展现在你面前你才知晓。比如毛乌素沙漠，笔者早闻其名，却不知道鄂尔多斯那些广袤的沙地就是毛乌素沙漠的一部分。不过，如今的毛乌素已经很难见到黄沙万里遮天蔽日的景象，经过几十年的艰苦努力，封沙育林、植树种草，数万平方公里的沙地已经披上了绿色，显现出盎然生机。

主人为了让我们多看看鄂尔多斯的风貌，行程安排非常紧凑，在参观了东胜区好几处颇具特色的景物之后，特意安排我们去了响沙湾，让我们领略茫茫大漠的狂野和魅力。与田园般的鄂市美景相比，响沙湾确实给了我们惊诧和震撼。

响沙湾是库布齐沙漠东头边沿的一处风景，属达拉特旗。浩瀚广宇，蓝天白云，沙山堆积，狂风怒卷，和城市的反差是那么大，令我们神往沙海的奇妙，又畏惧它的无情。我们骑着骆驼，走在荒凉的沙丘之间，寒风割面，沙粒如刀，无孔不入。

漫无边际的沙海如波峰浪谷，形成了无比雄浑无比诡异的景致。你看，原本还是风和日丽白云悠悠，一走进沙海，便有阵阵朔风吹来，卷挟着无数细沙钻入你的衣襟，你的口鼻，击打着你的脸颊，让你无法睁开双眼。我们坐上卡车，冲击沙的沟壑；骑着骆驼，攀上沙的峰峦；乘着小火车，体验沙漠旅行的情趣。可是我们没有听见流沙的声音，主人说，这些年几乎听不见了，这里再也不是昔日的荒漠，而是人为打造的公园。成千上万亩沙丘已经被植物覆盖，这里是刻意留下来的沙漠公园，出卖荒凉，出卖原汁原味的自然风光，是为了让来鄂尔多斯的客人领略库布齐的风情，回味渐渐消失的记忆。

骑行中，不由得想起我们的先辈，千百年里就这样在沙海里踽踽而行，走过无边无际的沙漠，也走过了漫长的历史，那是怎样的一种修行？那又是怎样的一种心境？

离开响沙湾，我们一路南行，向毛乌素沙漠纵深处前进。

如今的内蒙古早已不是马背上的时代，我们的旅行是在高速路上进行的，几百公里的路程倏忽之间丢在身后，夜色苍茫中，已经来到鄂尔多斯西边的鄂托克旗乌兰镇一个名叫包苏木的地方，那里有一家闻名遐迩的温泉酒店。

次日，黎明即起，发现这个酒店竟然孤零零兀立在草原之上，天际开阔得无边无垠。鄂托克旗虽然只有 12 万多人口，却拥有 2.1 万平方公里的土地，物产丰饶，资源无数，尤以天然气、石膏、煤炭为最，人均 GDP 已超 2 万美元，在国内县旗一级早已名列前茅。

距乌兰镇不远处有蒙元影视城，再现了成吉思汗时代的辉煌，刚刚杀青的一部描写蒙元时代的电视剧就在此拍摄。鄂托克旗是蒙元文化重要的传承地之一，至今仍保留着较为完整的蒙古族歌舞、宗教祭祀、民俗风情等特色文化。蒙元文化影视城是全国首个按蒙元文化风格建设的、集多种功能于一体的综合影视旅游区，建有诸多场景，其中"金顶大帐"直径 34 米、高 22 米，真实再现了成吉思汗建立的横跨欧亚草原帝国的军政要务处理中心的原貌。

车轮继续滚动，我们在茫茫戈壁草原上受到了鄂托克前旗牧民的盛情迎候，蔚蓝色的哈达和醇香的美酒让我们受宠若惊。我们还去了示范牧户巴图青克勒丰收的庄园，目睹了他借助城乡统筹试点建设的契机，科学种植牧草、饲料，引进纯种小尾寒羊母本，建立肉羊三元杂交母本培育基地，成为依托有限资源，发展规模化、机械化、效益化农牧业致富的典型。给我很深印象的是昂素镇下属的哈根图嘎查城乡统筹新兴村庄里的那条标语："开动脑子，赚大票子，住好房子，过好日子！"如今，在鄂尔多斯的辽阔牧场乡村，人们前进有动力，更有了实实在在的希望。

令人意外的是，此行的高潮不经意间在示范牧户达楞巴雅尔的家宴上出现了。

原以为这就是一顿蒙古族特色的午餐，丰盛的奶茶、奶酪，大块的牛羊肉，让我们大快朵颐。而后是丰盛的主食，不绝于耳的歌唱，不停不歇的敬酒，高度数的"蒙古王"让每一个人都血脉偾张，脸红筋胀，兴奋癫狂。

忽然间，婉转悠长的马头琴响起来了，高亢的蒙古长调唱起来了，一位壮实彪悍的蒙古汉子走到早已摆好的案前，挥刀将一只整羊分解开来，送到每一位客人座前。尾随而来的是美丽的蒙古族姑娘，唱着《祝酒歌》，把一大碗美酒捧到你的嘴边。此时你得伸出右手无名指，沾酒敬天敬地敬自己，而后一大银碗的美酒顷刻间便下了你的肚腹。

反反复复，你来我往，天旋地转，亦歌亦舞，我们也学着蒙古族兄弟姐妹的招数，唱着《祝酒歌》向主人敬酒，把这场家宴变成了民族团结的嘉年华欢乐汇。那只全羊也被我们消灭得干干净净，只剩下一条肥硕的羊尾。蒙古族兄弟将洁白的羊尾片成长条，恭敬地送到每一位客人嘴边，让你完整地滑下肚去。

吞下，再饮酒，不肥，不腻，很舒坦。

坐在我一边的鄂前旗朋友说，这是"献羊背子"，也就是献全羊，是蒙古族最隆重的迎客礼节，只有尊贵的客人才能享受。

那一刻，我醉意醺然，有一种感动弥漫全身，至今仍回味无穷。

发展成果与人民共享

如果说此行的最大特点，那就是不看房子不看楼，不看煤炭不看气，清一色的社会文化、社区服务、精神文明、人民生活，即便要说城市建设经济发展，也是一笔带过。我想，面对外界的议论，鄂尔多斯人心知肚明，稳坐钓鱼台，故此行不说经济成就，只看精神文明。

记得在市里举行的欢迎会上，鄂市的一位领导曾经问我，初来鄂尔多斯，有何感受？

我说，视觉冲击很大，简言之，惊诧、惊艳、震撼！鄂市在加快经济建设的同时，不忘精神文化方面的大力度投入，一个地级市、一个旗，有那么好的图书馆、博物馆、体育馆、大剧院、文化艺术中心，有那么完备的社区活动场所，有那么多公众文化项目，还有那么多新点子新措施，让人醍醐灌顶，眼界大开。你们不是经济动物，你们很有远见。

这位领导回答说，你看得很准，这样的话我最爱听！

的确，一个富裕的城市，如果没有全民共享、丰富完备的文化设施，那会渐渐堕落成精神上的沙漠。尽管我们行程急促，只选择了很少几个点参观，但是管中窥豹，一滴水可以看见太阳的光辉。

在伊金霍洛旗王府路社区，我看到的是一个精神上的快乐家园：除了吃喝拉撒睡，居民们在这里可以找到感情的归宿。可以阅读，可以交流，可以歌唱，也可以宣泄。设施就不用说了，即便在国内一、二线城市，这样的规模和技术含量也是非常罕见的。

而东胜区天骄街道安达社区的科学化管理让我印象深刻，他们提倡"网络化管理创新，精细化服务为民"，让人耳目一新。社区大楼由开发商建设，政府成本价回购，街道办事处管理使用。除了一应俱全的生活服务措施，还有细致入微的特殊服务项目，服务到家，服务到人。比如让博主们眼前一亮的老年人日间照料中心，凡六十岁以上的老年人均可自愿接受照料，玩够了乐够了，午餐提供可口的饭菜，每人六元，七十岁以上折半，每周七天，日日不断，晚上归家。同行者多为中青年，对此项服务赞不绝口，因为他们要没命地工作，家里也有老人需要照料。

实际上，整个东胜区的城市管理，都已经进入了信息化阶段。他们在中国西部地区率先实施"建设数字城市，推进结构转型"的战略，设立"鄂尔多斯市民卡"，全面推进数字教育、数字卫生、数字社区、数字城建，统称"数字东胜"，一句话，把现代化的城市经营管理通过网络来实现，不断提高人民群众的幸福指数。

还有学校。据鄂市一位领导介绍，整个康巴什新区从幼儿园到大学布局已经完成，其中三所大学已建成开学，194万人口的鄂尔多斯，就有22万多名在校学生，"十一五"期间全市教育经费总投入135亿元。目前，鄂市正把"双高普九"作为工作重点推向全市。我们一行在东胜区万佳小学见识了鄂尔多斯的教育设施、教育理念和管理水平，可以与我的城市任何一所小学媲美。我想，随着社会经济的发展和人才的聚集，这个城市将会有更大的进步。

不仅仅是鄂市城区，即便在遥远的西南边的鄂托克前旗，这个只有七万多人口的小旗，在经济发展不落人后的同时，也蕴积着巨大的文化能量。走入他们精心打造的"建旗三十周年系列文化展"，2200平方米的宏大展区包罗万象，诸如地方文献、革命历史、历史文物、蒙元绘画、草原文化、蒙医蒙药、民间文化等分列展区，藏品丰厚，叫人目不暇接。走过这些展厅，就好像走过了蒙古人悠长浩瀚的历史，你不由得油然而生敬意，由衷钦佩这个民族创造的灿烂文化。

鄂尔多斯之行，走马观花，眼见为实，有感而发。抛开了诸多资料和数字，让事实说话。坚持发展为了人民、发展依靠人民、发展成果由人民共享，我想，这些鄂尔多斯已经做到了。至于问题和不足，只要我们奋力工作，只要我们坚持一切为了人民、一切依靠人民，任何问题和困难都可以解决，都可以克服。

鄂尔多斯，物华天宝，福泽深厚，伟人眷顾，人民勤劳，你的前程无量。

穿越河西走廊

金色的土地

尽管对大西北千里戈壁的恶劣环境时有所闻，但当飞机巨大的翼翅贴近黄土高原赤裸的胸膛时，我仍然生出了悲天悯人的心绪：老天，你太不公平了！只一个多小时的空中旅程，你就用百变神手将满眼的碧绿化作了一地的金黄！

这金黄的确有点与众不同。

起伏逶迤的山上居然寸草不生。从兰州机场到市内 70 公里途中，除了人工栽培的行道树，居然全是毫发不长的秃山！

我不由得发出一声长长的叹息！

然而就在那绵亘不尽的黄色之间，我发现了些许淡淡的绿，它们镶嵌在无边无垠的黄色之间，有如一条条绿色的花边。那是稀疏而矮瘦的麦苗，在大西北初夏的阳光下虚弱地顶着风沙生长，而它们所依赖的土地却显得那样贫瘠荒凉。

这是一年中最生机盎然的六月。

就在此前，笔者曾去过一次成都。五月的四川盆地已经麦黄稻绿，高速公路两侧阡陌纵横滴翠流芳。眼前的荒漠使我感受到的不仅仅是巨大的反差，更惊叹的是人的生命力的顽强。

来接我们的主人似乎感觉到了我的惊诧，笑着说："缺水呀！改造一座秃山得投资几十万，国家得拿出多少钱才能改变大西北？"

我点点头表示理解。心想，如果整个地球气候不发生巨大变化，这大西北恐怕是难以彻底改变面貌了！

此时一座现代化的城市已经进入眼帘。与中国绝大多数城市一样，兰州城沿河而建，细长然而并不浑黄的黄河两侧是一块小小的平原，于是在几千年里孕育起了这个古称"金城"的城市。名曰"金城"，想来是因为它周围全是一片片荒凉而裸露的黄土之故，金色的大漠、金色的大山、金色的尘土、金色的太阳，在我们脸上镀上一层金色的光晕……但愿我不是望文生义。翻阅资料，方知兰州位于中国陆域版图的几何中心，是黄土、青藏、内蒙古三大高原的交会处，一向是交通要塞、战略重地，不仅是丝绸古道上的重镇，也是唐以后西北重要的茶马互市的总站。兰州真正的发展应该是在解放后，来自新中国四面八方的人才汇集于此，将这个丝路上的驿站建成了百万人口的大城市，而今又成了新亚欧大陆桥上的交通枢纽和黄河上游经济开发区的中心。

请不要忘记，这一切都是在一片金色的荒原上创造出来的。兰州人付出的代价是多么巨大啊！是日晚，盛情的主人将我们拉上兰山观赏夜景，说实话，无论是山还是灯，均不可与重庆相提并论，然而我却万分折服，因为兰山上的一草一木都是兰州人一棵棵在苦旱的土地上亲手植的，为此，他们付出了几代人的劳动。今日的兰州，是大西北广袤土地上的一个精致的盆景。

河西"奔袭"

请原谅我用"奔袭"二字来形容此次穿越河西走廊的旅程。唯此才能形象地再现那令人难忘、动人心魄的河西奔突的浪漫经历，才能体验古人的艰辛与今人的幸运。

行前，主人便已三番五次告诫：兰州至敦煌往返行程 2400 公里，乘坐汽车长途奔波，要有吃苦的思想准备。

果然，车出兰州，满目皆是险山秃岭，唯有长满地衣植物的羊肠小道上时有三五只羊晃过。据兰州朋友说，那花纹似的小路真是羊踏出来的，也只有羊才能在那种陡峭的山坡上行走，寻觅那一丝丝一点点维系生命的绿色植物。

公路几乎是与兰新铁路并行。时而穿越一个个涵洞或岔道，时而远离又复与之交会，直到穿越刚刚发生过地震的天祝藏族自治县，翻过西路军徒步走过的乌鞘岭山口，才再难见到一列列奔向新疆的客货列车。

在混沌的山野中长途旅行令人困倦而乏味，然而时时出现的博大的草原与星星点点的羊群又往往令你精神为之一振。尤其当你想到当年万千红军战士就这样一步步在荒野大漠中倔强地走向未知的理想，走向胜利或死亡的时候，你都会为自己生活的时代感到庆幸！六十年前的红军战士是绝对想象不出他们葬身的高山荒漠之中会出现这样一条通衢大道，会有这么一群红男绿女乘着日产大轿车以他们当年几十倍的速度去寻访故人的遗迹。

古长城时时出现在笔直如划的柏油大道的左侧或右侧。那一堵堵用黄土垒成的历史居然经历了几千年的考验，顽强地兀立在无边无际的戈壁之上，不生不死，不浮不沉。倏忽间我忽然感到生命的悲哀："万里长城今犹在，不见当年秦始皇。"生与死的意义不都垒砌在这不朽的万里长城里了吗？

令人更为称奇的是金张掖、银武威。在狭长的甘肃省的腰部，在苍凉的大戈壁中突然出现了这么两大块绿洲，使你顿生北国江南之慨，绿树、水渠、田畴，使我们这些刚从大山里奔突出来的人恍然间有一种飘入仙境的感觉，不敢相信这就是西域，这就是令人生畏的大西北。

所有与时代相连的科技成就河西走廊几乎都有，入云的高楼，一流的宾馆，引人流连的夜啤酒或彻夜不散的舞会，使你深感现代化的快车已驶入中国的每一块肌肉，抵达中国的每一根毛细血管。

嘉峪关豪雨

我们就这样一路狂奔穿越古凉州、古甘州、古肃州（即今武威、张掖、酒泉），任汽车油门一踩到底，不拐弯不刹车地让河西走廊风一般地从窗外掠过。

八百公里行程我们只用了一天半，其间夜宿张掖，参观千年古刹大佛寺卧佛，拜谒高台西路军烈士陵园，还曾在山丹长城博物馆外恢宏的断城下踯躅流连，用郑重抑或悲伤的目光去抚摸久远的或者短暂的历史，然后又漠然地把它们甩在身后，匆匆赶往河西走廊中部的嘉峪关。

最先让我们惊讶的却不是梦萦魂牵的嘉峪关古城楼，而是那气派十足的街道和楼宇，还有天际深处直插穹宇的雄伟的炼钢炉烟囱。我们这才知道，嘉峪关因其钢铁工业而闻名西域，其人均产值与人均收入在国内也属一流，作为人口最少(11万)的省辖市，早在1991年就被国家统计局列为小康城市之一。

住惯了内地喧嚣的大城市，到嘉峪关的第一感觉是人少、车少、噪声少。宽阔的大街上没有攒动的人头与永不止息的车流，我甚至为站得笔直却无所事事的交通警感到愤愤不平。然而这个城市却不乏现代化城市的一切：设备先进的宾馆、酒店，频道完备的卫星电视，掩蔽于大漠深处的机场，小巧但一应俱全的夜总会，甚至照样有沿海、内地流行的桑拿服务……

征尘未洗，我们便赶往大漠深处的魏晋墓，钻入戈壁十多米深的腹中去观赏1500多年前西域人的墓葬，那些彩绘砖面的确活泼动人，寥寥几笔便将当时的农耕牧织、社会生活展示于今人。只可惜荒漠中实难建一座真正的博物馆，几个土堆，几个砖亭，让稀世珍宝弃于戈壁风沙之中，不时有盗墓者光临。据说还有一贼将彩绘墓砖窃到了重庆，直让我这重庆人愧疚不已。

次日一早，我们便匆匆去瞻仰嘉峪关古城，既是向它问好也是向它告别，因为我们稍事逗留之后便要赶往此行的目的地敦煌。原本我们希望当太阳从大漠中升起来时，站在雄关之上遥望北京唱一曲《长城长》，留一张《大漠旭日图》，却不知彼时彼刻竟下起了瓢泼大雨。巨大的雨点敲击着河西走廊干渴的大地，在沙土上溅起一个个湿润的水印。风卷黄沙，顿时天地一片朦胧，不辨东西。可怜我们这些崇尚历史的旅人，单薄的衣衫怎顶得住蓄积了几千年的风风雨雨。

嘉峪关你怎么了？河西走廊你怎么了？站在关上光化楼的飞檐下，我们悚栗地望着浑黄的天际，望着干旱的瀚海狂吮着飞来的甘霖。忽然有一种冲动，有一种欲望，希望这雨不停地下下去，下得荒漠一片葱绿，下得西域变成江南。

"几十年都没下过这样的雨了！这一场雨比一年的雨量还多。"一位老者喃喃地说着。我心中忽然有一种怪异的想法，几千几万年前这里不是水草丰茂的田园么？那么会不会再发生巨大的逆转呢？就像汪洋大海幻化成了如今的天府之国……

向往敦煌

兴许是前人将去敦煌之路写得太荒凉、太艰难，当我们风雨中西出嘉峪关奔向此行的终点，穿越那数百公里大戈壁之时，倒没有了多少古人的感伤与感怀。

苍茫无际的沙海中时有绿洲出现，有绿洲就有绿树，有绿树就有人群，就有现代生活的一切。现代科技已将地球缩小到咫尺，所有城市里能享受到的一切，这里几乎都有，俨然到处可见"重庆火锅"的招牌。

沿途风景虽然单调然而独特，除了浅浅的沙丘便是一望无际的戈壁，偶尔也有大片大片的草甸子出现在天地之间，还有星星点点的牛羊。有人说那是海市蜃楼，但波光粼粼的湖水和扶摇直上的龙卷风使你很难否定亲眼所见的一切。

向往敦煌，这是同行者不争的愿望，枯燥的行程也难掩饰从一踏上河西走廊便蠢蠢于心底的兴奋。然而当我们的座车驶近敦煌，驶入那与中国无数大小城镇无异的弯街曲巷，融入熙熙攘攘的人流车流时，却感受不到多少佛教圣地的气氛，也没有蛮荒与愚昧的痕迹，如果不是刚刚穿越了四百公里大漠，如果不是那满街写着敦煌字样的招牌，你的感觉肯定与在深圳或者重庆差不多。此刻你只能感叹中国悠久文化的包容性和现代文明的不可抵御，使人蓦然联想到为什么从席梦思到露脐装只需几周至多几月便已流行全国。

我们去的六月还不是旅游高峰，但城外的鸣沙山却已游人如织。这是敦煌仅次于莫高窟的著名景点。说实话，我没有听见传说的沙的鸣响，留下印象的倒是那据说是被风切割出来的妙不可言的或者粗犷或者柔和的曲线。赤足登上几百米的沙山，脚底紧贴着的是燠热的黄沙，心里想着的是人类数千年的文明史，无论游人怎样戏耍，怎样践踏，西域的夜风顷刻便可将那奇妙的曲线恢复得完美无缺，这鸣沙山可真是完善自我的顶尖高手呀！逆光中的月牙泉在沙山的怀抱里显得静谧而明澈，芦苇丛生，水波不兴，只可惜一圈栅栏使你靠近不得，月牙泉成了鸣沙山下的一个摆设。怅然之余骑一峰骆驼在月光下归去，乔装成沙漠旅人的模样回想历史，却很难真正进入角色。

从城内驱车去莫高窟只需几十分钟，穿过一片开阔的戈壁来到一处断崖似的山岭之下，见有浓荫覆盖，偶露红檐绿瓦，那就是人们朝思暮想的佛窟。刺眼的阳光下人流朝圣般涌向崖下的楼房，等导游将我等引入戒备森严的院内，方知那不是楼房而是已装修成楼宇一般的洞窟。马不停蹄地跟在美丽的女讲解员后面，匆匆一洞一洞地进出，听她口若悬河地讲经说佛，很崇敬，但也很囫囵。几千年的历史，上万个佛图，绝不可能在一两个小时之内说得清楚，何况她带着我们躲开了许多洞窟。问之，答曰"正在整修"。进去的洞也只选择纲要说说而已。然而同去的人们并无学无止境的精神，倒是在大门外一个劲地拍照，"到此一游"的劲头十足。我忽然明白了，今日人们来敦煌，既不是来盗经卷，也不是来研习佛学，了愿——是与我一样的凡夫俗子们的最真实的动机。

去敦煌，了了成千上万中国人外国人的西域梦。然而直到我们登车归返时，方才知道这儿还不是西域。"西出阳关无故人"中的阳关离敦煌只有九十公里，咫步之遥却未能得去，兴许会成为终生的遗憾。

祁连雪歌

车出敦煌便有一逶迤的大山与我们相随相伴，山体呈黑褐色，无遮无掩地横卧在茫茫大漠之上，峰顶垂下流苏般的雪挂。

有人告诉我，这就是祁连山。

我们的大巴信马由缰地狂奔，这祁连雪山始终不离左右，或远或近、若即若离地蜿蜒于公路的右侧。

有了祁连雪山，便有了雪线下的森林、草场，便有了清清的流水与欢乐的生命。我忽然明白了，是祁连雪山养育了河西走廊，使之不可思议地在风沙蔽日的生命极限之境里养育了敦煌、玉门、嘉峪关、酒泉、张掖、武威这些沙漠里的绿洲，从而延续了几千年的历史与文明。

六月的祁连雪景美得令人魂魄飞腾，不能自持。一位南方来的女士想出了令司机无奈的绝招：一见到秀色可餐的景致她就大叫上"洗手间"。忠厚笃实的西北汉子自然也有怜香惜玉的柔肠，然而他见到的却是，男男女女飞奔到绝佳的角度不停地把雪峰与草原摄入镜头。于是全车人欢笑着一见美丽的景色便大叫"洗手"。

河西走廊之行的高潮几乎是在最后一刻出现的。好客的主人将我们拉离了主干道，大巴驶向了祁连山深处，悠悠然地爬到了祁连雪峰的雪线下面，来到了裕固族同胞聚居的马蹄山区。

马蹄山上有闻名于世的藏传佛教寺庙马蹄寺。马蹄寺凿于一完整且阔大的峭壁之上，洞穴相通至数十米高绝壁的半腰，有僧人把守洞口，游人须购票方可上得"三十三天"。在一主洞内供有佛祖释迦牟尼之塑像，并有一"圣泉"供人饮用，在老僧人的劝导下，我浅浅抿了一口，果然甘洌如蜜，与此同时，老僧敲响了那口祝福的铜钟，并用正在甘南寺庙学习的小佛爷的彩照替我摸顶。我暗自思忖，兴许这口圣水果真会给我带来什么福祉呢！

之后我们驱车去雪峰下的度假村。一位来自拉萨的藏族大学生是这儿的经理，他妙语连珠地给我们讲解裕固族的历史和文化传统，讲述这个只有一万多人的民族的习俗与民风。

度假村在长满绿草的山坡上。刚走到村口，一群穿红着绿的姑娘小伙便拦住我们不放，高唱着敬酒歌，非得喝下满满的一碗"进门酒"方放你进门。没有人可以破例，这是风俗。于是所有的人排着队乖乖地将一大碗酒灌下肚。这一灌也就灌出了英雄与狗熊，不少人尚未走进阔大的"裕固包"便已蹒跚作步，而许多平日称滴酒不沾的女士小姐却显出英雄本色，满脸胭脂色大步迈入帐篷，啃噬起肥腴的羊肉来。

裕固族歌手的嗓门真是棒极了，山是这样的高，风是这样的烈，可他们的声带仍然如此结实，音色是那样奔放热烈。伴着这样的歌，伴着奶茶香醇，所有的同行者都放开襟怀猛吃猛喝，所有的小姐女士先生同志都乘着酒兴亦歌亦舞。

六月祁连山风中竟夹着点点雪粒，也挟来郁郁花香，我们就那样醺醺然告别了祁连，唱着刚刚学会的祁连雪歌踏上归程，直到再也看不见圣洁的雪峰峰顶。

棋战西陵

坐船观"虎"斗

1987年5月28日晨，长江游轮西陵号一声长鸣，赓即驶离重庆打鱼湾码头，掉头东去。此刻，除了船长周瑞富明快的指令和机器的轰鸣，西陵轮上一片静谧，显得格外庄重和神秘。

头晚8时，当今中国围棋界的全部四位九段棋手——陈祖德、聂卫平、马晓春和曹大元，以及十四位六至八段精锐棋手全都上了这艘游轮。同时到达的还有日本棋界声名赫赫的"名人"兼"王座"加藤正夫一行十人。一场举世瞩目的长江弈战即将在西陵轮上展开。

中日围棋对抗赛始于1973年，至今已有十五个春秋，然而真正的对抗却是近几年的事情。1982年，中国选手在日本取得了43胜13负的空前好成绩，震动了日本棋界。此后，日本在与中国的棋战中，再不用半数以上的业余棋手和女棋手虚与委蛇了。1983年，日本派出四位九段、四位八段棋手来华参加对抗赛，还采取胜一局奖励2万日元，胜四局加至18万日元的重赏办法，结果仅以31比25获胜。尔后三年里日方超一流棋手赵治勋、加藤正夫、武宫正树、坂田荣勇等纷纷出战，改称"中日围棋擂台赛"。每次擂台赛，双方各出八位高手捉对厮杀。1984年日方胜，1985年战平，1986年中方胜，日本棋界权威人士感慨地说："日中棋战已经进入真正对抗的时代。"

最是那时光——许大立散文随笔集

本届擂台赛长江赛程，发端于 1986 年 11 月在重庆举行的"新体育杯"围棋赛。当时聂卫平欣然同意了《长江航运报》一位记者的建议，于是便有了长江轮船总公司所属长江旅游报社承办的这次历时五天的绝妙赛程。在登船之前，双方在京、渝厮杀四场，中国队以 15 比 17 暂时落后。由于游船费用昂贵以及其他原因，长江旅游报社仅向人民日报、新华社、中央电视台、中国日报和体育报等新闻单位的几位记者发出了采访邀请。笔者通过《长江航运报》驻渝记者岳非丘的帮助，并得到重庆人民广播电台秦增约主任的 500 元现金资助，方获得随船采访机会，有幸目睹了这场中外关注的围棋大战。必须将中日双方大将们的绰约风采和若干趣闻，借重庆晚报《夜雨》副刊"一周笔会"向读者作一汇报，相信棋迷和读者会有所收益。

首战告捷

山一片翠绿，水一片浑黄。西陵轮三楼船首酒吧里，从左舷至右舷，端坐着俞斌（六段）、大矢浩一（六段），陈临新（七段）、今村俊也（七段），曹大元（九段）、上村阳生（八段），江铸久（八段）、淡路修三（九段），马晓春（九段）、加藤正夫（九段），刘小光（八段）、苑田勇一（九段），邵震中（七段）、坂直人（七段），方天丰（六段）、依田纪基（六段）。左舷四对中方执黑，右舷四对日方执黑。所有的目光此时都注视着棋枰，再美的山光水色都让位于那方寸之地上的黑白子之争。

中方首席代表陈祖德九段衣冠楚楚，坐在左舷长廊沙发上凝思。他是著名报告文学作家陈祖芬之弟。体态丰满的聂卫平穿着大竹英雄赠送的西服不时在赛场上踱步。在北京，他两胜加藤正夫赢了"三番棋"，故不再战，显得轻松自在。

目光的焦点在马晓春、加藤正夫所在的第五号棋桌上。加藤以星小目布局，被称为电算机的马晓春足足思忖了五分钟，方以二小目应对。加藤似乎早有谋略，落子快捷果断，而马晓春费尽心机，每一步都要苦苦思索。马晓春尚无战胜日本超一流棋手的记录，这场拼杀既检验他的棋艺是否有所进步，也是对他心理和意志的严峻考验。马很紧张，掏烟撕盒时手也在颤动，良久才把烟拿出来叼在嘴上，至中午封棋加藤仅用时42分，而马用时已达1小时40分。下午1时再战，局势已渐明朗，加藤接连误着，马晓春则积极拼杀，渐显主动。聂卫平、陈祖德、罗建文在走廊上不停地拆棋分析局势，神色严峻的脸也渐渐露出笑容。果然，下午3时半许，船过鬼城丰都，加藤中盘推枰认输。有记者谐谑道："看来加藤王座也难过鬼门关呀！"然而马晓春事后却对记者说，他自己一直未觉得处于优势地位。这大概就是"旁观者清"吧！

马九段"砍翻"加藤"名人"之后，江铸久、刘小光、陈临新、俞斌也先后班师，邵震中、方天丰告负。曹大元与上村阳生之战打得难分难解，官子阶段曹一着不慎，终以四分之一子饮恨。俞斌六段是此战中的英雄，他以四分之三子阻遏了四战全胜的日方大矢浩一的凶猛攻势，使其五连胜之梦破灭。至此，中日双方战成20平。聂卫平不禁喜形于色，说马晓春继江铸久之后再胜加藤，是我国青年棋手的又一突破。

聂卫平的"独家新闻"

我的采访目标是聂卫平，所以得想方设法和他套近乎。可是我只能走几步围棋，也不会桥牌，完全找不到和他接近的"手段"。此刻真有"棋到用时方恨少"的痛感。

感谢大宁河。聂卫平几经犹豫终于还是去了美丽的大宁河。凑巧聂卫平又上了我这条名叫莲台的小游船。我冒充内行给他当导游，其实我也只是昨天晚上才从一大沓资料里认识了小三峡。在"导游"中，聂卫平对冲滩过峡很兴奋，不时对着青山绿水激流险滩高声喊叫，在这样的氛围里，我们之间说话也就随便了。我指着他胸前挂着的圆柱状物体问："那是什么呀？"他答曰："签字笔！"我灵机一动，摸出西陵轮赠送的三峡风光明信片说："那就试试您的笔吧！""嗬！那么多都签？""朋友们要呢……""聂旋风"唰唰唰旋风般地签完十张，胖乎乎的脸上堆满了笑。

"麻烦您了！"我有点不好意思。

"没关系没关系，这支笔是专门为棋迷签字的。党和人民给我的支持太大啦，没有各方面提供方便，我也赢不了擂台赛。去年国家奖给我一万元，我立马就成了万元户。今年 5 月从日本打擂归来，邓小平同志专门还请我吃饭呢！"他侃侃而谈。

"什么时候？"我追问道。

"5 月 17 日，下午。"聂卫平说。那天是星期天，他接通知去人民大会堂，见到邓小平、万里等中央领导同志。小平同志一见面就对他说："擂台赛你打得好！"接着他们一起打桥牌。打完后，又一起吃晚饭。小平同志满满斟了一杯茅台，对聂卫平说："祝贺擂台赛胜利，喝杯酒吧！"关切之情令他心热。

作为牌友棋友，聂卫平说他现在还偶尔去胡耀邦同志家小坐。为了祝贺擂台赛胜利，胡耀邦同志特地送了他一瓶 20 年老窖茅台。

对中国围棋队，聂卫平这样评价：曹大元近年来进步较快，棋长了，有潜力；马晓春很有灵气，但还不够刻苦；江铸久不算聪明但尤其勤奋，勤能补拙嘛！江铸久与刘小光二连胜日方九段是一突破，估计下一届擂台赛不会那么艰苦了。但棋手的发展不平衡，有人既不聪明也不刻苦，还有人文化素养较差，围棋选手没有修养怎么行呢！

西陵峡趣话

船是一个小世界。船压缩了人们生活的空间，缩短了人们之间的距离。

5 月 30 日晨，当晚睡的人们大梦初醒时，西陵轮早已轻舟越巫峡，进入与船同名的西陵峡了。早饭毕，人们纷纷攀上顶层观景台，遥望遐想，说古道今，无拘无束。日方队员大矢非常活跃，在中国棋手群里蹿进蹿出，嘴里重复着刚刚学会的几句中国话，一笑就露出满嘴大牙，娇嗔可爱，完全还是个大孩子呢！中方队员曹大元一副书生模样，话语轻柔，只要你跟他问起围棋，哪怕再简单的问题也会耐心给你讲解，全无九段高手的傲气。他的女友是杨晖七段，两人已相爱五年了。

"曹大，记者要采访你！"围棋队的袁干事喊道。他笑眯眯走过来。"曹九段，你和杨七段何时大婚呀？"一位记者戏问道。"哎呀，没有时间呀！"他也不正面回答，笑着离开了。

杨晖瘦弱娇小，整日眉开眼笑，和曹大元一般脾气。她正倚舷伸颈望着峭壁，感叹道："真险呀！"我不以为然地说道："那有什么，去年还有几个大学生徒步走了三峡全程呢！"

"真的？"她惊奇地叫起来。"这么荒凉的大山里，有地方住吗？芮乃伟，我们也去走一趟？"

芮乃伟戴着一顶遮阳帽，远远站着，笑而不语，良久才调皮地说："杨晖，你还是和曹大去走一趟吧，太有诗情画意了！"

新华社记者晴阳此刻插话说："我们陪你们走，你们旅行结婚，我等记者采访团尾随于后，保持 1000 米距离。""用长镜头跟踪……"另一位摄影记者举着相机说。

我再接话："干脆去重庆订做一只橡皮艇，举行长漂婚礼，保证绝无仅有，可以一直漂到你们上海家门口。"

众皆哄笑。杨晖也笑了，是那种甜甜的、雍容大度的笑。

芮乃伟在一边也笑出了声。杨晖嗔了她一句："笑笑笑，你和他去漂吧！"边说边远远瞅了右舷上某人一眼。眼光只是一闪，但被我捕捉到了，原来就是昨日力挫日方大矢浩一的勇将江铸久。

围棋女杰中，杨晖七段活泼纤秀，性格开朗，容易接近；芮乃伟八段棋艺高强，人也端庄俊逸；而张璇七段长着一张洋娃娃脸，温柔可爱，时时伫立一旁微笑不语。三位美女都披一头秀发，如峡谷飞瀑，给长江赛程增添了几多灵秀和美丽！

"希望再次与他交锋！"

加藤正夫心绪不佳。登船之后，在 27 日晚主办单位举行的鸡尾酒会上，他稍稍露面后就匿迹了。28 日船长晚宴上，尽管加藤称西陵轮赛事是"世界上最有意义的围棋比赛"，后面的话调子却很低，"此次对抗赛日方成绩不佳，但愿长江的秀丽景色能使今后的赛事顺心如意。"这也难怪，加藤 1976 年以来数度横扫日本棋坛，连续四年被评为日本棋院"最优秀院士"。到 1979 年，手中握有五项大赛冠军，被封为"五冠王"，至今还是"名人"、"王座"两项大赛的冠军，而此次战绩一胜四负，其心绪当然可想而知了。名将尽管气度恢宏，如此境况难免内心郁郁。作为日方团长和本届中日围棋擂台赛擂主，他一直都显得沉默寡欢，整天只和宛田、淡路在健身房里打牌，不大露面。

直到后来在大宁河巴雾峡卵石滩上，我才找到机会与他一起漫步戏水。在寻找五彩三峡石时，他大概从我的眼神里感受到友情，此后每每相遇，他总是对我点头微笑，以至于 30 日一早，我在观景台上拿出聂卫平签过的十张明信片请他留下手迹时，他竟毫不犹豫一挥而就。旁边的中国棋手惊诧道：“加藤对你真是厚爱了，在日本他可是一字千金的呀！”

5 月 31 日，加藤再战马晓春中盘获胜，日方也以 6 比 2 告捷。当晚11 时许，通过陪同翻译小田，我在船头酒吧里和加藤攀谈。

“加藤先生，怎样理解您说此次比赛是世界上最有意义的围棋比赛这句话？”我问。

“以往只是弈棋，没有如此丰富多彩的活动。小三峡太绝妙了！山那样险，水那样急，令人难忘，甚至令人害怕！”加藤开怀大笑。

“您如何评估中国围棋的现状？”

“中国，是唯一可与日本抗衡的国家。可是尖子太少，底子不厚。不过中国近年很重视青少年，很快就会多起来的。”

“聂卫平是我最敬畏的中国选手，他的棋艺很高，希望本届擂台赛能再次与他交锋！”看来他对两次输给聂卫平心有不甘。

6 月 3 日武汉之战，加藤先生再度输给马晓春，然而日方在总局数上以 32 比 24 领先，显示了日本围棋的强大实力。

长江浩荡东流，弈战偃旗息鼓。对西陵轮上这场棋战，国内褒贬不一，但如果把中国队失败归于长江赛程，作为随行记者的我，以为是不太公允的。五天旅程，两场赛事，安排得周密严谨，并未有任何事情影响赛事。围棋与足球一样是圆的，胜负就在毫厘之间。

无论褒贬，中日围棋精锐们已在两国围棋交战史上写下了前无古人的一笔。那就是在千古长江上乘船团体博弈，真是一次亘古未有的奇瑰壮举！

樱花之约

一

飞机降落在日本关西机场大约是东京时间晚上八点，等取出行李办完出关手续住入酒店已是十时许，可同行的大杨仍然十分兴奋，坚持要带我们去乘 JR 线，到大阪城里去喝啤酒逛夜市。尽管接待我们的旅日华侨云先生再三叮嘱我们不要乱跑，说明天一早就会去大阪的，太晚了，好好歇息吧，但是我们还是得听大杨的。大杨在日本留学四年，回国已十年，被我等戏称为"日龟"，这次可谓衣锦返日，在飞机上就已开始焦灼不安，巴不得立马去到他当年求学求生存乃至献出初恋的地方，追忆昔日的爱与恨，苦与愁……

其实大杨一路上都在对我们普及日本的基本情况，他对日本的感情中夹杂着许多复杂的东西，一语难尽。我常常说他你娃已被日本化了，看你嘛，平日里一副衣冠楚楚的模样，说个话声音细得像蚊子嗡嗡嗡，路上捡个纸渣渣也要捏在手里眼睛滴溜溜四处寻找垃圾桶，吃饭呢埋头不吭声吃得碗底朝天一粒不剩，唉，整日像个苦行僧，到底累不累嘛。

这 JR 线列车其实有点像轻轨，系电力驱动，我们所住的机场酒店大堂上楼再过天桥就是。据大杨说这日本最方便的就是轨道交通，进了站不出门便可抵达四大岛任何一地。大杨多年未回日本，询问了几个日本女孩后便给自己买了张去大阪的票，我等自然不甘落后，以他为楷模，纷纷掏钱在自动售票机上购票，到得进站上了列车，才感觉有点问题：去大阪有多远？怎么花了近1200日元？折合人民币有80多元呢！即便日本物价高，但也不至于这么高吧？列车轰隆隆向前开，空旷的车厢里除了我们，只坐了一个中年日本男人。我盯着车门上方的路线图看，不对，我们在哪儿下车？大阪大着呢，问大杨，他茫然不知，他也只来过一次大阪，何况是十年前了。现在已近11点，我们即便到了大阪城里，还赶得回来吗？不行，赶紧下车。

一干人只坐了一站路便下了车，当然有点郁闷，于是在那个不知名的小站里瞎转悠。可商店都已关门，于是大伙便拥进唯一仍在营业的小超市胡乱购买吃的喝的，把几个闲得无聊的年轻售货员乐得合不上嘴，不停地说一些应该是感激感谢之类的日本话，我们也学着回敬他们，于是大家都笑成了一朵花。

谁知接下来就出了"险情"。我们该怎么回酒店？按照惯例，我们乘车折返即可，可大杨用日语问了几个日本人，包括车站工作人员，他们都用手指着站外的方向。尽管有疑虑，可我们只得往外走！出了站发觉不对，正好碰上了夜巡的警察，他又把我们引回车站。几番折腾以后，大杨忽然间明白了，拿着手上的票问检票员，他挥挥手让我们往上走。嗬，原来入站口近在咫尺呵，我等刚刚站定，末班车便一溜烟地驶了过来。

我等喘息甫定，议论起这事来。老梁说，鬼子真坏，瞎指路。大杨直摇头，说，不会的，日本人还是很讲礼貌的。但他也百思不得其解。这个一向有点自傲的企业家刚返日本便出了洋相，面子上有点过不去，一直快快不乐，老在自言自语：怎么回事，怎么回事，日本人不会这样的啊。我索性大声对他说，大杨，别婆婆妈妈的，我们是来看樱花的，把这事忘了吧！

直到几日后我们归国在北京转机，大杨忽然作顿悟状对我说，老许，我想明白了，那晚是我把日语说错了，把JR车站说成BUS车站了，怪我，好多年没去日本了，词汇不熟了……见他一脸的真诚，我倒有点愧疚起来。这个大杨，凡事太认真了，一件小事至今仍耿耿于怀，不过，也许正因为认真，他当年怀揣二十美金闯日本才会有出头天，才会有今日的苦尽甘来。

二

关西机场是日本关西地区最大的国际机场，系全填海建设的人工岛，从天上看，岛呈长方形，虽然地面沉降问题一直困扰难解，但该机场去年还是建成了一条可供大型客机 24 小时全天候起降的跑道，据称日本唯一。昨夜降落后未能窥见全貌，晨起乘车离去，方知其完全被裹挟在茫茫的海天一色之中。

阳光灿烂，海水湛蓝，心情很好。导游云先生口若悬河地讲述着他脑袋里储存的关于日本的一切，生怕我们漏掉了任何一点点。他的思维有点古旧，有点赶不上时代，还把我们当成没见过世面的老土，他甚至还不知道重庆早已直辖，甚至把中国国歌的作曲者说成冼星海，等等。这些事都无所谓，尽管他已是三代旅日华侨，尽管他言语中不时流露出几许自得与自命不凡，但他每每说到故土故乡仍很动情，还是有一颗中国心，这已经足够了！

我却在自由地遐想。此次日本之行，当然是为了看樱花，四月上旬，清明时节，阳光明媚，春情蠢动，飞到"一衣带水"的东瀛之国，观风望景，放松身心。

我们沿着海岸线向大阪进发，眼前掠过的是高度现代化的城市和工厂。建筑规范，道路平整，注重质量，讲究细节，大概因为土地金贵，道路不宽，两车道的高速路显得很狭窄，汽车循规蹈矩地在线内行驶，绝不变线，也不超越。

大阪城公园是我们去的第一个景点，满树的樱花姹紫嫣红，有如瀚海。我蓦然有一种原始的冲动与兴奋，在花海中奔跑并叫喊，这是一种不太符合我的年龄与身份的失态，但没有人顾及我，所有的人都在与盛开的花儿亲昵，享受着异国春天的馈赠。我后来一直在想，我为何会在花树下跳跃，完全不像一个刚被诊断出腰椎有病的人，樱花也与我无亲无缘，我还是被日本侵略者赶到重庆的流亡学生的后代，有着忘不掉的民族仇、家国恨。兴许这是一种逆反的快乐？抑或是某种心情的宣泄？

大阪城公园的核心，是 400 多年前日本战国时代统一全境的一代枭雄丰臣秀吉建造的天守阁，登其上可瞰今日大阪之全貌。不过今日之天守阁已非此君公元 1586 年所建之天守阁，除了基座上的巨石，其余都已现代化了。檐廊四周围绕着高高的栅栏，据称是防止有人自杀，更挡住了游人的视线，镜头里大阪的风景便显得支离破碎了。与历史上的诸多雄杰一样，丰臣既是日本伟大的统一者，又是侵略邻邦朝鲜的元凶，最后却败在入朝救援的明朝辽东总兵李如松手下，不得不接受明朝和谈的条件，直至被明朝皇帝册封为日本国国王。历史总会有相似之处，二十世纪的日本不是又重复了一次历史么？但愿悲剧不会重演！

三

这一天的安排实在紧凑。从大阪城公园出来，我们去了大阪著名的饮食一条街——心斋桥。这心斋桥有点像咱们的重庆八一路小吃街，但是规模要大得多，街很长，且四通八达。其时气温十度左右，虽不算高，但春阳明丽，游人如织，身着颇具特色民族服饰的男女在街面上大声吆喝，很夸张地招徕着路人，兜售着很东方的日本小吃。在一家卖"赤鬼"的小摊前，等候的人打起了拥堂，要排很长的队才能买到一盒。见一对母女在我身边津津有味地吃着，便凑上前去打望，原来是一种类似油炸果子的东西，上面撒了些白色粉末类的调料，如果不是怕掉队，我肯定会去买来尝尝的。

其实心斋桥最好看的风景是日本女孩。平心而论，此行我尚未看见山口百惠、栗原小卷这一等级的日本美女，但日本女孩的衣饰却给我留下了不灭的印象——一句话，敢穿，不怕冷！你看满街的女人都露出白白的大腿，有人着短靴长袜，有些人连袜子都不穿。你把镜头对准街面，随时都有白如荷藕的玉腿钻进来。云先生说日本女生从小就穿裙子上学，冬天也不例外，这我倒知之一二。记得 1993 年冬游杭州西湖，就见过一队来华旅游的日本中学女生，寒风中竟然一式短裙学生服。老梁笑说我们解放碑的美女也不怕冷啊，大冬天敢露肚脐眼，这句话提醒了我，赶忙四下看，遗憾，哪有日本特色的肚脐眼！

午餐后我们急着乘新干线去京都，路程不到 100 公里，却花了近 4000日币，在中国，这绝对是天价，但这是日本，我们一定要体验，贵也无妨。高速铁路，名不虚传，我们只花了十来分钟便到了京都，又去了鉴真法师去过的真宗本庙和一家生产并展销日本民族工艺品的工厂，翘首观看了和服表演，接我们的大巴才从大阪赶过来，我们便又心急火燎地往岚山进发。

岚山是京都著名风景区，位于市西北丹波高地东缘，有"京都第一名胜"之称。据资料介绍，此山高375米，东北面是嵯峨野，东面与大泽、广泽和宇多野相接，西面有小仓山，著名的大堰川蜿蜒流经其北。其上游的保津川，峡谷深邃，水流湍急，景色别致。下游有长达154米的渡月桥连接两岸，站在桥上环顾四周，岚山隐约如黛，松樱密布；桥下碧波荡漾，流水潺潺；细雨中，烟雾缭绕，若隐若现；乍暗时，峰峦滴翠，时有禽鸣，只觉幽静出尘，诗意盎然。桥畔有岚山公园、龟山公园和天龙寺，山中有大悲阁、小督冢等名胜古迹。

我等赶到岚山已是黄昏时分，只能在清澈见底的大堰川两岸逗留少顷，站在渡月桥上遥望山脊，回想风雨如磐的峥嵘岁月。有趣的是，在桥上竟邂逅了一位浓妆粉面的日本艺伎，见我举起了相机，便大大方方站定任我拍照。

带着些许遗憾，我们在朦胧夜色里踏上去名古屋之路。等抵达这座有260多万人口的城市，正是灯火烂漫之际，"日龟"大杨独自一人悄然离去，老梁打趣说，别管他，准是找老相好去了。我们则顾不上小憩片刻，便四下找酒吧欲体验日本民风民情，几位出国游逛的成都富妹与我等同往，可是中意的酒吧实在难寻。好不容易找到一间可以按照巴蜀习惯摆布的烧烤店，我们任由日本大师傅配上莫名的菜肴，点来几大筒类似傣族风味的竹筒清酒，频频举杯，开怀畅饮，直到头脑发热，天旋地转。于是又喉咙发痒，歌瘾大发，男男女女齐唱《东方红》《大海航行靠舵手》。后来成都美女良子感慨良多地说，没有党的好领导我们哪能出国？于是大伙就唱《没有共产党就没有新中国》。企业家老梁说帝国主义亡我之心不死，近几天来又在破坏奥运会圣火传递，我们要警惕啊，我们又唱《义勇军进行曲》。呵呵，唱得大伙心潮澎湃双目朦胧，唱得那个很憨厚很实在的日本厨师一会儿用英语叫好，一会儿又瞪大眼睛作莫名状……

只有我们明白自己，这是我等在日本最纵情最快活的时刻。

四

　　富士山位于东京西南方约 80 公里处，是静冈县和山梨县境内的活火山，主峰海拔 3776 米，乃日本的最高峰，山顶终年积雪，属于本州地区的富士箱根伊豆国立公园，也是日本名山之一。富士山作为日本的象征之一，在全球享有很高的知名度。它也经常被称作"芙蓉峰"或"富岳"。其整个山体呈圆锥状，一眼望去，恰似一把悬空倒挂的扇子，日本诗人曾用"玉扇倒悬东海天"、"富士白雪映朝阳"等诗句赞美它。

　　从京都去富士山只有个把小时的车程，上午九时许出发，十时左右，就远远地可以看得见它那积雪的峰峦了。上富士山有四个入口，我们去的是富士五湖之一的河口湖入口。从此处乘车十来分钟，就可见苍郁的森林中的皑皑白雪了。游人只能到五合目，尚未到雪线，难免有些遗憾。在雪地上嬉闹片刻后，忽然问何谓五合目？大杨说这是日本人的量词，点上灯走到油枯灯灭，便是一合目，五合目自然是从山下走到此需加五盏油了！我们相视一笑，世上竟还有如此计量的，也算特色吧！这五合目海拔 2200 多米，离山顶远着呢，上山的路被大型车辆封堵着，据说因为攀登者太多影响了生态环境，才出此下策。老梁说，来过了就行了，爬到山顶又怎样？心态平和些吧。

　　下了山在河口湖畔的饭店吃了日本餐，而后又赶往被称为"日本九寨沟"的忍野八海。其实日本人完全没有必要将两者相比，这儿最美丽的还是樱花，还是目光越过繁盛的花树与天际接触处那座巍然的雪山，是那鲜花与雪山在湖泊里的倒影，这才是它的真正的特色与个性。有意思的是，景区中那个被称为"日本社会主义新农村"的村子，墙上贴有日本共产党领导人、国会众议员志位和夫演讲会的宣传海报，这倒是意外一景。

　　在暮色中匆匆去了箱根的"第一赏樱地"和平公园，夕阳下的富士山显得格外瑰丽而安宁。我们追寻着那七彩的霞光，朝着伊豆半岛前进，去寻找川端康成，寻找"伊豆的舞女"……伊豆半岛风情景物超凡脱俗，但曾经长时间藏在深闺人未识，终因文学大师川端康成的一部小说《伊豆的舞女》扬名于世。这是大师给伊豆最好的一个包装、一次策划，一个最好的文学创作与地缘民俗的结合。

川端先生曾经在他的笔下动情地抒发了他对伊豆的那份爱恋——

伊豆是诗的故乡，世上的人这么说。伊豆是日本历史的缩影，一个历史学家这么说。伊豆是南国的楷模，我要再加上一句。伊豆是所有的山色海景的画廊，还可以这么说。整个伊豆半岛是一座大花园，一所大游乐场。就是说，伊豆半岛到处都有大自然的惠赠，都富有美丽的变化。

先生在这篇名为《我的伊豆》的散文中还说——

伊豆有热海、伊东、修善寺和长冈四大温泉，共有二三十个温泉浴场，仅伊东就有数百处泉流。这些都是玄岳火山、天城火山、猫越火山、达摩火山的遗迹。伊豆，是男性火山之国的代表。此外，热海的间歇泉，下贺茂峰的吹上温泉，拍击着半岛南端的石廊崎的巨涛，狩野川的洪水，海岸线的岩壁，茂盛的植物……所有这些，都带着男性的威力。

然而，各处涌流的泉水，使人联想起女乳的温暖和丰足，这种女性般的温暖与丰足，正是伊豆的生命。尽管田地极少，但这里有合作村，有无税町，有山珍海味，有饱享黑潮和目光馈赠、呈现着麦青肤色的温淑的女子。

有大师如此精湛的文字留世，那么我还能写些什么呢？我那晚住进了海边一个叫伊东泡的旅店，跳入滚烫的水池体会被许多人称许的温泉浴——大师文中被国人津津乐道的男女同浴盛景未得一见，于是坐在榻榻米上品味我并不习惯的生活。川端康成时代的许多东西已经不复存在了，现代科技创造了许多也毁灭了许多。伊豆的舞女没有了，但海岸上到处是挂着红灯笼的房舍，导游云先生告诉我，这是最流行的情人旅店，每到度假时节，还真是供不应求呢！

那一夜，海潮在我耳边闹了一宿，它们不停地拍打着窗外的海堤，越是夜深，闹得越欢。早起一看，眼前是一片波光潋滟的大海，据云先生说，此地名热海，是中国作曲家——国歌作曲者聂耳不幸溺亡的地方……

五

东京是我们此行的最后一站，我们恰恰是在清明节那个晴朗的上午去了东京，而后随波逐流地去了日本天皇的皇宫。在我看来，日皇皇宫实际上是一处树木繁茂的休养地，身处闹市却能闹中取静，也看不见多少我泱泱中华巍峨壮观的广厦巨殿，只能从丛丛绿荫簇簇樱花之后远窥它的局部而已。不过，皇宫那略显灰暗的木质大门和唯一的卫兵却给我留下了印象，还有皇宫外长满大树的广场，阳光下嬉戏的人群，以及倒卧在草地上自由自在呼呼大睡的流浪者，构成了一幅风格独特的图画。

我们随后还去了几座神庙和银座，但真正让我大开眼界的是东京上野公园的胜景。

记得鲁迅先生在《藤野先生》一文中有如下的描述：上野的樱花烂漫的时节，望去确也像绯红的轻云，但花下也缺不了成群结队的清国留学生的速成班，头顶上盘着大辫子，顶得学生制帽的顶上高高耸起，形成一座富士山……

笔者所见的胜景已经不是鲁迅笔下"绯红的轻云"，而是樱花树下蜂蚁般的人群，所有的道路都拥塞不通，所有的树下都铺满了塑纸，麇集着衣饰纷繁装扮各异的男女，以青年人居多。他们笑着闹着喝着乐着，哪里是在赏樱，完全是一个春天嘉年华，"绯红的轻云"只是他们快乐聚会的底色或背景。我和老梁费劲地挤出人群，尽量往人少的地方走，一边想，小小的日本只有37万平方公里的土地，相当于我国云南，却有1亿2千万人口，且资源缺乏，生存的压力挺大，难得有如此宣泄放松的机会，可以理解呵！

晚上我们去了新宿，云先生说这可是东京最好玩的地方，红灯区，呵呵，小心别走丢了！我和老梁明知山有虎，偏向虎山行，一路东张西望，既未看见异景，更不知这红灯区"红"在哪里，倒是见着有小店门外挂着美女照片及陪酒费用招牌，两小时须付2万日元，超一小时另付1万，等等。罢了罢了，这些钱仅仅是陪酒啊，犯得着吗！我俩只能落荒而逃了。

当晚宿茨城县的一家宾馆，很气派，"日龟"大杨又独自去东京重温旧梦去了，缺一角，斗不了地主。老梁说，走，出去逛逛，找地方喝酒去！我俩循着大路走，一路打望，漫无目的，忽见路边一小院灯笼高悬，上书"中华亭"三字，嗬嗬，碰上中国人开的馆子啦！推门进去，小小的店堂里全是酒兴正浓的日本人，正乘着酒兴唱着小曲呢。一个模样俊俏的女人迎上来，叽哩哇啦说了一大串日本话。我说，听不懂，你不是中华亭吗，冒牌的？那女人笑起来，是的是的，我是中国人，随即把我们带入一个小得不能再小的单间。小是小，不过还真是按中国习俗摆设的呢，财神、对联、茶壶、酒具等等一应俱全！

我俩一口气点了五六个素菜，一律要川味，加辣椒，那厨师居然给做出来了，味道八九不离十，还算马虎。一问，方知是夫妻店，老婆福建人，叫林密，老公是日中混血，在中国待了十多年，难怪会做中国菜。我俩要喝茅台，林密也拿出来了，这小店也有茅台？喜不自禁。可打开后才发现，是茅台迎宾酒，不是正宗茅台！跟小林一说，她明白了，跑到柜台后面翻箱倒柜，拿出一瓶包装破损斑驳的茅台来。老梁接过一看，大喜过望，连说好酒好酒。我拿过来细看，是大阪市一家名曰江滋的株式会社经销的，正宗飞天！这种年头的酒，如今国内愣贵呢！林密说，这酒珍藏十七八年了，一直舍不得卖，你们喜欢，就喝了吧！我俩当然不客气，酒好，菜香，直喝到瓶底朝天，杯空碟尽。临走算账，那茅台只花了9850日元，比国内新酒还便宜啊！

林密和他的先生送我们到门外，夜色阑珊，只有"中华亭"三个字在日本关东的夜空中孤独地闪烁。小林说明天再来吧，我们说行行，可心里却明白，今晚的相会是一种偶然，只能把醺然醉意中的乡情留在记忆里了。我带走了那个茅台瓶子，把它带回了祖国，如今它端坐在我的酒柜里。我对老梁说，有机会我把这瓶子送到贵州茅台酒厂厂史陈列馆去，再加上这段故事，说不准还可以再赚几瓶茅台喝呢！

六

给我们开车的师傅是一位个头很小头发花白的日本人，导游云先生说他有 75 岁了。75 岁了还开车，而且开大巴，真让我们不可思议，尔后又有点提心吊胆。云先生说我们真是少见多怪，这日本劳动力匮乏，还有 90 岁的出租车司机呢，只要你通得过体检，100 岁也可接着干，哪比中国，四五十岁就可以内退或退休了，太浪费人力资源了。不过这师傅开车的确小心，行驶中从不压线也不占道更不随意超车，他说他开了整整四十年车了，还没出过人为的事故呢！

日本的公路很窄，高速路也如此，开车的人都小心翼翼。记得我们从京都去东京的路上，一直尾随在一辆敞篷奔驰跑车之后，一个多小时也没变化，直到分路。云先生说，日本人一般只买日产车，买宝马奔驰的多是地方豪强黑道人物，等等，像刚才前面那辆车司机长发墨镜的做派，非黑道莫属，但就是他开车也很讲规矩啊，这是习惯。每每在山路上，尤其是晚间，我们的大巴常常靠边停下来让尾随的小车先过……这老司机完全没有印象中的日本人那般自大与骄狂，总是谦恭地笑着，为你尽心尽力地服务。

日本环境保护的力度是很大的。几乎所有的公共场所都不许抽烟，也没有禁烟标志，大概已成共识。这就苦了我等烟民。记得在东京迪士尼乐园广场边一长椅上，我和老梁正吞云吐雾着呢，就过来了一个主管模样的人，微笑着很礼貌地往你的手上一指，而后转身离开，也不管你听不听他的。可你能不听吗？

在车站，在公园，在饭店，在所有停留的地方，哪怕是偏僻的背街，我都很留心地面上的清洁卫生，没有见到污水横流垃圾满地的现象，处处都有分类的垃圾箱。节日里的上野公园，每个路口都有几个巨型垃圾桶立在那里，我曾刻意在熙熙攘攘的人流脚下寻觅，竟然没有发现我想发现的任何杂物或渣滓。我们所到之处溪流里的水都是清冽的，很像我儿时在重庆远郊双碑嬉玩过的河沟，里面有很多很多的鱼……

让我诧异的是，日本城市里的高架桥桥梁竟也用钢板包托，立柱也穿了衣裳，让你看不到水泥的影子。一般街道地面的材质也很讲究，工艺也细致，更不用说像东京银座那样的繁华之地了！

在日本皇宫左前方有一大片建筑工地，塔架高耸，但我却看不到一点尘土飞扬的情况，马路上也干干净净的。反过来看看我们的城市，看看那些建筑工地以及周边的公路，哪儿不是泥沙遍地、路面破损？

有一个场景至今让我难以忘却：就在上野公园入口处，一个中年男人牵着的小狗拉屎了，那男人立马掏出餐巾纸将狗屎包起来，又从提包里拿出塑料袋装好，悠然离去。

另一个场景却令我为之羞愧：就在回重庆后没几天，在市中心的东方女人广场门口，我看见一位衣着入时的女郎，牵着三条名犬，就在我的目光中，一条狗拉了屎，那女人仅回头看了看便扬长而去……

这是我偶尔碰上的两个场面，却让我记忆犹新。再想想离解放碑不远处背街小巷里的垃圾与污水等等，我只能默默无语。

有时候我也在自我安慰：人家自明治维新已有一百多年的历史，我们改革开放才三十多年，人家的人均 GDP 是我们的十倍左右，发展阶段不一样，真的不可比啊。

青藏高原：我的梦想之旅

和诗人吉狄马加叙旧

一个风雨交加的午夜，那个曾经写过一首短诗《军人·太阳·少女》，并因此在二十世纪八十年代走过几天红的昔日诗人贺庆，不知道是酒后癫狂还是心血来潮，打来电话说，青海要举办国际诗歌节哟，我们去一趟，我请客！我说，你请客？噫，那真是青石板拿来榨油——稀罕！你娃又有啥鬼点子？他连说没得没得，没去过那儿，就看看，对了，主持这次中国青海湖国际诗歌节的是你的好朋友吉狄马加哟，人家现在是青海省副省长啰，顺便拜访他一下！我说人家当副省长关你屁事，干吗去惊扰人家？

这个贺庆，十多年前接手一家名曰《中国眼镜科技杂志》的双月刊，将之办得红火兴旺，为国内之独家，日子自然也过得十分舒坦，我们之间偶有来往。原想去青海的事只不过是说说而已，哪知某日忽然让部下来电索要身份证号码，要真办此事了！

我也就不再推辞，青海那边我还真没去过，早先是有机会没时间，这会儿机会来了又有时间，岂不美哉！有人要当冤大头，让他当去！如果身体没问题，再乘通车不久的火车去西藏看看，那不爽死了？于是就到处找马加的电话，自他去青海当省长，北京的手机电话全变了，好不容易从他的西南民族学院同学——作家张华那儿找到了他的电话，并和他的秘书小高联系上了。哈，马加以为我们想参加诗会，说，来人太多，近40个国

青藏高原：我的梦想之旅

221

家 200 多位诗人，都是些名家大腕啊，你晓得我们这儿接待能力有限噢，你来我欢迎，其他人就算了。我连忙说，我不写诗，岂敢附庸风雅！我等只想看看你，诗么，远远地感觉一下气氛就行了！心里想，我又不是诗人，凑哪门子热闹？何况，如今远不是二十世纪八十年代了，都说现今玩诗的比读诗的多，哈哈，诗人早从神坛上摔下来了！

8 月 5 日我和贺庆及诗人回光时飞抵西宁，入住银龙酒店后不久，即和秘书小高取得联系，小高说，省长一整天的会，很忙，但今晚请你和重庆的朋友们聚聚。晚七时许，马加在电视台审完片后赶到某饭店，与我等欢聚畅饮，席上第一句话是，到重庆就找你许大立，你娃最好耍了！说得我虽然没有热泪盈眶却也受之有愧，连忙端起一大杯酒一饮而尽！马加 1997 年夏曾来渝参加"中国著名作家重庆晚报笔会"，他说那次去了重庆好多地方，玩得真尽兴。我说你也帮了我不少忙，1995 年发展我加入中国作协，提供全国著名作家的联系方法，以便我前后所在的晚报日报经济报编辑约稿……

毕竟是文人，毕竟是诗人，马加用诗意的语言简洁地介绍了青海的地貌物产、风土人情、经济文化，我看到的是一个诗情与政治完美结合的马加，真实而成熟，热情而理性。情至真处，酒至酣处，我和马加引吭而歌。其时其地，马加已不是副省长，而是激越奔放的大凉山歌手，是文学界同人的朋友和兄弟，是一个真实而可爱可亲可敬的诗歌之魂！

你见过青海湖的金项圈吗

我们一行次日 (2007 年 8 月 6 日) 一大早便向青海湖开拔。

接待我们的西宁康明公司总经理李连奎亲自驾车，还请来一位青海青年报的主任于文东专门陪我。于文东为使游程更舒适，又让他的撒拉族同学韩忠开来一辆越野车专供我使用。

西宁城与大多数北方城市并无二致，不过处处可见高层建筑的塔架，可知其大建设的节奏正在加快。由于交通的便捷，西宁城里人尤其年轻人的衣饰与我的城市也无大的区别，看不到想象中的落后。车出西宁，海拔由 2500 米左右渐渐升高至 3000 米以上，满目青翠，田原山岭全是绿树碧草，也没有西北城市的风沙黄土，赏心悦目至极！

途中在文成公主纪念馆和所经过的倒淌河镇小憩，心想堂堂宗室之女，金枝玉叶，竟能在荒山野岭之中跋山涉水整整五年，只为去嫁给吐蕃的松赞干布，餐风浴雪，艰险无数，换作今日，有愿吃这种苦的美女吗？想到此，又觉得自己可笑，我想文成也是不得已而从之，她敢违皇命吗？她愿在整整五年近2000天中去白白耗费自己的青春和生命吗？当然，后人把她的思想境界拔高到国家民族生死存亡的高度，可以理解，但谁又知道文成姑娘心底的苦衷呢？

由于限速，午后方抵青海湖。此时云开雾散，阳光灿烂，只见一片片油菜花铺天盖地，与蓝天白云下碧玉般的湖水浑然连成一体。无数的车停在路边，无数的来自世界来自全国各地的红男绿女徜徉在金子一样的花海中，像蜜蜂般采撷着美景。那连绵不绝的菜花，活脱脱给青海湖戴上了一个金色的项圈，有如大自然的绝妙天工！

于文东告诉我，菜花并非天成，是当地藏民种植的。每年此时，藏胞都利用游客爱花又有青海湖作背景之利，收费入园，家家户户日进斗金呢！加上油菜籽可榨油，养蜂有蜂蜜，这儿的藏民可是家家富得流油啊……

午餐后游青海湖，湖光水色自然一流，但太过商品化，与国内各旅游区无异。不再赘笔。

金银滩上的绝唱

有件事情得向读者坦白。这天中午吃饭时，端上了几条青海湖特产鳇鱼，长得秀气苗条，每尾不足一斤，女老板说这鱼好哦，一年只长一两，快尝尝！青海湖系高原咸水湖泊，湖中营养物质较少，鱼自然长得慢。我赶紧响应号召品尝，吃了几口，倒没觉得有啥特别，这时却见两个小服务员匆匆走来端走了鱼，连鱼骨头也搜走了！问身边人，方知目前属禁渔期，这鱼吃不得的，渔政部门的人查上门来了！

等服务员再把鱼端来，我等自然没了胃口，到青海湖来破坏生态，不是我们的初衷啊！我们这桌倒躲过去了，比我们晚到的贺庆、回光时一行，却被抓了个现行，每条鱼罚 6000 元，据说他们要了五条……不过不罚食客，只罚老板，这样罚肯定破产！

所以各位博友去青海湖时一定不要乱吃名鱼，以免留下终身遗憾。

于文东和撒拉族小伙子韩忠说好了要带我沿湖跑一圈的，可因为吃饭耽误了些时间，再加上李连奎老总太过热情，早早买了游船的票却不见船影，等到上船已近下午四点，大家伙儿上船后在湖心草草逛了一圈，我看时间，哦，十来分钟，每人四十大洋没了，这钱真好赚啦！环湖游不行了，大伙商量后决定向东走，去金银滩！

我无所谓，反正青海湖见到了，再去哪儿都一样。于是车掉头沿湖岸急驶，刚刚还骄阳万丈的天空忽然间电闪雷鸣，把湖水照得剔透晶莹，好一派天光水色！途中经过了沙海，没停，小于说沙鼠啃光了草皮，让山成了沙漠。经过了原子城，是中国第一颗原子弹制造地，只剩下断壁残垣，也没停，他说去金银滩吧，那儿好耍！

经过了一座新城，是海东州首府所在地，几经询问，才到了那个被大伙念叨了半天的金银滩——原来是王洛宾发现美女的地方！

我记得王洛宾先生二十世纪三十年代毕业于北平师大音乐系，后来（和我一样）在中学教过书，再后来参加八路军战地服务团，1940 年前后去青海省收集民歌，其中最广为传唱的就是那首《在那遥远的地方》，还有《玛依拉》，等等。之前与之后或整理或编写创作的《半个月亮爬上来》、《亚克西》等脍炙人口的佳作也流传甚广，是音乐界公认的西北民歌大师。

可如今哪里还有昔日的风景？远处有一座新城，新城外是稀疏的草地，没有羊群，不见牧民，没有帐房，当然就没有美丽的姑娘。诗人回光时打趣道，大家莫遗憾，当年王先生一路鞍马劳顿走来，数月不见女色，看见女人就觉得漂亮，就歌兴大发，殊不知后人都当真了不是。呵呵，大伙正笑得开心，却见几匹马正向我等飞驰而来！骑马人还不停地向我们大呼小叫。

时下午五时许，天色尚明，虽是草原，却并不荒僻，肯定不是蟊贼，那冲我们喊什么？

几匹马很快就到了我们车边，骑马人飞身下马，嗬，是几位藏胞，其中一位小伙子西服笔挺，特别帅气。噢，是让我们骑马呢！小伙子还唱起了《在那遥远的地方》。

骑吧，骑吧，没有美女就骑骑马吧，花十五块钱逛一圈，值！大伙或笨拙或灵巧地爬上马背，在六十多年前王洛宾先生停留过的草地上，默默地追念，久久地徘徊。

做一次土族的"新郎"

离开金银滩时下起了瓢泼大雨，我们一行赶回西宁城已是黄昏时分，在李总的饭馆用毕颇具西域风味的晚餐，本欲返回银龙大酒店好生将息，哪知前诗人贺庆诗心不死，非得去青海饭店拜望昔日的诗友，如吕进叶延滨高平蒋登科之类名流。我等只得陪他去，如陪太子读书或陪鸭子上架，这一陪就陪到深更半夜，又碰上了特别能侃的原先在重庆后来去成都发展的青年诗人梁平，这老乡见老乡喝起咖啡特别香，听他讲起一个重庆人怎样在成都发展四川人民的诗歌事业文学事业，心中油然而生出一种自豪感，原来四川省繁荣的文学事业也离不开聪明过人的重庆老乡啊！

回到酒店，这一觉睡得特别沉特别香！

次日一早，原计划去塔尔寺的，可主人说，天气不好，下雨了，改去土族风情园吧，土族可是主要聚居在青海的少数民族啊，不可不去，最后还强调说一定得去呵，有惊喜给你哟！

中午时分我们去了，原来就在城边上，是一个大院子，有点像重庆的农家乐而已。只不过这农家乐特别大，院中有稀疏的树木，树下搭起大棚，棚内摆上许多桌椅板凳，供客人择坐。这农家乐还有一大特点，那就是容许客人带水酒饮料茶点，但下酒菜得在这儿买，也是一种薄利多销吧！

我对土族不了解，穿着上像南方的少数民族，习俗上又像藏族，因为他们敬青稞酒献哈达，但劝酒时的不屈不挠又像蒙古族或南方的苗族。

下午两时许，客人酒足饭饱之后，一帮土族姑娘小伙开始唱歌跳舞，我注意到他们虽然不是一流演员，却很认真也还专业，地方特色浓厚，就坐在一边边看边拍照片。哪知不经意间，一群小伙姑娘拥过来拖我上台，干啥？要我做新郎！这，这不是笑话吗，我这把年纪，做新郎？我看看台上诸君，已摆好架势，容不得我说三道四，给我套上土族服饰，便把我拖入迎亲队伍。主持人问我想要哪种新娘，我胡说八道说，长颈削肩，丰乳肥臀，腰要水蛇腰，脸要鹅蛋脸，上床会干事，下地能种田，在家敬父母，出外不撩人……一席话惹得满场笑，哈哈哈哈，这老头儿……

台上在跳，我到处乱拍，终于等到揭盖头了，我冲上去猛地一掀，哇，一个黄皮寡瘦的小姑娘，我都可以做她的爷爷啦！大伙把我拖进后面的洞房，一个劲叫姐夫，一个劲要喜钱，我知道今儿个上当了，新郎是虚名，喜钱倒掏了不少！

不过，还是挺逗乐的。人生不正需要快乐么？

青藏路上

自幼便崇拜西藏，因为她的高远，因为她的神秘，因为她的博大，因为松赞干布，因为文成公主，因为布达拉宫，因为珠穆朗玛……

自幼也畏惧西藏，因为严寒，因为海拔，因为路途的艰险，因为……

一生一世的思念，一生一世的梦想，在我人生的这个时段，变得格外急迫，于是，在去青海之前，便作出决定，借此行去西藏！

2007 年 8 月 8 日上午，与我同访青海的朋友一行飞返重庆，我不顾他们的善意劝阻，于当日晚 8 时 28 分，毅然只身登上西宁去拉萨的 K917 次列车，开始了我的梦想之旅。

时值旅游旺季，大批中外客人往西藏蜂拥而去，拉萨的车票不好买，是于文东找朋友特批的硬卧，五百元左右一张的硬卧票，黑市据称已炒到两三千块人民币了！至于软卧，一张没有。我出行不论公私从不乘火车，太慢，太闹，睡不着觉，度日如年，有如坐牢！这次不同，我主动要求乘火车，那是要去看刚刚开通的青藏线，什么大草原，昆仑山，可可西里，雪山圣湖，藏羚羊藏牦牛，等等等等，一并在车上看了，省了我好多事啊。可朋友们不放心，仿佛生离死别似的，李，于，还有他们的好友送我去车站，千叮咛万嘱咐，让我也产生出些许幻觉，心底生出些许恐惧！

果然，我所在的 14 号车厢里人满为患，里面还有一个国务院新闻办批准赴藏采访的俄罗斯新闻代表团，人挨人人挤人，把狭小逼仄的车厢搞得水泄不通……

在西宁期间，因为喝了不少的酒，说了太多的话，我的声音突然哑了，有点感冒的症状，但我不愿意承认，因为感冒了是不能去高原的，听说会转化为肺气肿。我赶快吃了药，躺下！醒来后已是凌晨三点，再无睡意，在走廊里枯坐，也好，全车厢只有我看到了德令哈。等我迷迷糊糊再度醒来，东方渐白，哈哈，我拍到了格尔木的日出……

车过格尔木后，便开始向高原顶部攀登，以往遥不可及的风景就在眼前，车两头的电子屏幕不间断地掠过海拔高度、气温、时间、车速、下一站点，介绍风土人情、地理地貌……车内氧气充足，即便通过海拔5000多米的唐古拉山口时也无反应。在杳无人烟的可可西里大草原，我看见许多藏羚羊，可惜车速太快，离得又远，傻瓜相机拍不下来。列车也曾经过世界上海拔最高的淡水湖——措那湖，位于安多至那曲之间。8月9日傍晚，列车抵达那曲，旅客纷纷下车领略高原风光，冷，缺氧，本人匆匆下车留影，车内显示屏字幕告知旅客，此地海拔4500米左右。与我同一卧铺间的俄罗斯妇女报记者娜佳，在那曲车站停车间隙采访了漂亮的女列车员，并为之拍了好多照片。据列车员说，这就是人们憧憬的藏北草原，离拉萨已经不太远了！

2007年8月9日晚10时许，列车经过近26小时行驶，准点抵达气势恢宏风格现代的拉萨火车站。专程来接的拉萨晚报司机巴桑顿珠，将我和在列车上邂逅的西安南京两个女孩杨某叶某，接往离大昭寺不远的金谷饭店，沿途所见夜景璀璨明丽至极，旅途中的劳顿与不适亦没了踪影。

雪域"艳遇"

在文章末尾，我有意留下了一点悬念，说拉萨晚报的巴桑顿珠将我以及在列车上邂逅的杨、叶二位女孩接到金谷饭店。我就知道，像邱朝举之类的国家级名记肯定会像狗仔队一样揪住我穷追猛打，闻到点腥味拼老命也要弄点花边新闻出来。他还在跟帖中假装不知中国的硬卧列车每间要挤六个人，装萌说我和那个俄罗斯女记者单住云云……好好好，那就让我来聊聊这段"艳遇"吧！

前已交代，本人是单骑闯西藏，诗人贺庆一直怪老夫安排不当。他说，西藏怎能一个人去，况且还是一个老男人，有个三长两短咋办？老婆心脏不好不能去嘛，可以找个替身……这诗人思路就是不一样，转念一想又说，嗨，也好，西藏的女单客特多，你晚上去八廓街的酒吧里坐坐，美女如云啦，说不准真有艳遇呢！

这不，还刚上车呢，艳遇就找上门来咯！

我住 14 号车 8 号中铺，上车后见走廊里到处是人，拥挤不堪，决定上床，双臂一撑再收腹便进了铺位。这时忽然传来一串外语，紧跟着有人将之译成了汉语：先生，这位俄罗斯女士说你是运动型男人，这么高你一撑就上去了！我乐了，往下看，原来一中一俄两个女人在聊天呢。我说，是吗？打搅了二位，对不起哈！我懂一点俄语，借机卖弄了一番，还教了她几句汉语。她是俄罗斯妇女报记者，随国家新闻代表团访问西藏。我告诉她我也是记者，那个中国女孩呢，西安人，姓杨，与一南京叶姓女孩相约游历西藏，其他一概不知，没问。

不过女孩就是聪明，听我举止谈吐，知道我有点来历，上下左右，端茶倒水，一会儿让你吃红景天 (防高原反应)，一会儿让你补充维生素，哈，比女儿还亲啊！末了，杨美女忽然咕哝了一句，游人太多噢，我们去拉萨还没得住处啊，一副可怜兮兮的模样……这种情况下你还有啥话说，只能拿起电话让拉萨的朋友多订一个房间。如此我们那天晚上一起去了金谷饭店。

失望了吧？一个多么乏味的故事啊！还有呢，听说第二天朋友要带我去布达拉宫，她俩羡慕死了，又念叨说好不容易来到拉萨，布达拉宫的门票要提前三个月订哦，进不去算了，就在门口照张相，回去骗骗人得了！说得又可怜又悲壮……没法，只得厚着脸皮给我的朋友桑珠先生打电话，求他能否再给想想办法，把她们也弄进去。这老桑也是怜香惜玉之人，听说两个美眉来了西藏却进不了布达拉，立马调动他几十年的革命实践经验和坚实的关系网，很快一切阻力便土崩瓦解，布达拉宫向我们这些虔诚的朝觐者敞开了宏大的胸怀！

所以我说俄罗斯女记者娜佳是"艳遇"，她在 8 月 9 日夜拉萨火车站站台上那个意味深长的挥手，兴许是我们此生最后的告别；所以我说认识杨叶二美眉是"艳遇"，可惜我们在空气稀薄的拉萨既没有时间也没有富氧支持非分的念想，尽管后来我们由师生变成了哥们儿，尽管我们分手时有点惺惺相惜；其实真正的"艳遇"是桑珠，没有这位浑身洋溢着伟大的藏文化理念与精髓的老兄的真诚与执着，我等只能在山脚慨叹布达拉宫的伟岸与辉煌，尤其是那两位中途闯入的美眉！

桑珠是《重庆晨报》的冯泽田老总介绍给我的，冯总在西藏工作过。他说，小冯打了好多电话给我，我能不重视么？一大早，桑珠便到金谷饭店来接我和小杨小叶，陪我们沿街瞎逛，然后去广场，再把我们带进宫去。阳光下的桑珠皮肤油黑铮亮，显得格外帅气健康，而我等气喘吁吁地跟在他的身后，累得大汗淋漓脚步蹒跚。他对宫中景物了如指掌，解说起来如数家珍，引来好多散客尾随其后，也不厌烦游人的提问。我说，桑哥，你干脆弄个旅行社得了，不火才怪！他睨了我一眼说，以我的资格，谁请得起？我只陪朋友！桑总说他11岁便在北京中央民院读书，在报社工作几十年，位居地厅级，自然不会盯着挣钱的营生，挺传统的呢！

有位叫渝龙的先生，在我的一篇博客后灌了好大一桶水，足足几千字，说的是他在西藏观风望景的事，写得还不错。为免重复，我就不写参观的细节了。何况，关于布达拉宫的材料可谓汗牛充栋，网络上随处可查，我就干脆发几张照片充数吧。此外，因为游客太多，我们是在工作人员不停的催促下走完全程的，真还没渝龙先生瞧得仔细呢。据布达拉宫后门女工作人员讲，宫中不堪重负，每天定额三千人，可依旧压力巨大……

拉萨之恋

写了几篇关于青藏之行的博客，没想到会得到许多博友的关注，更有西藏江南先生和渝龙先生，把他们所写有关西藏的精彩文字贴在拙文之后，让我大开眼界大有斩获，在此特向他俩及各位致谢！其实鄙人算不上真正的旅游者，也无心去深究景物的内涵与沿革，我是在玩，玩一种心境，玩一种人在景致中的感觉，玩一种自由自在，所以你若想在我的文字中寻找到这一类太过具体的景物描写，那是会失望的！

前文写到桑珠老总带我们去游布达拉宫，让我们领略了他在拉萨的影响和威望。为表谢意，西安美眉小杨特地找了一处川菜馆请他吃文君鸡，酒醋饭饱之后他坚持要请我等去他家坐坐，被我以昨晚未休息好为由婉拒了。昨晚的确没休息好，刚从抵达拉萨尽览夜色美景的兴奋中平静下来，却无法入眠，以为是缺氧，要了一罐氧气，却又不会使用，如此折腾到凌晨方昏昏然睡去，一大早又被车马声闹醒，而后去朝觐圣宫……的确该歇息了。

稍事休息后，我和杨、叶一起去逛大昭寺八廓街，原来此地和我们的旅店只有一箭之遥，而且这寺和这街竟是如此的密不可分，寺外即街，街绕寺建，熙熙攘攘的人流中既有虔诚的信徒，也有我这样的看客，但我是一个非常尊重佛教的虔诚的看客。商业化时尚化的八廓街对大昭寺竟也无甚影响，我看见许许多多的信众在那里顶礼膜拜，那种执着那种坚毅那种不见黄河心不甘的劲头是我这类凡夫俗子不可比拟的。

晚六时过，《拉萨晚报》同行在一家名曰"开门红"的饭店宴请我，因为我已决定第二天飞返重庆，主人既是接风又是洗尘，来了好些位晚报领导，黄总，扎西总，罗主任，等等。为防被占绝对多数的主人劝酒，我叫上了杨、叶二位，打的倒是"男女搭配，喝酒不累"的旗号。喝到半路桑珠闻讯赶来，给我和杨、叶送上洁白的哈达，让我们既惊又喜，席上的气氛自然更加热烈豪放，这桑哥喝起酒来可是海阔天空翻江倒海，真可算西藏高原上的梁山英雄！

酒毕，他坚请我们去他家坐坐，喝点茶，推辞再三也抵挡不了桑哥的热情，去吧！这一去还真去对了，让我们看到了一个颇具代表性的藏族之家。街名不知，门牌不知，桑珠家楼上楼下三百多平方米，装修极具藏民族风格且非常现代，楼下有花园车库，等等，而更让我吃惊的是桑珠一家三代同堂，两个女儿及女婿和外孙女都住在这儿，其乐融融，和睦相处，这在内地也是罕见的啊！

桑珠幼年即去北京求学，是我党培养的第一代民族干部，党性极强，民族性也极强，其夫人是阿沛·阿旺晋美先生的侄女，贤淑而高雅，对我们这些不速之客竭尽主人之谊，让我这个游子竟有回家之感。桑珠的女儿和孙女也颇具瑰丽之态。我们去后方知藏族迎客要素之一乃是敬酒，好在他知我酒力不逮，那位同行的南京美女、豪情万丈的叶美眉便成了桑哥那晚最忠实的酒友！

原本可以去纳木措，可以去日喀则和林芝，但是我忽然间决定回家去。没有人催促我，我只是觉得高原的长夜不适合我，我甚至于午夜仍在街边的长椅上逗留，我的嘴唇也长满了水疱……看来美丽的拉萨不能长久地属于我。不过我已经来过了，看到了，我应该满足了，世界上还有多少人没来过西藏，没造访过布达拉宫呢，世界上我还有好多地方没去过呢，我得抓紧，因为生命是如此珍贵！

回家的路上，汽车飞驰过雅鲁藏布江上的大桥，巴桑顿珠告诉我，过桥便属山南地区，往左拐是去贡嘎机场，几个小时后就可飞回家了！我在心里说，拉萨，我会把一份对你的思恋永远藏在心底……

迎着海风，迎着灼热的阳光

走出国门

走出国门，在改革开放十多年的中国，已经不是稀罕事，但轮到自己头上，多少还是有几分兴奋，几分忐忑。

我们四川省报业协会考察团一行七人五月十七日抵达广州，次日晨从白云机场出关飞香港，然后转飞新加坡。出访批件上的一个小纰漏曾让我们滞留海关数十分钟，后经邀请方泰国中华总商会驻中国代表林坚殊先生的多方斡旋，方使我们未错过南航公司上午 8：40 飞往香港的班机。然而林先生却出了几身冷汗，因为此行全部日程及机票均已安排妥当，一旦误机将会打乱原有计划，损失巨大。于是他在飞机上便苦口婆心地给我们讲"出国须知"之类的常识，直到波音 747 那舒展的机翼掠过高楼重叠、山海相拥的城市，稳稳降落在填海而成的香港启德机场。

"不出关，上二楼，转乘去新加坡的飞机！"林先生告诉我们。我们一行遂乘自动扶梯进入了一个满是商场与售货亭的巨大候机厅。

"林先生，新加坡方面并没有给我们签证呀！"一位细心的同行者问。

"不用。新加坡政府规定，凡过境去第三国者，可在新逗留 48 小时！"林先生笑答。这位生在泰国、如今在广州做生意并兼任泰华总商会代表的外商浑身透出精明与英气。他已在国门内外出出进进成百上千次了，对各国的法律与国情稔熟至极。

最是那时光——许大立散文随笔集

232

等上得去新加坡的飞机，同行者莫不兴奋异常，原来这是一架台湾中华航空公司的豪华班机。乘同胞的飞机飞往异国，一样的肤色，一样的黑发，一样标准的国语，尤其是空中小姐那甜甜的笑靥，更令我们这一群初出国门的四川汉子有回家的感觉。

空中小姐们在三个半小时的航行中几乎没有片刻休息，送这送那，随叫随到，总是温言软语，俯身微笑。午餐时，见我长得虎背熊腰，吃得有滋有味，便又主动送上一盒面条。听说我们来自四川，乘务长还亲自送来辣椒酱。我们所在的中舱乘客不多，我抽暇与空姐黄素琴闲聊。她说他们的服务历来如此，很累，但这是应尽之职。我问："知道重庆吧？"她一脸的茫然。我重复几遍"重庆谈判"，她似有所悟，连连点头。与国内的空中小姐比，黄小姐不能说漂亮，但她身上有一种特有的魅力，相信所有被她服务过的人都不会忘记。当我邀她合影留念时，她竟然大度地同意了。

血浓于水。机上的空姐、空少们大概都知道我们来自国内，服务似乎更热情了。直到飞机从蔚蓝色的新加坡外海徐徐滑向樟宜机场的跑道，直到我们互道一声"再见"时，才深深体会到海峡两岸同胞之间那种割不断的亲情。"欢迎飞来四川，飞来重庆！"在机舱门口，我真诚地对他们说。"有机会的。"他们的眼睛里同样是真诚。

新加坡报业掠影

我们代表团的主要任务是对所到国的报纸业进行考察。故而当我们刚刚步出樟宜机场那令人叫绝的花园一般美丽的候机厅，便被一辆豪华大巴直接拉往报业中心。

同行的林先生说："这样很好，你们把正事干了，还得去看看真正的新加坡。"

然而真正的新加坡已经尽收眼底：峻拔的高楼，碧绿的草地，蔚蓝的海湾，狭窄然而有序的街道，没有烟尘纸屑，不见浮土泥灰，整个城市有如管理水平顶尖的五星级大酒店。

感慨之余，不觉已到了城西工业区中的新加坡报业控股的总部——报业中心。

报业中心由一幢八层高的主楼及多幢裙楼构成。不算宏伟，但在工业区里特别显眼。主人早已在楼底迎候，楼上一间不大的会议室里也早已布置停当，我们每一个人的名牌也已竖立桌前。

于是依次入座。

"新加坡的报业已有 70 年历史。"接待我们的华文报发行部总经理兼编辑行政服务部总经理萧作鸣先生和经理林焕章先生简略地介绍了华文报的沿革、发展与现状，"简而言之，新加坡报业控股，是新加坡最大的现代化出版机构，属下的报业与印务集团负责以华、英和马来文编辑出版十种报纸和八种期刊，承印多份国际与区域性报刊，并进行其他资讯科技投资。报业控股拥有 3200 余名员工，名列新加坡挂牌公司第六。而华文报集团，是由《联合早报》、《联合晚报》、《新明日报》、《星期五周报》和《都会佳人》杂志构成，日销量超过 50 万份。"

言简意赅。

四报一刊摆在我们面前，每份报纸都是厚厚一沓，彩印页过半。《联合早报》是一张报道国内外大事、反映政府重要方针政策的大报。《新明日报》是一张晚报，与《联合晚报》几乎同时出版，下午五时左右上街销售。《星期五周报》是以中小学生为对象的周报，发行量 4 万余份。《都会佳人》是一本消闲性的月刊。略加浏览，发现上述四张对开报纸，均注重头版内容，头版标题与图片所占篇幅极大，文字甚少。《联合早报》版面很庄重，标题也四平八稳，而《联合晚报》和《新明日报》则争奇斗艳，纷纷以骇人标题渲染凶杀、绑票等刑事案件，如《金庄大老板遭勒死撕票》、《砍富家子嫌凶自首》、《女血人冲出电梯》之类。

据介绍，新加坡政府对报纸要求很严格，每年发一次执照。凡涉及重大政策和宗教、色情等方面的报道审查很严，不许犯规。最近一期《都会佳人》杂志，封面三个美人照因胸衣开得较低，主管部长便打来电话予以警告。黄色杂志自然更不能发行。

华文报从编务到广告全部电脑化，一般编采人员均具有大学以上学历，懂华、英双语，月薪 1800 新币，每年以 18 个月计。一元新币可换人民币六元，由此可知收入之高。年终评估为甲等者，还可多拿一两个月的花红。不合格者三年内逐渐减少薪金和花红，直到辞退。

有趣的是，他们每天也开类似于我们开的"编前会"，只不过不是一次，而是上午 11 时、下午 3 时两次，5 时还有个碰头会。四报一刊编辑部集中于一座大楼内，互不干扰，相互竞争，井然有序。开放式的大办公室分隔成几十个小间，参观者缓缓走过，听不到任何喧扰与惊哗。底楼，电脑数控印刷机上长龙似的报纸盘旋环绕，场面极为恢宏。目前，仅华文报纸日销量已逾 50 万份，读者约 150 万，周末则更多。须知，新加坡人口不到 300 万，其中华人约占四分之三。由此可知读者群之大。

在我们离开报业中心前夕，林经理说："刚得到消息，新加坡已经进入发达国家行列。"

泰国华人与华文报纸

泰国曼谷机场据说是亚洲目前最大的机场，当我们乘坐的泰航 404 班机从暹罗湾进入泰国领空，掠过平坦无垠的大地，抵达曼谷机场时，只见涂着各国国旗、徽记的飞机散落一地，起降频繁，长长的机场甬道竟有走不完的感觉。

泰国中华总商会的宣传委员陈振泰先生已经守候在海关外，串串花环经一位泰国小姐之手挂在每一位团员的脖颈上，我们一一与小姐合影后又在巨幅欢迎横标前合影，此时我们已经对机场外灼热的气浪浑然不觉，只感到心中的热流翻涌，难以止息。入住唐人街上的白兰酒店，一大沓华文报纸分送到我们手中，原来曼谷的《新中原报》、《京华中原联合日报》、《亚洲日报》、《中华日报》等主要华文报纸，都在当日显著版面刊登了我们来访的消息，并将每位团员的大名、职务罗列于后。

是日晚，陈先生假嘉乐斯歌剧院酒楼为我们接风，觥筹交错之间，台上有歌舞助兴，挑大梁的竟也是来自北京、昆明的两位女歌星。我们正感慨中国人无处不在时，陈先生却叹息道："不容乐观，不容乐观呀！"

原来陈先生也是报人，从事新闻工作快 50 年了。从他祖上算起，陈氏家族在泰国已到了第六代。陈先生抗战前被父亲送回祖国读书，学得一口好中文，回泰后一直在华文报纸工作，1969 年被派驻台湾，1971 年因

"替共产党宣传"被国民党驱逐出境。时下虽已古稀之年，仍在《京华中原联合日报》搞发行工作，不时还有文章问世。陈先生至今还保留着中国籍。

"来泰的华人，一般第二代就不懂中文了，所以华文报纸前景不容乐观。"陈先生说，"如今是40岁以上的人才读华文报，而我们的编辑平均年龄达60岁。"

"这样岂不早晚要关门？"我问。

"也不尽然。近年来政府已允许创办华文学校，曼谷已有一所华文大学。还有新移民，以及泰国北部国民党93师的后代，他们懂华文。国内潮汕一带也有人来此打工。我们所有华文报纸每日加起来发行量超过40万份，许多在泰国工作的日本人也读华文报。"

"随着中国改革开放的深入，与泰国的交流将加快，到泰国的人会更多，华文报会恢复它的生命力的！"我望着剧院中来往不息的中国人说。

陈先生颔首称是，先前的愁绪已不复存在。

在之后的几日中，我们拜访了中国驻泰使馆、中华总商会、泰华报业基金会以及各华文报社，耳闻目睹中，发觉陈先生的担心不无道理。但另一方面，我发现华侨、华裔已与泰国社会融为一体，促进了泰国的发展与进步，毋庸说此乃泰、中两国共同的福祉。如今，在政界不乏早已归入泰籍的华裔，在经济界华人更是创造了不同凡响的业绩。作为中国人，怎不能为他们的成就感到欣慰与自豪。

最难忘的是在佛统府的寺庙拜谒金佛之后，我们一行人在树荫下歇息，谈笑风生。忽见一老先生伫立于旁，良久不语。恭问何事，老先生笑曰："好久听不到这么悦耳的中国话了，听听。解馋呀！"原来这位老先生已来泰国数十年，久未回乡，有暇便来此听听乡音，以解乡愁。

我们几人突然语塞，只觉得胸腹中有莫名的热潮在涌动。

未来的希望在中国

新加坡的城市建设、管理水平和文明程度让每一个踏上这个岛国的人叹为观止。无论是在华族聚居的大坡还是印度人聚居的小坡，你几乎已看不见殖民时代的痕迹，除了少许作为历史文物保留下来的街道和房屋，新加坡展现给你的的确是"四小龙"的英姿。

然而这个国家实在太小。从东到西不过数十公里，六百平方公里的土地拥挤着越来越多的房屋，驱车几十分钟目光所及都是外国的领空、领海，除了填海，发展的空间已越来越少。难怪我在向一位搞旅游的W先生询问有关移民的问题时，他竟听成了我想移民，说："新加坡地方太小，还是留在中国吧，中国改革开放前景广阔，未来的希望在中国。"我未加辩驳，只是轻轻点头，报之以微笑。

而在曼谷白兰酒店大堂内的珠宝店，我结识了几位从云南大理移居泰国的白族小姐。其中一位叫王娴，肤白而貌美，待人亲切而有分寸。王小姐每日上午去《亚洲日报》打字部上班，下午在珠宝店打工至晚上 ll 点。每月收入共 10000 铢，约合人民币 3000 余元。这样的收入应该说不错了，但王小姐却并没有多少满足感。一问，方知租一间十来平方米的房每月租金高达 5000 铢，还有所得税之类，除去吃穿交通开支也就所剩无几了。王小姐去泰已五年，仍独身一人，我开玩笑道："以你的条件，为何不找个有钱的老板嫁掉？"她却反诘道："钱就是出嫁的唯一条件吗？"

不过，泰国近年经济高速增长，大有赶超"亚洲四小龙"之势，曼谷各业尤其基本建设呈现出兴旺之态，中国尤其潮汕一带的人去泰国的较多，能否碰上机会并抓住机遇，那就看自己的本事了。虽然五年前开始的房地产热给许多当地人提供了机会，然而后去者多已错过良机，只能从最低层的工作做起，要有大的发展是很艰难的。

两年后即将回归中国的香港展现在我们面前的是一种很成熟的形象，繁华与富庶自然不在话下。尽管我们是第一次涉足，但因为传媒的充分报道使人们对之并不陌生。从太平山上看香港，使人感慨这颗东方明珠的确名不虚传，然而下午的女人街和晚上的庙街又使人想起新华路、八一路或者朝天门商品市场。为了更深层次了解香港普通人的生活，我曾乘地铁穿越维多利亚海湾，去香港本岛一隅政府出资修建的新村探望一位朋友。这位朋友一家，曾在重庆生活了 20 年，然后于七十年代末移居香港。这种"居者有其屋"的新村设计合理，交通便捷，各种设施如商场、饭店、体育场馆、银行等一应俱全，但作为打工阶层的这位朋友的住房却并不宽敞，仅一室一厅而已，只不过各类现代家用电器应有尽有。朋友说，最近他已失业，准备用毕生的积蓄回重庆去开公司，另创一番事业。

正如另一位香港朋友所说的，香港弹丸之地，发展速度远非辽阔的内地可比。"九七"以后，香港与内地的联系会更加密切，定将促进香港的繁荣。根据规定，过境者一般可以在港停留七天，我们在匆匆游览了景点和市容之后，心中却有一种早日回家的企盼，谁也说不清道不明个中的缘由，尽管维多利亚港令人痴迷，尽管弥敦道上的夜灯风情无限。

兴许新加坡那位 W 先生的话可以点破我们心间难解的情结。

冒险的代价

　　早就听去过九寨、黄龙的朋友把那里吹得天花乱坠，以至于总把未能去走一遭当成憾事。到真正有了机会却又胆怯起来：那势不可挡的泥石流和高峻雪峰会让我平安抵达吗？心中不免忐忑，然而拼死一去的想法终于占了上风。

　　原以为生活在山城便不会惊讶山之雄奇险恶，原以为走过山城的崎岖山路便不会有更难走的路，哪知汽车驶出灌县便给我当头棒喝！在成都平原上温柔得让人心颤的岷江怎么变得如此放纵不羁，从浑圆的大山腹地冲刷出一道狭窄而陡峭的河道。雪白的浪花永远高唱着一曲雄壮的歌，使你马上觉得它还是岷江么？即便是，也是变了性的岷江！

　　公路承受着丰隆的大山和湍急的河流的双重挤压，显得那样的羸弱与瘦小，一辆接一辆的大卡车、小汽车从它羊肠般的身体上毫无怜悯地轧过，勇敢地消失在高深莫测的大山腹中。我们的老爷车嘎嘎地叫喊着尾随其后，去追赶九十年代崇拜原始崇拜大自然的潮流。幸喜，我们把青年、中年、老年的生命交付给的是一位比老爷车还老的、曾在川藏高原上开了几乎一辈子车的老司机。他不紧不慢地叼着香烟，一脸憨厚地将累赘的车身绕过被泥石流摧残得面目全非的路面，使得那几位被漫漫长路颠簸得怨声不断、一贯养尊处优的同伴们也不得不安静下来，听任老司机泰然自若地把我们引出死亡之谷，引向不可知晓的九寨风月……

　　必须承认，为了那远在大山深处的风景而亡命奔袭实在是一种以生命作为代价的体验。只有到了那儿，见了黄龙、九寨的姿色才觉得此行不虚；只有在跑马的草原上与拉你骑马的藏民讨价还价，大口吸着稀薄的空气却仍在雪地上快乐地奔跑追逐时，你才感受到冒险的价值。

然而，真正的高潮不是五彩池不是五花海，不是飞溅的珍珠呐喊的狂瀑。真正的高潮是在那个离去的早上，在那个晚上下过雨雾气久久不肯散去的高原，一行人怀着想念也怀着忐忑踏上归程。汽车疲倦地从神话走向人间，而同伴们昏昏然继续着昨天的梦。猛然间，有人高喊起来，随即，所有的人都高喊起来，老司机惊诧地回头，看见的是几十张极度亢奋的脸，几十双闪烁着生命激情的眼睛。

打开门，一群人跳下车，发疯般地奔向原野。此生我从未见过这样瑰丽的风景：脚下是秋天的草原，鹅黄与金黄交织；一弯流水如带蜿蜒而去，有如尘世未染的贞女；山脚下，几匹牧马、几尾牦牛兀自啃食着青绿鹅黄，如丝的长尾摇曳着安详与和平。平缓的山坡上混交林保护得尽善尽美，青郁的塔柏、七色的乔木粘贴成变幻无穷的图案。氤氲的云气在雪线上下飞舞着，太阳温柔地划开雾纱让雪峰露出半个脸庞，对着我们这群大惊小怪的异乡人慈祥地微笑。所有的人都失去了他们固有的庄重、刻板或矜持，所有的人都再次从口袋皮箱里掏出早已填满风景的照相机，所有的人都大叫这是人间仙境干脆不回去了，所有的人都赖着不上车直至老司机威胁说再不上车可要摸黑走茂县至汶川那几十里泥石流山道，晚上山里下雨，一旦泥石流下来我这个西藏老汽车兵也不顶用……

奇怪的是，上车后同路人不再埋怨道路艰险、雄关如铁、住宿简陋、空气缺氧，有的鼾声大作，有的鼻息如歌，听任老司机在 4000 米的高原上时而沉滞时而轻盈，尽管穿越泥石流区时果然黑夜沉沉且淫雨绵绵，老牛破车居然未曾学那时而有的大车小车跌入岷江激昂的怀抱。所有的同伴不再议论此行虚与不虚，却说路还是险一点好，否则路太通泰让那些怕死的人都来，还会有那么多亘古不灭的风景么？世上任何珍奇的东西要想见到它得到它，都得付出代价，哪怕生命！这大概是所有去过九寨沟的人最强烈的感受。

四面山：生命中的三个瞬间

一

早春二月，春寒料峭，淫雨霏霏，连日不开。

江津县李市区区长李平正，一大早把我叫到他的办公室，指派我率区宣传队即刻去四面山头道河林场慰问伐木工人。我们李市区为啥要去柏林区慰问？有我们区派去的农工，还是买了山上的木头？作为区宣传队队长，我没有问也不打算问，这是那个时代的作风。我迅即集合队伍，登上李市公社那辆独一无二的解放牌大卡车，吱吱嘎嘎沿着江津通往贵州的山区公路，向大山里进发。

我是重庆知青，曾应邀在江津城关某宣传队饰演歌舞剧《井冈山的道路》男主角江代表，声名远播；后又在县革委宣传队担纲男高音独唱，春风得意。李平正区长特意将我要来安排在区公所驻地李市公社插队，用意明显：发挥我的专长，组织宣传队，传播上级精神，丰富业余生活。

我们宣传队几十人，江津知青、重庆知青各一半，不乏英俊少年窈窕淑女。印象最深的是夏东宁，俊逸修长，身体单薄，穿一身紧绷的学生服，却把芭蕾舞剧《白毛女》里的王大春演得出神入化以假乱真，轻盈的身躯腾跃自如，平转可以旋上十好几圈。一个亮相，就引得少男少女们嘘声呐喊骚动喝彩。这个初二学历羞涩腼腆的江津白沙知青始终是我们乡场回头率最高的帅哥。高金华、吕开琪、程信贵、何其等高中学历知青，吹拉弹唱，歌舞戏剧，各有绝活，也是我们宣传队的绝对主力。

区公所应该是当年大户人家的宅子，有一古色古香的戏台和青石板铺就的院坝，我们一群文艺青年整日在那里载歌载舞，排练出一整套那个时代的流行剧目。

去头道河也就几十公里，县道上车不多，还算顺畅。过了三合公社（今中山古镇），上了黄泥碎石铺成的林区公路，就是另外一番境况了。石壁上挂着的公路哪里是路，是烂泥和水的沟壑。拉木头的拖拉机或者卡车的车辙深深地嵌入路基，我们的车也只能小心翼翼地顺辙行进，时不时陷进泥淖里难以自拔。左边是大山，右边是深沟，卡车摇晃着扭扭捏捏地滑过逼仄的道路，小心翼翼地开过用几根原木搭成的便桥。每到最险峻处，师傅就让我们下车步行，他一人去担当生命的风险与不测。其实处处是险，害怕也没用，一切听天由命。好在李市区这辆唯一卡车的司机曾是青藏高原的汽车兵，尽管我们的车在这条路上溜来滑去，脸色冷峻骂骂咧咧的他，还是在天黑之前把我们安全送到了头道河的原木集散地。

抬头望群山，嶙峋瘦弱，没有了原始森林应有的丰盈葱茏。俯身看脚下，遍地是斑驳粗壮的原木。一阵阵号子此起彼伏，一行行原生态披挂的林场工人，抬着木头从河谷往木材转运地逶迤而来，与山岭河川构成了一幅自然粗犷的图画。可惜那时候没有相机，没有手机，没有网络和短视频，那种自然人和雄浑大山构成的壮美图画不再会有影像留存。

我们被安置在一个巨大的百米长方形工棚里。工棚里有极简舞台。演出开始在台上，几百少有娱乐的工人把大棚塞得水泄不通。夜晚很冷，后来我们干脆用俯拾皆是的木块点起篝火，围在一起尽兴歌舞。林场专为我们杀了猪打了酒，那些脸庞黑红手掌粗粝的林工们端着老白干，也跟着我们使劲蹦跳，直到酒酣兴尽，昏昏然睡去。唯有火种不灭，伴我们直到天明。

这是1970年2月的头道河，只留下了这么一点零碎的记忆。那时的国家正在强力推行"大三线"建设，四面山丰富的森林资源应该是服务于这一国家政策，那些珍贵的木材必定运去了遍布长江南北的三线工厂，也为这段历史留下了永恒的记忆。

历史的四面山，功高至伟。

二

20年后，我再次来到四面山。之前，我已从大名鼎鼎的江津中学调往主城，辗转体育报社等最终落脚重庆晚报，主持副刊的编辑与管理。巧的是，那些年，我的一位学生迅速成长，做了江津县刚刚设立的旅游局领导，正在卖力推销四面山的风景。

世道还真的变了。当年砍得遍体鳞伤的大山，又被连绵起伏的绿植覆盖，伐木工人摇身一变成了森林的养护者。

我们乘坐小车进山。那条泥泞不堪的木材运输路，经过整治养护平顺宽敞了许多，铺上了流行的碎石与泥土。头道河的地标性木头山哪里还有，荒凉的山脊上有葱郁的次生林生长，阵阵雾岚游移于山峦之间。那是夏天，空气里暗藏着有别于山外的清凉与香甜。

学生告诉我，随着经济发展生活改善，人们开始关注旅游，关注生命的质量。有人来逛山了，这就是旅游；有单位来建房了，这就是避暑。有趣的是，我的老东家江津中学也为教职工建了一栋避暑房，孤独地站在头道河马路边上，应该是当年最先知先觉的简易别墅之一了吧？杂乱的山坡上散布着风格迥异的建筑，人们正在聚集，人气正在增长。

我曾经去寻找残留在青春记忆中的那座硕大的工棚。彼时还在，横亘在斜坡上的它无力地趴在夏日的骄阳下，它老了，没有了当年的热血与活力，舞台坍塌了，梁柱歪斜了，时代把它抛弃了。朋友告诉我，四面山早已不准砍伐了，砍树子的变成栽树子的了，变成森林保护神了。

我们沿着简易公路去素颜的望乡台，去野性的水口寺，去简装的大洪海……大实话，我不是先知先觉者，当年真没有感受到它们身后隐藏的美好未来，反倒心中留下了许多问号。一句话，对它的前景不太看好。为什么？皆因其时社会经济发展的制约：山高路遥，没有快速便捷的公路，少有延伸人类活动半径的私家车，缺乏最基本的服务设施，老百姓也没有多少可供旅游玩乐的时间和余钱……

于是在以后的20年中，我几乎忘却了它的存在。原因种种，工作繁忙抑或人生多舛，再也未能踏足四面山。后来却发现，这断定是我人生中最大的一次误判。

三

时光就是如此匆忙，一晃又是 20 年。我已成为整日喝茶打望的老者，远离繁忙与操劳，闲适而无所事事。四面山却在我的无视中发生着脱胎换骨的蜕变。3A、4A，直到 5A，20 年时间，它已由籍籍无名的僻远之地变成世人皆知的文旅胜地、康养名山。

那年夏天，重庆连晴高温四十多日，一向坚持留城度夏的我也难以忍受炎热的空气与空调房人造的清凉。忽一日，小区大门外摆出了一个展台，是紧挨大洪海的贵州习水县某镇推销度假房的广告。很便宜，千元一平方，23 平方米，23000 元钱。当即叫上老伴，开上私家车，直奔头道河而去。

四面山早已旧貌新颜。泥泞的进山路已经黑化油化，昔日砍得毛都不剩的光山秃岭皆已浓荫蔽日，头道河早已成为四面山镇的核心区域，大斜坡上的房屋层层叠叠，20 世纪 90 年代的旧屋已无处可寻。我为自己当年的妄测愧疚不已。小车跃上葱茏四百旋，望乡台瀑布尽收眼底，大洪海碧波浩渺，漫山林涛，满耳雀鸣，令人心绪远阔，不胜悦然也！

渝黔边界贵州一侧的度假房太过逼仄，渡船交通太过不便，打消购房念头准备打道回府。忽有朋友说你的好多学生在老四面村买了房，很便宜、很划算、有前景。去看看吧，随朋友在洪海宾馆三岔口右转，经过一条清爽悦目开满野花的森林公路，钻进一个七弯八拐由山里人手凿的山洞，汽车小心翼翼地行进在烂泥糊满的村道，忽然间眼前一亮，豁然开朗，只见山脊斜坡上缀满黑色的森林，阳光下一群群山羊在啃食青草。目光终极处，是江津柏林镇，是贵州寨坝镇，是散落在田野里的现代农庄的穹顶。我的心一下被触动了，于是在当年很流行的博客中写下这样的字句：

> 孤陋寡闻，原来这里才是赫赫有名的四面山的腹地。老四面村那片宏大开阔的坡地，面对着莽莽苍苍的贵州高原，在八月火一般的阳光照射下，十数里外的山峦、森林、村落尽收眼底，一

片葱绿、一派生机，没有任何人工斧凿的痕迹。左侧那堵带着铁锈色的伟岸石壁，与满山的油绿遥相呼应，融为一体，铁石心肠的我刹那间有一种感动涌流心田，忽然觉得那就是你的来世你的归宿你的乐园。

当即拍板，预订下一套房。从此，老四面村成了我每年必到的度夏圣地。

十年时光倏然而去，老四面村已成为闻名遐迩的市级文旅康养之地，有了一个很文学的名字——四屏镇。昔日老掉牙的边陲之地闭塞之村，文雅了漂亮了现代了！昔日四面皆山食不果腹的穷乡僻壤，幻化为大山里一颗璀璨夺目的江津美玉，堪比主城两江新区的通衢大道，连接江习高速直到天南海北。国内知名国企设计建造的现代化度假房遍布四屏域内，举目处新楼栋栋，新绿缕缕，一派安详静谧景象。

有位朋友发来他的老干体诗作，不妨匿名抄录于此：

> 我家住四屏，四时享安宁。
> 春看满山花，夏居凉爽庭。
> 秋收万钟黍，冬踏风雪行。
> 泥屋换华舍，新友吟旧韵。
> 孩童林中乐，叟妪走幽径。
> ……

四屏镇海拔千米左右，四季宜居，负氧离子含量每立方厘米达5万个以上。友人曾告诉我一个真实的案例：某癌症病人确诊后长居此地，冬天也不回主城，几年后，病痛竟然不告而去。

四面山风景区管委会党委书记兼主任罗英说，接下来几年，要花大力气植树造林，加大康养游乐设施的配套建设，要让四屏成为森林覆盖鸟语花香的绿色世界。

很多年前，我曾在拙文《我和江津有缘》里写道：老四面村有沁人肺腑的空气和宜人适居的环境，我最喜欢却是它的社会结构形式。村民沿街而居，多数就是四周的农民，他们有土地耕种，有山林养殖，有小店经营。你从自个的小屋里出来，满眼是生机勃勃的原野，到处有劳作走动的村民，可以和他们谈天说地，可以去他们的土地里寻觅你需要的一切，这种纯朴的社会形态让你感到放松与亲切。不像好多度假地，将村民和度假者隔离开来，形成了和大城市无异的小区或者社区，也就大大降低了城市居民走进农村亲近自然的玩兴与乐趣……

四屏，我在十年前选择了你，你已经融入了我的生命。此生，我们不离不弃。

我血液里的沙坪坝

　　一位知名作家很真诚地告诉我，人一生最刻骨铭心的记忆是童年的记忆，人一生最能融化在血液里的故事是故乡的故事。可是我却对他说，我的故乡太遥远，我对故乡的记忆支离破碎，我在懵懂孩提时代离开重庆去了故乡，又在智力启蒙之初回到重庆，如果说有一个地方让我刻骨铭心让我至死不忘，那就是沙坪坝。我的童年少年学生时代都在沙坪坝区度过，我的快乐我的痛苦我的饥饿我的成长我的爱情乃至我生命的每一部分都和沙坪坝区密不可分。我生命的血脉里流淌着沙坪坝的文化与精神，也记载着时代的足印与人生的宠辱。

　　记得 20 世纪 50 年代那个夏天那个晴明的早晨，母亲带着我和两个姐姐，离开了重庆最繁华的解放碑新华路旧宅，乘着扁脑袋的苏式公共汽车，沿着很生态很自然很乡村的嘉陵江一路北去，过了化龙桥红岩村土湾小龙坎等站，而后到了一个叫做双巷子的地方。母亲对我们说，这里就是沙坪坝区的中心地界了，我们会在这里长住下去。其实，居住在哪儿，对一个孩子来说没有任何选择和喜好的余地，就像树上的一片叶子，听天由命落到哪儿就和那儿的土地做伴融为一体。

　　最后我们来到离沙坪坝还有十来里地的石井坡生活，其实那里是重庆一家兵工厂的所在地，我们甚至住进了一栋破旧的小楼，用今天的话说叫作别墅。那栋依山而建的很简陋很蹩脚的别墅据说是抗战时一位银行家的乡村居所，至于为啥成了我们的家，至今我也没弄明白。可是让我兴奋的是我们可以楼上楼下山前山后地乱跑一气，常常可以跑到离家不远的几乎不设防的炼钢车间里去打望钢水奔流的胜景。某次一不留意竟然撞上了从北京来的正在厂里视察的某位首长，朴实无华的首长很惊诧地发现了我这个小调皮鬼，摸着我的头问我："小鬼，你长大也想做炼钢工人？"我竟然很骄傲地否定了他的关切，实诚地说："我才不做苦兮兮的炼钢工人，我要做一个科学家，要做开战斗机的飞行员！"这件事后来成了我人生经历中第一件值得骄傲的往事，我的人生梦也就在这里展开了柔弱的翅膀。

离我们家不远处还有一个名叫磁器口的水码头，一条小街从童家桥坡坡坎坎弯弯扭扭一直延伸到嘉陵江边。开始父母亲带我们去逛磁器口只是一种消遣，让我们这些吃厂饭的孩子去买些许麻糖杆、油麻花或者炒花生解解馋，或者到停满菜船粪船粮食船水果船的码头上去，花一两毛钱买一筐上游某县载来的广柑橘柑；那时候还不知道磁器口是宋朝老祖宗遗留下来的千年古镇，只觉得那些石板路、木板房破破烂烂，有别于工厂里的水泥楼、篾笆房，街上的东西奇奇怪怪、花花绿绿，非常吸引童真的眼球；而且可以去清清的嘉陵江边撬石头摸螃蟹找铜钱，拿去换一两个麻花或者牛皮糖。再后来我们渐渐长大明了事理，对磁器口愈发敬畏有加，因为《在烈火中永生》这本书里，有一位叫华子良的革命志士曾经在磁器口这地方和地下党游击队的同志接头，为革命事业做出了重大贡献。于是我和同学经常逃课去磁器口寻找华子良的足迹，打探华子良究竟在哪家店铺里和那个双枪老太婆派来的联络员接头，屁股上自然少不了家教严酷的母亲毫不留情的掌印。今日的磁器口早已成为万千国内外游客景仰拜谒之地，可是在我的记忆中，还是那个静静的小街让人怀念，还是那条高高低低的石板路让人牵魂，还是那些柑子橘子麻糖杆留香齿颊。

离我家不远处还有一处了不起的革命胜迹，那就是关押革命烈士江竹筠、许晓轩等等的渣滓洞、白公馆。沿着一条长长的厂区铁路，我和我的同伴每每课余就去往那里进行自我革命教育，那是一种与生俱来的对英雄的膜拜，没有谁强迫我们那样做，是一种真正意义上的自觉自愿。那时的渣滓洞没有围栏，没有门票，仍然是孩童的我们，走进那个小小的庭院仅仅是为了寻访英雄的受虐地，却并不能理解信仰对于他们所产生的精神源流，更不能料想到现今，烈士牢狱地、受难地也成了红色旅游地。

后来我们家搬到了双碑附近居住，就在那里，我读完小学，上了中学，经历了青春期里最浪漫最凄凉的爱恨情仇，我从来不抱怨时代的嘲弄和人生的磨难，在经过了牛角沱、朝天门、菜园坝的一次次生离死别之后，又回到了重庆，看到了一个个新事物正在灰暗陈旧的土地上倔强地钻出地缝，看到了一个脱胎换骨的沙坪坝凤凰涅槃般地浴火重生。

应该说，那动荡的十年最有故事可写，那样的故事充满传奇与血色。可是，人总不能老是舔着自己的伤口踟蹰而行，总得不断去追求自己眼前最鲜活最灿烂的人生。毋庸置疑，和我等一样在历史大潮里摸爬滚打的沙坪坝，同样经历着前所未有的震荡与裂变。

有一天早晨，当我醒来知道沙坪坝狭长的地图已经变得圆润而丰满，而我曾经熟知的几个街区已经划入渝中，包括我少年求学的母校重庆二中，而巴县广袤的乡村进入了它的版图。我在猜想，沙坪坝会在割裂整合的剧痛里发生怎样的巨变？抑或沉沦，抑或飞升？

此后我曾一次次经过新开通的渝遂高速去川西去成都，也曾因事因会去大学城游逛打望，发现山那边另一座崭新的沙坪坝正在奇迹般地崛起。不必讳言，昔日的沙坪坝人最引为自豪的就是作为驰名中外的文化区的殊荣，市内许多著名的高等学府多半在它的地域之中，知名的中学更在市内乃至国内风头强劲。十年时光倏然而过，中梁山缙云山之间那块昔日只见稻黍千重浪的漫漫原野已变成重大、川美等 11 所高校、15 万学子的安身立命求学求知的世外桃源。更有让人瞠目结舌者，37 平方公里的西永微电园，吸引了天下闻名的富士达、广达、英业达三大代工厂入驻投产，三两年之间将实现产值 5000 亿元，成为名副其实的中国西部开放的高新技术产业高地。

可惜这篇短文不能详述沙坪坝新区的博大与繁荣，不能细说诸如西永综合保税区、西部物流园构筑起开放的战略平台和对外大通道，成为内陆大通道的来龙去脉，可是我想每一个路过或者去过新区的朋友，都会感慨沙坪坝的前进步伐和青春的脉动。可以这样说，沙坪坝西区的建设和发展是新重庆三十年改革开放成就的一个亮点，也是重庆乃至中国西部的典范与骄傲。

沙坪坝区以文化成名，以科教文化立区，经济的飞速发展只会在她丰腴的文化内涵里添加更多的营养，让那些深厚的文化积淀转化为新时代的正能量。诸如我从小顽皮无常常常眷顾的磁器口，诸如红岩精神的发源地渣滓洞白公馆，诸如抗战文化的领军者郭沫若，等等。

人们常说，年轻人的多少代表着一个城市的未来与希望。

记得那个深秋的早晨，我驱车行进在沙区西城的大道上，街上过往着形形色色神态各异的青年人，一张张青春的笑脸似花儿绽放，一阵阵欢快的笑语如清风飘过，一列列拖着行李箱的青年匆匆前行，仿佛半个世纪以前的我们去追逐人生之梦。也还常见在大学城开往解放碑的地铁上，拥挤着的全是一簇簇盛开的青春的脸庞，一如半个世纪以前的我们，脸上写满理想和渴望。我知道，这些年轻人不全是大学生，他们来自四面八方，可能正是沙坪西城的兴旺和未来吸引着他们，他们就是沙坪坝的活力与生命的源泉。和我们那一代人不一样，21 世纪的年轻人有很多路可以选择，现代科技让他们插上了更宏大更广博更强劲的翅膀。其时，我很想对这些青年朋友们说，生活里并不全是鲜花与面包，可是与我们相比，你们是幸福的，你们身上没有任何桎梏和枷锁，你们可以像海燕一样自由高傲地飞翔。

呵呵，我生命里的沙坪坝，我血液中的沙坪坝，终于在世纪交替的轮回里找到了新的方向，虽然我早已不在你温暖的臂弯里生活，可我却永远记得你的疼爱、你的责难、你的宽宏、你的体温和你的鼻息，就像我的生身母亲一样。

巴国城：远古与现代的深情呼应

一

从当下流行概念里的"渝中母城"去21世纪初甫建的龙力巴国城，曾经很远。千百年来，只有一条石板和泥土铺就的官道，出通远门，穿越豺狼虎豹出没的森林，再往西，攀佛图关，沿列阵于两旁的牌坊碑塚田陌旷野径直行走几十里，就抵达它的地界了。

如今从渝中去龙力巴国城，简直太让李商隐、李太白、杜工部等诗界大咖羡慕嫉妒恨了！无须在佛图关馆驿羁留等候，也不任巴山夜雨何等绵密苦愁，更不需要随扈们拿着刀剑枪戟护卫，或乘公交地铁，或叫专车出租，抑或开着自个儿的车，一溜烟不过半个小时就到了先祖巴人的新时代居住地了。

其实我和巴国城的缘分从它的筹划孕育期间就已开始。本世纪初曾参加过好几次政府与龙力公司举办的研讨会或者座谈会，时曰出谋划策神仙会，故对之成长过程来龙去脉略知一二。那时候的巴国城还只是一个概念，一个轮廓。田园山林犹在，四周亦显寂寥，输电塔线低垂着掠空而过，地势并不崎岖，硬伤历历在目，众多专家学者各抒己见，妙招迭出；对头顶上的"炸弹"质疑多多，众口一词必须拆除改道，否则既不安全又有碍观瞻。不讳言，有同感，但我当时对这个项目抱有信心，我的信心来自两个方向：一是政府的主导和决心，二是龙力集团的理念与策划。尤其值得一提的是集团的领导层年轻且富有朝气，而立之际，雄心勃勃，敢作敢为，要在几乎和巴文化没有任何外在关联的一片荒郊野地里打造湮灭几千年的巴国大城。理想很丰满，现实很骨感，谈何容易？可这些天不怕地不怕敢为天下先的年轻人，就是要在一无所有的白纸上描画自己心中的那座巴国圣地。

人生多戏，天下多彩，此后的十多年里，余事业上追求梦想，生活上追逐远方，与巴国城可谓若即若离。偶尔去，看着她一天天成长，一天天发育成熟，欣慰而快乐。不知道是我疏远了它，还是它忘记了我，虽每年都有见面的时候，却来去匆匆，觥筹交错之余，夜幕低垂之后，从未能仔细打量她的容颜，赏鉴她的美色。今日再去此地，坐在游览车里听由美女主管声韵甜甜话语款款地说道，才发现在高阔的巴国城城垣后面有许多丽景，有很多故事，需要我们去切身体验，需要我们去仔细倾听。

二

不必讪笑我的孤陋寡闻，我真的疏远了这么一座巍峨壮丽的城。当年各路专家抓头搔耳冥思苦想怎么解决头顶上那些高悬的生命之线：国家能源通道，城市生命血脉，不可能拆除，也没法改道。线下的土地也不可以做商业地产，只能做公益项目。如今的解决方案的确让人称道，雄浑的仿古城楼就是巴国城的 LOGO（地标），城门中轴上空正是高压电线的通道，城内是广场和庭院，园林池塘绿树掩映，荷叶涟涟，和风习习，举头望长天，却见那些高压线隐入云中，早没了昔日的压迫感与危厄感。

我赞赏设计者的匠心独运。同行的龙力人告诉我，总体设计的确费尽心机，龙力集团仔细权衡后果断升高了电塔，视觉上让它隐匿在云里雾里缥缈无形，再和地面的城楼园林遥相呼应，无意中铁塔线缆竟成了一道自然入画的风景。这可不是无原则吹捧，我们拍照留影，背景中的城郭与塔线，恰似远古与现代的深情呼应。

步入巴人博物馆，只见音像诗画图腾雕塑石器青铜扑面而来，即刻将你带入虚无神秘的上古时代。那些珍贵的时光遗存突然唤醒了我的思想库，生命的瞬间与久远竟是如此偶然又格外奇巧，在历经千百年的风雨之

最是那时光——许大立散文随笔集

后，我们能在这里相遇，在这里遐思，实在是时代的赐予和缔造者的明智。正如同行作家阿蛮所言，巴人历经几千年淬炼磨砺，民族不死，精神绵延，渝黔鄂湘交界处几十万平方公里土地上巴人遗族仍在顽强生息，可只有你们抢得先机，建了这么一个独一无二的博物馆，可叹可敬可歌可颂。所言极是，以巴人命名的博物馆我是头一回见，尽管它的馆藏还谈不上丰盈高贵，但已经唤醒了我们对脚下这片土地源远流长的记忆，提取了它生生不息始终奋力前行的精神基因。

雕塑大师江碧波的巴人群雕无疑为博物馆陈列添了大彩。她那充满荷尔蒙的人物群像永远都是孔武雄壮、活力满满，给人无限遐想。360度视角下的每一个人物都是肌肉凸凹、线条俊朗，让你看见的是一群创造力爆表的巴人，生存的环境如此粗粝洪荒，可他们仍然面无惧色，乐观怡然，勇敢地面对物质的匮乏和自然的残酷，这不就是巴人的精神和遗传？

因为巴人博物馆的存在，巴国城所以名正言顺；由于230亩湖泊园林的公益设置，巴国城及周边的商品房早已销售一空。人的积聚自然造成了商业的繁荣，这里有闻名遐迩的婚庆一条街，有脍炙人口的餐饮美食城，有全市第二规模的茶叶市场，有让你流连忘返的巴风民俗街……如今一群三十来岁的年轻人从父辈手中接过了巴国城的金钥匙，底气十足却又不满足现状，他们在新一轮全国性的文旅大热潮中开始了新的探索。

<h2 style="text-align:center">三</h2>

回望城市发展史，一座桥，引动了江北区观音桥商圈的发展与繁荣；同样是一座桥，重绘了南岸区的政经版图，颠覆了它的固有结构，促成了南滨路的诞生；一个机场，催化了渝北的嬗变和两江新区的崛起……历史的案例不胜枚举。毋庸置疑，巴国城的脉动加速了主城西部地区的发展进步。巴国城如今经营管理已然成熟成型，运行有序，盛名在外。人文景观、自然景观、住宅小区和商业街市无缝衔接，乃当今城市结构的一种示范案例。

作家们坐在游览车上走马观花。不到下午六点的晚聚高光时刻，路面上

巴国城：远古与现代的深情呼应

已泊满私家车，五色杂陈的车群扰乱了项目规划者用心良苦的美学构想。那些古色古韵的浮雕和塑像被无奈地淹没在车海之中，没了神采，去了风韵。说实话，除了伫立于大门口的那尊横刀立马的巴将军塑像，我多少年来去巴国城，还是第一次发现艺术家们匠心独运，将那么多人物和故事具象地展示在路边。可我等却无暇顾及视而不见，每每在酒足饭饱醉意醺然里匆匆离去，把一众艺术佳作冷落在春夏秋冬，遗留于日华月光之下。

在巴风渝俗的小街里漫步，浮想联翩。巴国有幸，巴人有福，数千年历史演变，数千年战乱纷繁，至 21 世纪初叶巴人方有了这么一处安身立命之地，接纳了物质和精神的遗存，包涵了远古时代的快乐与苦难。先祖有灵，应可感知？在接下来的又一次改造升华中，巴国城又会给予我们什么样的惊喜与期待呢？我很冷静，外表与内在的同步尤其重要，色彩的涂抹更要尊重历史。两公里外高铁重庆西站的开通给巴国城输送了强大的能量波，无疑会给它的文旅产业融合带来脱胎换骨的改变。我们做好准备了吗？

有一件事我想说一说，兴许有所启发。

日前一位微信好友胡海舰忽然主动来聊：老师，看见重庆日报的报道，好兴奋啊！我就住在巴国城，我是重庆原创音乐人，我的工作室有一大群原创音乐人，我们和市内、国内众多音乐人有着广泛联系与密切合作。我是土家族人，我选择在巴国城生活工作，就因为我是巴人后裔，可以说这里是我精神上的皈依之地。麻烦您跟巴国城的朋友转达一个建议：市文旅局领导要我们找个地方做音乐节，纯粹且集中地展示重庆的原创音乐。我们来执行，足以把重庆的优秀音乐人都团结起来。我有个很具体的想法，可以打造个"巴国城广场周末音乐会"项目，如此，可以吸引南来北往的游客尤其是青年群体，来重庆必来此地打卡！我们有信心把巴国城打造成又一个网红打卡地。

作为前音乐人的我，忽然被拨动了心弦，答曰：好啊，它的园林广场都可以做啊，巍峨城楼，辽阔天宇，铁塔长线，舞榭歌台，音乐的魅力无穷……你们可以作为一种思路来一次新的尝试啊！

古代巴人的印迹，大多早已湮没于朝代更迭征战讨伐，消弭于星斗转移沧海桑田。但是精神不死。昔日和今日巴国城所做的一切，都会从呼唤历史转而创造历史，你给予了历史，历史也会记住你。

关于天坑地缝的现实与梦想

　　曾经许多次乘船经过奉节，却从来没有走进奉节城，也许正因为如此，对去奉节就有了几分淡淡的期待。当我们的轮船在夜色阑珊时靠上奉节码头时，我心中竟有一种如愿的欣慰：来了，终于来了！因其悠远的历史和革命的传统在我心中蒙上了几分神秘感的小城，此刻全无掩饰地展现在我的面前。

　　一如沿江的许多小城一样，奉节城的建筑显得陈旧而散乱，这一点我们都能理解。对一个几年后就将全部没入水中的城市来讲，有必要花费资金去粉饰装修吗？然而走进小城并不宽敞的街肆，你却会发现爱美的奉节人也在尽可能地美化着城市，美化着自己，红红绿绿的霓虹灯闪烁着五色斑斓的情愫，大大小小的店堂里跃动着与大城市无异的幸福或爱情。已经临近午夜，街面上仍很热闹，衣着与解放碑广场无异的红男绿女张扬着同样无异的美丽招摇过市，毫无掩饰地欢笑着传播他们对生活的满足和对未来的信心。夜色中的小城，小城里的小街是那样祥和，那样熙熙攘攘且朝气蓬勃，即便是里巷中的小饭馆，也是在文静而优雅的气氛中期盼着财源或好运。说真的，在小城丰富的生活细节中被融化的我，忽然间生出一种莫名的愁绪：几年后，这传承了几百年上千年的生活忽然间会被万顷碧波淹没，那又是一件多么遗憾的事情啊！然而小城的居民却比我乐观，他们指着身后山梁上矗立着的一栋又一栋楼厦自豪地说："很快，我们将会搬到那里去，那里一切都是现代化的。"这兴许本身就是一种"悖反"，大城市里的人珍爱小城人那种自由自在的生活，而小城人却又向往更加现代化的城市，从某种意义上讲，这将是另一种意义上的"围城"吧。

我们此行的目的地是兴隆，是孕育了世界奇观"天坑地缝"的山区小镇兴隆。说句老实话，是对"天坑地缝"的好奇促成了此行。行前，我们做好了吃苦的准备，仿佛是到另一个世界去遨游，甚至想到了会不会有牺牲。然而直到上路之后才知道这是一次快乐的旅行，是一次人类征服自然力的骄傲的证明。对于海拔100多米的奉节县城来说，海拔1000多米的兴隆山区绝对是僻远的、落后的，山势雄沉而峭拔，线条粗重而随意！然而，当你坐在1999年制造的"依维柯"中型车上享受着暖风、沐浴着萨克斯的柔曼恬淡时，当你过江向南，沿着一条平直的诞生于1999年的硬化公路驶向你心中的绝世奇观时，你还会有冒险的感觉么？你还会有九死一生的念头么？据该县精力过人的陈副县长介绍，这条近百公里的路是奉节人在短短一年时间里用顽强的精神"拼"出来的，因为他们意识到"天坑地缝"的世界级的价值。这两个世界第一，犹如藏于深闺的两个娇娇女，价值连城，藏于深山而不能睹之于众，嫁她们是不可能的，只有把路修好，招婿上门吧！

奉节人的果断与苦干无疑是值得的。经过几个小时的期盼之后，我们终于见到了那条被誉为绝世景观的"地缝"——其实是一条极窄极窄的深山峡谷。从汽车上远眺，只见百丈悬崖下的地缝蜿蜒不见头尾，缝口被翁郁的树木遮蔽而难以窥见峡底。第二天一早我们即随奉节旅游局一位研究天坑地缝的专家级人物赵贵林——地缝的名字便是他给取的——以及两位活泼可爱的小导游沿一条深沟去到了地缝的底部，那种心灵的震撼是难以用文字说明的。我也不想重复描绘地缝的自然景象，因为赵贵林的文章在国内诸多报刊上已有详尽的描述。然而天坑给我的震慑力却比地缝更大，因为我乃至我的同行者没有一个人敢豪迈地说可以去到它的中部或是底部。我们只是胆怯地心有余悸地在它的周围小心地向坑底张望了一番，而后虚荣地拍下了几张故作潇洒状的照片，却留下了兴许是一生一世的遗憾（与我们同期到达的中央电视台、重庆电视台的年轻人就勇敢地下到了坑底，并在里面待了整整一天）。那方圆几百上千米、深数百米的自然界的奇物使你将之深存于心永世难忘，即使是绝世佳丽、明珠宝玉、华衣美酿、宝马香车也绝不可比，因为这是大自然赐给人类、赐给重庆、赐给奉节的独一无二的礼物啊！

除了天坑地缝，除了与之媲美的世外桃源龙桥，以及那些星罗棋布于兴隆域里域外的山野中的洞穴，我最受感动的，莫过于那里淳厚古朴的民风了！在一个叫"椅子躺"的山村里，朋友们瞻仰"旱夔门"去了，而我一人却止步于一座古老的农家院中，我流连于那些从几千年前传承于今的农具、石器之中，不由得回想起我的知青岁月。有老奶奶送上小凳，有大嫂子递上茶水，有小伙子与你搭话，没有隔膜没有疑念，没有市场经济下的某种防范心理，只问你从哪里来，来干什么，而后对你的回答报之理解的一笑。甚至邀请你去他家吃饭，对你要求吃"红苕稀饭"表示不解，说过年的腊肉还有不少呢！这种极端自然的民风使你领略到的是另一种风景啊！可是，椅子躺呀椅子躺，公路已经修到你的门口，现代的物质和精神已经往复于天坑、地缝、迷宫河、旱夔门乃至椅子躺，你能承受得住这些光怪陆离的纷扰吗？

去奉节、去天坑地缝了却我的以往和新生的愿望，却也使我萌发了许多幻化而成的梦想。这些梦想兴许在最近就可以变成现实，那就是，成千上万的重庆城里人城外人、中国人外国人，沿着这条路线奔向兴隆，奔向天坑地缝，那里成了中国旅游的又一热点，而保存完好的天坑地缝因其申报"世界自然遗产"成功而名声大噪，奉节、三峡、重庆备受世人瞩目……

我深信，这一切绝不是梦想。

南天湖的格局与时尚

我们还是来晚了几日，因为疫情。南天湖雾霭缭绕，忽风忽雨，气温陡降到 15 度左右。这很正常，就像人生，没有永远的阳光普照。我有准备，带上了毛衣马甲薄羽绒服，让几位同行的年轻朋友羡慕不已。他们兴许以为这南天湖一定在南边，秋阳洒辉，明月清风，于是穿着轻便的秋装便上了路。殊不知这南天湖在丰都，紧挨着名扬天下的武隆仙女山，平均海拔 1700 多米。在这样的海拔这样的季节，即便身壮如牛的著名诗人张天国，也只能在天公面前瑟瑟发抖，赶紧花几十块钱买了件羽绒服，裹在他那件名牌 T 恤外面了。

其实早就知晓南天湖的大名，却真不知道它就在天下闻名的鬼城丰都。如若不是此次市新闻媒体作协组织采风，兴许会一直蒙在鼓里很久很久。虽居于同一城市，去丰都县的机会并不是很多。于我留下印象最深的还是名山鬼城。尽管我并不喜欢也不相信对鬼的那类演绎，却很尊重千百年来形成的民间风俗和文化习惯。在博客风行网络的那些年，也曾和一帮博主应邀参加过某年的丰都庙会，看过大江南岸丰都新城里万人空巷的彩车嘉年华，对这座移民城市老百姓的艺术观和现代感印象深刻，赞叹不已。再就是曾经通过丰都县妇联救助过树人镇两个孪生女童，从小学一年级帮扶到初中毕业，直到她们从我的视野中消失为止。

冷雨中的南天湖景区显得格外恬静安宁，主人为我们播放的宣传片却点燃了心中的激情。恢宏，大气，别具一格；简约，紧凑，一目了然。南天湖之所以能够在 2020 年被评为国家级旅游度假区，之所以在不经意之间异军突起，我以为是它的格局和时尚。

南天湖旅游度假区的格局何其大也！背靠武陵群山，面对浩荡长江，方圆数百公里，其山巍巍，其水泱泱，蕴藏天下瑰宝，更有人文荟萃。瑶池、南天门应是后人妙作，但在海拔 1958 米高台扶栏远眺，一览武陵群山无边秋色，顿觉神清气爽心宇开阔。草原雪场，高山湖泊，环湖绿道……既有原生态喀斯特地貌，宏大的森林公园，景区核心地带还有冰雪乐园、智能化音乐喷泉、水幕电影等等，让人目不暇接。设计者心思机巧，从武陵山大斜坡直下直上，沿途道路建筑乃至绿植，用心良苦，每每上到一个台阶，都有意外惊喜。从海拔 200 米直上海拔 2000 米，四季的风景和湿度温度会在你的面部神经与内心感官上有妙趣横生的反馈。比如路边的银杏，刚才还是秋天的金黄，一会儿又变成了夏天的白绿。比如无尽秋雨愁煞人，却忽然雨雾散去天宇开……笔者走遍天南海北，也少见这样的山水融合气场宏大的景区景观。

再说时尚。南天湖是夏日的避暑天堂，它 20 度左右的气温堪比春城昆明。但不仅仅如此，它还是时尚的乐园和时代进步的象征。你看看它的那些设施，那些奇思妙想：生活小镇，避暑街区，环山步道，花园庭阁，地方美食，周到方便，应有尽有。它在温度和美食之外，还考虑到人类另一个不可忽略的需求——娱乐：与众不同的娱乐、新奇的娱乐和刺激性娱乐。于是便有了从山脊飞翔而下 182 米的高山轨道滑车，有了网红打卡点天湖瑶池，有了海拔 1958 米的临空观景台，有了占地 600 亩的一流滑雪场……尤需一提的，高山滑雪场是重庆市唯一符合正规比赛条件的国际滑雪场，内有高、中、初级滑道各二条，旱雪滑道、彩虹滑道各一条，滑道落差 120 米；分区设置了山地滑雪、自行车雪降、悠波球以及高山毛毛虫等冰雪项目，可供数千人在此训练或者玩乐，满足了各年龄层次人们的不同需求。在北京冬奥会的感召下，我国已有三亿多冰雪运动人口，丰都南天湖为重庆的滑雪运动补缺添项，功莫大也！

经济发展，生活富裕，近年来，城市中青年白领群体有一个很奇特的现象：每到周末下班就开上私家车去往周遭区县的山野田园，举家或聚众野营寻乐。南天湖的设计者心领神会，在景区南环线上辟了 33 万平方米的天湖草场露营基地，设施齐全，可供 5000 人搭篷露营。每到周末假期，车流滚滚，人头攒动，火爆至极。难怪主城的几位青年朋友总跟我说，许老师，周末千万别约茶约饭，我们要到山里去野营。我想他们必定去过南天湖。

南天湖景区可以说花样百出异想天开，但凡购房者旅游者的长久之需或应急之求，都能及时得到解决。景区入口处的乡坝小镇，有集市和美食街，居然还有一家啤酒厂。令人叫绝的是有一个体育公园，足球场、篮球场、网球羽毛球场等等一应俱全，外加一个色彩斑斓的儿童乐园。公园里有足球场，足见它的宏大规模与管理者的良苦用心。

好玩是南天湖受青睐的主要因素之一，四季可玩可乐就更让人趋之若鹜。春看花，夏露营，秋观叶，冬戏雪，可谓四季衔接，无缝游乐。这在国内景区里的确罕见，想来也是它能在众多竞争者中脱颖而出，成为我市两个国家级旅游度假区之一的优势所在。

有意思的是，我刚回到家，刚刚在朋友圈里发了几张南天湖美图，电话铃就响了。朋友一家想去南天湖看看，兄弟姐妹都想去买房常住。哈哈，这节奏，也太快了吧！

诗人元胜带我去"十二背后"虚度时光

那日还在真正四面山的老四面村酣睡，忽然接到诗人万俊的问候电话：老兄在哪点耍？还在四面山歇凉？诗人元胜请你去"十二背后"逛逛……懵懂中也没听清楚十二背后是甚名堂，就回答说那小子自从得了个"鲁奖"就再也没见人影，成天不是在闪光灯下就是在崇拜者堆里，或者独步深山老林和虫虫草草打交道。他怎么想起老领导了？诗人万俊说赶紧下山，换个地方转悠，去十二背后，那地方也凉快，人不能老是缱绻缠绵在一个地界，要换个角度调个方向，生活才有新意，生命焕然芬芳……诗人总是出口成诗。

于是梳洗停当穿衣打扮赶紧下山。上网搜度娘，方知鄙人孤陋寡闻，十二背后，就是遵义绥阳的一个巨大溶洞群啊！十二者王也，靠在王的背后，那有多风光，中国第一，亚洲第一，世界前十……它的多数溶洞尚未开发利用，只供全球溶洞学者和探险家高价进入，这些蜿蜒曲折无处不在的洞穴连绵几百公里，拉直足可抵达咱们重庆南滨路长江边上。

于是立马打退堂鼓，立马在刚刚建立的微信群里向各位大侠致歉，不去了！不去的理由很充分：弱冠之年就去过大名鼎鼎的桂林七星岩、芦笛岩，后来几十年间又去过中国乃至世界的诸多著名溶洞。曾经沧海，见多了，不稀奇，无非是奇形怪状的石头再以七彩灯光恣意演绎。鄙人腿脚不便，新近手术，刚刚痊愈，万一失足，岂不害己害人！其实还有一思之极恐的原因：30年前在广西阳朔曾随村民去探一野洞，洞里崎岖难行，被众人甩于身后数百米，又无任何探险装备，黑灯瞎火蝙蝠乱飞，恐怖不可名状，蹲在黑暗中胡思乱想煎熬了两小时方才等到同行者归来。如果他们不原路返回，我岂不又成洞中白骨一堆？

诗人元胜闻之简复：老领导大立兄，不要你去钻洞，你就去喝茶，我陪你喝茶。在王的背后喝茶打望，美死你。你就写一篇在十二背后喝茶打望的文章，足矣！我一听疑虑顿消大喜过望，说那好我去喝茶，虽说瘸着一条腿驰行200多公里去喝茶有点过于奢侈，但比这更夸张的事情老夫也没少做啊！曾经驱车来回千余公里去川西喝茶，青衣江畔，名山顶上，下里上里，望鱼古镇，一路喝到黄龙古镇，浣花溪旁。曾经开车去庐山品茗，牯岭小镇，仙女洞外，南昌城下，茅坪河边，黄洋界上，即便在老人家的故乡韶山冲，也不会忘记啜一杯君山银针……

说远了。诗人元胜果然信守承诺，到了十二背后双河客栈，把我安置于一卧一阳台一会议室一娱乐室的豪华级客房里。稍事休息后，他便早早地和一众美女在景区老板特供的私人茗斋里开始了仪式感十足的表演。尽管手法稍显笨拙，然诚意满满，各式礼节严谨周密，品茗论道，谈天说地，一看就是在知名茶楼耳濡目染自学成才的行家里手。

然而我不尽兴。我说我想喝坝坝茶，想在十二背后清冽的小河边绿树下阳光里呼吸负氧离子充盈的空气，品山里的土茶，不要重复解放碑苗品记、通远门星临书局那样的程式和表演，我乘车数百公里劳命奔逐为了啥？就是要追求不同于大都市里的环境与氛围。年轻诗人终究拗不过古辰老头，于是我一个人便坐到了开满秋日荷花的池塘畔，进入了独饮独酌的忘我状态。

15元一杯的黔产白茶，其实和我常饮的明前绿茶无异，苍白的芽片无助地悬浮在至清透明的玻璃杯里，任由滚烫的山泉水浸泡，无可奈何地缓释着茶碱和维生素。周围有看不尽的绿树奇花，八月未至，八月的桂花已经香了，七月的荷花却已开始凋零，把一个个硕大的莲蓬伸向长天。桂花吐蕊，细腻的香气与茶香糅于一体，在北纬30度、海拔700米的山林里弥漫。那天晚上，我和广庆老弟酒后继续着品茗的人生，直到夜凉风起。广庆弱不禁风早早回了，而沐尽世间风雨的我，一直坐到人影稀落月华如练。

听诗人元胜说，十二背后的背后有一村庄，都是此地的原住民。既然我不去钻洞，还不如去村子里寻找乐子。一大早出客栈往右行几百米，果见一密封的街区，电动栅栏挡了去路，穿制服的保安神态傲然。我忐忑地探问是否可以进入，保安倏然换了笑脸，说，可以可以，欢迎欢迎。也许我去得太早，村庄里人迹几无。一律的橙白黄色调，一条小溪上拱桥兀立，桥下乱石嶙峋，水泥路直通每一家院坝，都有醒目的扶贫攻坚口号，还有各式车辆置于门前屋后。昔日极贫的贵州山区变化巨大，从一屋一院一车可窥全貌。忽见一大婶在漂亮的宅屋后奋力挖土，凑上前去搭话，她说种点菜自家吃啊，老公孩子都在十二背后上班，她也在双河景区打工，趁早挖挖土赶点时间。她还说土地都流转了，吃穿不愁，只有这么点土脚脚了，农民嘛舍不得丢弃了……话少理端。

再往小街上走，好多饭馆农家乐，兴许因为疫情吧，多数未开。哈哈，一户门前有人，一对中年夫妻，很开明的神态，见我拿手机拍摄，还摆出快乐的POSE，一看就是见过世面的人物。趋前细聊，方知是当年外出打工现今回家创业的双河土著。我说走累了口渴了，您家有茶没？来一口。有有有，刚泡的，女主人说着冲到里屋端出一大缸酱黄色的酽茶来，说茶不好，自家老屋边茶树上采的，老荫茶，呵呵，我暗自高兴，蹭茶的目的达到了！两口子的话匣子也就打开了。孩子上学，外出打工，寄钱养家，和全中国农民工一样的生活版本；后来一位江苏淮安来的陈姓老板看中了这块风水宝地，将溶洞山峦河谷一并开发，他们的老屋也改造成了现代风的民居建筑，成了旅游者的客房。而他们夫妻，索性辞工回家开了农家乐，自己做起了老板。这又是许多回乡创业者的基本模式。问生意如何，他们说，不错，今年稍差点，但是暑假带孩子来的城里人多，这不开学了，他们也走了。老师您是重庆人？帮我们多拍点照片哈，请大家都来十二背后旅游！哈哈我说好嘛，今日的贵州山已不是昔日"地无三尺平，人无三分银"的贵州山，是全国人民向往的清凉之地、度假天堂。此地有高速公路直达温泉洞穴酒店，有飞机在遵义落地，去机场只需30分钟路程，等渝贵高铁开通，重庆至绥阳至十二背后就是一马平川瞬时可达，你可要多整几间客房多备几个钱柜子哟！

笑谈之中呷着他家的自产老荫茶，感觉比诗人元胜蹭老板的精品茗茶还要爽口。其实喝茶要看心情环境，人对头了，话投机了，老荫茶也能胜过大牌的白绿普红啊！

在十二背后的时间很短，我喝茶的时间很长；他们钻进黑黢黢的洞子里寻找刺激，我在洞口茶座漂浮的叶片里品味苦涩甘甜。此行不虚，如果有遗憾的话，就是在那座建于光绪年间伟岸高光的公馆桥旁清澈如镜的小溪边上，为什么没人建一个茶庄至少摆一个茶摊？好让我们这些匆匆过客也能停下脚步，擦一把热汗，喝一碗凉茶，打望那如一轮旭日般阳刚的桥孔，咀嚼大到漫漫历史小如你我斑驳多舛五味杂陈的人生。

一条路的二十个四季

幼年时家住新华路中段，经常去人民公园瞎逛，也能从陡峭的石阶上遥望长江，遥望莽莽苍苍的山峦以及鳞次栉比的房屋。因为大江的阻隔，没有桥，只有轮渡，大人都在忙着自己的事情，直到上了高中，也没有去过南岸，自然不晓得那些荒山野林江流礁石之中居然隐藏着丰厚的文化，有着那么多被后人挖掘利用的历史。这不是我的孤陋寡闻，而是它们从没有进入我的生活。

直到建了那座引发争议的有人体雕塑的桥，我才能自由地跨过大江，进入南岸的腹地，去看南山，吃泉水鸡啤酒鸭，去重庆第一家由老外管理的扬子江假日酒店，去到我从来没到过的好多地方。然而最引人流连的还是南滨路的风景。记得那是20世纪90年代末的某个夏日，一位朋友忽然叫上我，说我们去南岸新开发的"外滩"看看，那里有你从未见过的风景。朋友的车颠簸着开上那条刚刚平整好的马路，大江对岸正是渝中当年的旧景，塔吊林立，工地处处，一个正在使劲拔节疯狂生长的城市。江涛拍岸，晚风习习，渔火点点，有几个先知先觉的小贩在卖茶水瓜子可乐……这样一个独特的观看渝中风景的视角，从此成了我和朋友们常去常往的胜境。

我们就这样在江风吹拂下喝着茶水嗑着瓜子见证着这座城市爆炸式的成长。这条路后来被一帮很有见地的政商名流学界泰斗定名南滨路，渐渐地有了生气有了商家有了游客，吃喝玩乐休闲打望，诸多市内外餐饮品牌入驻其中，一时成了除了解放碑之外的另一个非去不可的商业长街。早先几无人迹车行的江滨，每到下午五点便车辆涌流，挤塞难通。据说每年食客看客高达数百万人。这条旅游商业长街的繁荣爆发来得如此突然如此不可思议，引得我等渝中居民也有几多羡慕嫉妒恨。倏忽间却大彻大悟，原来人家是把渝中的风景当成了资源叫卖，以此成就了南滨路的事业。我就听见渝中当年的一位领导说过，南岸区的朋友把我们辛辛苦苦整成的都市景观当商品卖了，我们回去商量一下，是不是要挂个大幕布，把风景挡起来，叫他们拿钱来买？虽是闲时笑谈，却也有几分不甘。的确如此，南滨路上的游客恐怕没几个仅仅是为美食而来，重庆之大，美食处处，何须追逐至此？南滨路独到之处，即是可在觥筹交错美食入腹之间，醉眼蒙眬看江上潋滟水波，观水上一座立体的城，赏悬崖绝壁上光艳万丈的魔幻宫阙……

记得在只有轮渡的时代从朝天门去过窍角沱玄坛庙，有空中缆车的岁月则去过上新街弹子石，那里有我的亲友和同学。仅仅几次。说实话那时的我的确没有火眼金睛，能从那些陡峭荒芜的山坡和简陋至极的房居上看出历史的价值。真正让我了解南岸江畔那些搅动历史潮流的事件人物遗址馆舍的因缘，是作家王雨写了一本长篇小说《开埠》，承蒙厚爱要我写一篇评论，于是通读全书，学习到了好多关于南岸沿江我所不知的人文史鉴，才晓得那些在我的眼中一扫而过灰蒙蒙不起眼的自然的或者人文的景物，原来是一块块取之不竭用之不尽的璞玉。居家此地某小区的小说家兼医学家王雨，其实也是南滨路上的传奇，隔三岔五，节前节后，有理由或没有理由，带上他的硕博研究生，邀我等至交挚友，聚众饕食，尤以火锅为最，豪爽侠义，把酒言欢，亦成坊间佳话。

南岸人果然聪慧超群，第一步他们开发餐饮服务，充分利用渝中白送给他们的旖旎风景，打造出举国闻名的美食一条街。如今是第二步，不但把南滨商业街延伸到铜元局一带，还深度挖掘古镇古街资源，把当年破旧杂陈的小街小巷统统来个智能时代的改造翻新，裹以文化的衣钵，涂以艺术的粉黛，龙门浩老街、弹子石老街，和现代商业思维下现身的长嘉汇、1891、铜元道等购物广场幻化一体，仍然借助这条举世瞩目的大江，借助这座不朽的英雄城市，借助久远的历史文化基因，走上了一条繁荣昌盛的康庄路！

　　二十多年间，我走过了南滨路上几乎每一寸土地，尝过了这里几乎所有的美食名饮。我南来北往的朋友，除了解放碑洪崖洞，南滨路是必访之地。南滨路名气之大，已经不仅仅在华夏，美欧友人竟也羡煞。曾有旅美老同学点名要去，称在华埠便听说此地美景美食美人可尽览无余矣！大名鼎鼎的广州长隆集团老板苏志刚，全家去广安拜谒小平故居，路过重庆也点名要去看看南滨路，让我请他们喝酒吃饭看夜景。为尽地主之谊，无论春夏秋冬，只要有朋自远方来，我都会开着车，用二十公里的时速，从黄桷晚渡出发，去两江汇流之处甚或更远。每每夜色烂漫之时，抑或春阳洒金良辰，都是我快乐的南滨节日。即便因疫情蜷居在家，小区解禁首日，我便匹马单枪，驾着老牛破车，飞越两江之上的黄花园大桥和朝天门大桥，去长嘉交汇之处的江岸晒了半天太阳。

　　南滨路，我陪你走过了二十年的春秋冬夏。如今，你正在进行脱胎换骨的改造，把新思想新观念新业态融入其中，一个以会展、创意、影视、美食、旅游等为主题的新南滨正在蜕变升华之中。此生此世，乐此境以飨万方。

行走在都市的田园

　　那日在《这里是重庆》直播室和重庆电视台著名主持人陈力对话，他突然扔给我一个即兴的话题：许老师，你站在山城巷步道往前看，你眼中看到的是什么？

　　我似乎没有思考，连珠炮般地给他回复过去：看见的是南岸，高楼刺天群山连绵，看见的是浩荡长江东流而去不复还，看见的是立体的城市，一幅绝美水墨画，自然与城市共生共长的宏大叙事。这种图画只在重庆有，国内任何大都市都没有此类风景，没有这种城市与山水如此亲密交融浑然一体共长共生的图像。你在上海看不见，你在天津看不见，你在北京看不见，你在它们那里看得见都市里的乡村吗？这是咱们重庆独有的城市景象，我在城中，也在山中，山中有我，城里也有我……陈力见我即刻成了话痨，立马打住：许老师说得真好，来来来，我们马上进入广告……

　　哪知"都市里的乡村"几个字却一不小心歪打正着。隔了两日，南岸区文联主席赵瑜来电说："许叔叔，过几日请你来咱们南岸摘桃子，去不去？"这让人耳热的许叔叔可不是随口诌的，赵副主席十来岁上中学就深受其父赵老作家影响，耳濡目染传帮带成了当年晚报副刊最年轻的优秀作者。于是这孩子从小骨子里也就生出了几多诗心文胆。我说你们南岸大都市还有桃子摘？她说许叔叔你孤陋寡闻，我们南岸还有好几个村子呢。我说摘桃子就摘桃子，写啥子文章嘛，她一句话给我顶回来：当年报社组织我们到处走还不是要写文章……

于是我乖乖地在那个闲散的星期二不得不早早起床，和一大群年轻的侄儿侄女辈作家们以及个别异类，乘着当年经常四处转悠的考斯特，去到了城乡交界处一个叫银龙镇的地方，打望那个取自昔日一个很火的游戏名字的"开心农场"。

恕我直言，小时候在农村苦熬过多年，前后下过两次乡，近十年又常在山里转悠，我对农村太过熟悉，故而对农作物不感兴趣。当一帮年轻人围着农场主细熬慢炖的时候，我在一边看风景。看嫩南瓜吊在头顶篷架上对我嬉笑，看茄子慵懒地伸展着颀长的腰身，看西红柿熟透了落在地上哀叹被耽误了青春……我眼前只有风景，我走在九曲回廊般的乡间小路上，看见被公园化了的乡村有一副与众不同的涂了粉底的美，回想起我当年憋屈在茅草房大山沟里的韶华岁月，禁不住感慨万千换了人间。

触动我心绪的是种植吴小平葡萄的吴小平。吴小平的名气可谓大矣，开车在高速公路上可见他，上网看报电脑手机上可见他，生病过节人情来往果篮里可见他……只是我人老不嗜甜滋味，对葡萄几无欲望，不曾深度了解他阅读他。

看到他第一眼有点失望，这个人就是吴小平？与巨幅广告上西装革履意气风发小鲜肉形象判若两人。黝黑精瘦小平头，一件墨绿色的 polo 衫，不那么正式，不那么老板，知识分子园艺家的模样都沾不上。见面虽然突兀，一句话却不由自主地冲口而出：我见过你夫人，她也在种葡萄。原本是套近乎，却把气氛弄得很僵，回过神来，方才发觉说错了话，那是他的原配，现今已经不是他的夫人了。这个种葡萄的大人物脸上竟然露出一丝惊讶，心想你这陌生老头怎么说话呢？继而神秘一笑仿佛在想你怎么会认识她，依旧不动声色地把我们带进了他的迎客厅。

在客厅里吃葡萄真的不吐葡萄皮，我望着他笑，他也望着我笑，把尴尬化解在葡萄的美味里。他一再解释说今年西昌气候不太好，日照过多，葡萄都被晒化了，才晓得吃的是凉山葡萄，他把葡萄栽到了少数民族地区。忽然冰释了，有感动从胸腔溢出，虽然没有了原配，吴小平的葡萄心没丢失，他前妻的葡萄心也没丢失。这就够了，人不一定要厮守终身，但是心底的那颗葡萄一定要坚守，一辈子他们还是社会主义新农村葡萄战线上的好战友。其实吴小平应该知道，就在三年前，是我把著名学者、网红大咖纪连海先生忽悠到了重庆，为他前妻种的富硒葡萄大秀了一把甜蜜。呵呵，我如此唐突冒犯，他居然不怪罪我，这就是大度！

本次行程的重点是广阳坝镇大佛村。我的兴奋点一直在广阳坝三个字上，因为到了这把年纪居然没有去过大名鼎鼎的广阳坝，那可是抗战年间中国军民浴血奋战的飞机场啊！可当汽车开到万绿丛中一小楼前时，我方知道，大佛村不在广阳坝，而是在看得见广阳坝的后山上，大佛村只是顶了个辉煌的名头。

从村委会时代感强烈的小楼阳台眺望远方，万木葱茏，长江如带，目及处有万丈高楼平地起来，据说是两江新区的某个工业园区。右方山脊上，隐约可见一条似曾相识的景观长廊蜿蜒峰顶，那里肯定可以一览无余，纵观无限风光。可惜我们遇上了凉爽如秋的今夏最热的一天。主人们从健康计，奉劝我们不要登高摘桃，而是由他们把摘好的果实送到会议室里。于是我们知道了大佛村这位返乡创业的潘永强先生，把土生土长的重庆白花香桃挖掘出来培养成了今日的潘青桃，还把承包的600亩土地勾画成了春华夏实秋光潋滟的休闲之地，在南岸区宏大的都市胜景里抹上了一笔葱茏的颜色，真好！

吃着刚从桃园里采摘下来的略带苦涩回味微甜的原生态的潘青桃，听潘先生如数家珍地说他的桃事业，讲他建设家乡的梦想，虽然和听到过的许多回馈家乡的故事大同小异，却依然在我的心中激起了涟漪。潘先生是有良心有抱负的一代青年，他用他在城里做绿化工程赚来的血汗钱回报乡梓，在一片城市化的潮声中逆向而行，是要守住这片岌岌可危的乡土，是要守住乡愁，守住未来。

我的确惊叹，也一直在回味，在不可阻遏的高楼大厦的洪流里，南岸区居然还有这么几块城市里的田园，还有这么些都市里的乡村，这在近在咫尺的主城区里真是奇迹。祈愿它能坚守，不被湮没在未来。